Você fez a morte de tola com sua beleza

DE AKWAEKE EMEZI

Content Warning: Everything
Dear Senthuran
A Morte de Vivek Oji
Água Doce

Young Adult
Bitter
Pet

AKWAEKE EMEZI

Você fez a morte de tola com sua beleza

Tradução de Lívia Pacini

ALTA BOOKS
GRUPO EDITORIAL
Rio de Janeiro, 2023

Você Fez a Morte de Tola Com Sua Beleza

Copyright © 2023 da Starlin Alta Editora e Consultoria Ltda.
ISBN: 978-85-508-2068-2

Translated from original You Made a Fool of Death With Your Beauty. Copyright © 2022 by Akwaeke Emezi. ISBN 978-1-9821-8870-2. This translation is published and sold by permission of Atria Books, an imprint of Simon & Schuster, Inc., the owner of all rights to publish and sell the same. PORTUGUESE language edition published by Starlin Alta Editora e Consultoria Ltda., Copyright © 2023 by Starlin Alta Editora e Consultoria Ltda.

Impresso no Brasil — 1ª Edição, 2023 — Edição revisada conforme o Acordo Ortográfico da Língua Portuguesa de 2009.

Dados Internacionais de Catalogação na Publicação (CIP) de acordo com ISBD

W53v Emezi, Akwaeke
Você fez a morte de tola com sua beleza / Akwaeke Emezi ; traduzido por Lívia Pacini. - Rio de Janeiro : Alta Novel, 2023.
272 p. ; 15,7cm x 23cm.

Tradução de: You Made A Fool of Death With Your Beauty
ISBN: 978-85-508-2068-2

1. Literatura americana. 2. Romance. I. Pacini, Lívia. II. Título.

2023-214
CDD 813.5
CDU 821.111(73)-31

Elaborado por Odílio Hilario Moreira Junior - CRB-8/9949

Índice para catálogo sistemático:
1. Literatura americana: romance 813.5
2. Literatura americana: romance 821.111(73)-31

Todos os direitos estão reservados e protegidos por Lei. Nenhuma parte deste livro, sem autorização prévia por escrito da editora, poderá ser reproduzida ou transmitida. A violação dos Direitos Autorais é crime estabelecido na Lei nº 9.610/98 e com punição de acordo com o artigo 184 do Código Penal.

A editora não se responsabiliza pelo conteúdo da obra, formulado exclusivamente pelo(s) autor(es).

Marcas Registradas: Todos os termos mencionados e reconhecidos como Marca Registrada e/ou Comercial são de responsabilidade de seus proprietários. A editora informa não estar associada a nenhum produto e/ou fornecedor apresentado no livro.

Erratas e arquivos de apoio: No site da editora relatamos, com a devida correção, qualquer erro encontrado em nossos livros, bem como disponibilizamos arquivos de apoio se aplicáveis à obra em questão.

Acesse o site www.altabooks.com.br e procure pelo título do livro desejado para ter acesso às erratas, aos arquivos de apoio e/ou a outros conteúdos aplicáveis à obra.

Suporte Técnico: A obra é comercializada na forma em que está, sem direito a suporte técnico ou orientação pessoal/exclusiva ao leitor.

A editora não se responsabiliza pela manutenção, atualização e idioma dos sites referidos pelos autores nesta obra.

Produção Editorial
Grupo Editorial Alta Books

Diretor Editorial
Anderson Vieira
anderson.vieira@altabooks.com.br

Editor
José Ruggeri
j.ruggeri@altabooks.com.br

Gerência Comercial
Claudio Lima
claudio@altabooks.com.br

Gerência Marketing
Andréa Guatiello
andrea@altabooks.com.br

Coordenação Comercial
Thiago Biaggi

Coordenação de Eventos
Viviane Paiva
comercial@altabooks.com.br

Coordenação ADM/Finc.
Solange Souza

Coordenação Logística
Waldir Rodrigues

Gestão de Pessoas
Jairo Araújo

Direitos Autorais
Raquel Porto
rights@altabooks.com.br

Assistente da Obra
Milena Soares

Produtores Editoriais
Illysabelle Trajano
Maria de Lourdes Borges
Paulo Gomes
Thales Silva
Thiê Alves

Equipe Comercial
Adenir Gomes
Ana Claudia Lima
Andrea Riccelli
Daiana Costa
Everson Sete
Kaique Luiz
Luana Santos
Maira Conceição
Nathasha Sales
Pablo Frazão

Equipe Editorial
Ana Clara Tambasco
Andreza Moraes
Beatriz de Assis
Beatriz Frohe
Betânia Santos
Brenda Rodrigues

Caroline David
Erick Brandão
Elton Manhães
Gabriela Paiva
Gabriela Nataly
Henrique Waldez
Isabella Gibara
Karolayne Alves
Kelry Oliveira
Lorrahn Candido
Luana Maura
Marcelli Ferreira
Mariana Portugal
Marlon Souza
Matheus Mello
Patricia Silvestre
Viviane Corrêa
Yasmin Sayonara

Marketing Editorial
Amanda Mucci
Ana Paula Ferreira
Beatriz Martins
Ellen Nascimento
Livia Carvalho
Guilherme Nunes
Thiago Brito

Atuaram na edição desta obra:

Tradução
Lívia Pacini

Copidesque
João Costa

Revisão Gramatical
Alessandro Thomé
Denise E. Himpel

Diagramação
Rita Motta

Capa
Erick Brandão

Editora afiliada à: ASSOCIADO

Rua Viúva Cláudio, 291 — Bairro Industrial do Jacaré
CEP: 20.970-031 — Rio de Janeiro (RJ)
Tels.: (21) 3278-8069 / 3278-8419
www.altabooks.com.br — altabooks@altabooks.com.br
Ouvidoria: ouvidoria@altabooks.com.br

Capítulo Um

Milan foi a primeira pessoa com quem Feyi transou depois do acidente.

Eles se pegaram num banheiro, numa festa no *Memorial Day* na casa de alguém, em Bushwick, a taça de Feyi derramando prosecco na pia enquanto Milan passava as mãos por trás das suas coxas e a erguia na bancada. Em volta deles, azulejos de granilite tingidos de sangue pela lâmpada vermelha que alguém tinha atarraxado no teto e uma cortina de linho pendurada na banheira, forrada de folhas de costela-de-adão. Feyi jogou a cabeça para trás, a boca dele na sua garganta, com suas longas *box braids* cor-de-rosa se espalhando em cima da torneira, as pontinhas mergulhando na bebida borbulhante.

— Me fala se quiser que eu vá com calma — disse Milan, com a voz toda enrolada, tomada de desejo. — Sei que a gente acabou de se conhecer e tal.

Ele falou como se aquilo importasse ou como se fosse um motivo para parar, em vez de uma razão para ir mais rápido. Feyi tinha topado com ele no *rooftop*, quando a festa estava bombando. Ela gostou de como o olhar dele a seguia, da altura dele, dos ombros largos. A melhor amiga dela, Joy, se aproximou, dando os braços a Feyi.

— Nossa, olha aquelas pernas! — sussurrou. — Coxas grossas pra *cacete*. Vou precisar que ele dê uma voltinha pra eu conferir aquela bunda.

Feyi revirou os olhos.

— Ainda bem que você não tem pau — falou. — Você seria um perigo pra sociedade.

— Se eu tivesse pau, aí é que teria *ainda mais* interesse na bunda dele — rebateu Joy.

— Retiro o que disse. Você já é um perigo pra sociedade. — Feyi deu mais uma olhadinha nas coxas em questão. — Além disso, é só usar uma cintaralho, você tá ligada.

— Não, não é a mesma coisa. Quero sentir ele me *apertar*. — Joy fechou os dedos para ilustrar o aperto, e Feyi sufocou uma risada, as suas tranças escorregando pelas clavículas. Milan olhou na direção das duas, encontrando o olhar de Feyi e sorrindo para ela do outro lado do *rooftop*.

Feyi já tinha decidido quem queria ser naquela noite, então devolveu o olhar com descaramento, deliciando-se naquela pele terracota e na barba escura e acobreada. Quando ele assentiu para os amigos e começou a ir em direção a ela, Joy soltou um gritinho e desapareceu, deixando os dois sozinhos. Feyi queria ir direto ao ponto, abreviando conversas inúteis, então tocou nos botões da camisa dele quando ele chegou perto o bastante.

— Você é gostoso — disse, antes que ele pudesse abrir a boca. — Tá saindo com alguém?

Um lampejo de surpresa passou pelo seu rosto, mas Milan se recompôs em um piscar de olhos.

— Que nada — respondeu, inclinando a cabeça para o lado e encarando-a. — Você tá?

Por um instante, houve pneus cantando e vidros se estilhaçando em um ruído insano, as pétalas macias de lírios brancos e um pedaço de terra se desfazendo entre as mãos de Feyi, mas ela tratou de espantar tudo aquilo como se espantasse uma mosca.

— Solteira — falou em resposta, se achegando a ele. Ele tinha cheiro de chuva e tangerina. — E, como dizem por aí, na pista pra negócio.

A frase teria sido tosca se ela não fosse tão linda, e Feyi sabia disso — ela sabia direitinho como deixar os lábios carnudos e vermelhos entreabertos, como olhar para ele por baixo dos cílios volumosos e negros, como usar um tom de voz altamente sugestivo. Não passava de um jogo, de uma fórmula simples, e não tinha problema nenhum lançar essas cartadas. Além de tudo, se ela pensasse a fundo em toda aquela coisa, nada importava de verdade. Ele tinha um tipo diferente de beleza e isso bastava.

Ela e Joy estavam bebendo desde o almoço, mas Feyi ainda não tinha ficado bêbada, só um pouco alta, o suficiente para escolher voltar à ativa com aquele corpo. Pelo jeito que o estranho, cor de terracota, tinha posto a mão na sua lombar, aconchegando-a contra ele, parecia que tinha topado. Joy estava em algum lugar perto do bar, certamente contendo a alegria ao ver Feyi dar um passo tão atrevido.

— Me chamo Milan — disse o estranho, a sua boca larga e deliciosa se curvando em um sorriso descontraído.

Precisamos mesmo de nomes? Feyi pensou, sem deixar de devolver o sorriso, os dedos abertos no peito dele, sentindo seu coração bater com força e firmeza sob a palma da mão.

— Sou Feyi.

Milan olhou em volta.

— Quer sair daqui?

Legal. Ele tinha entrado direitinho no jogo, sem hesitação, sem pudor.

— Só se for aqui perto. Vim com a minha amiga.

Ele concordou com a cabeça e olhou para Joy. Milan estava tão próximo que sua respiração acariciou a pele de Feyi, que também conseguiu ver as pintinhas escuras salpicando seus olhos castanhos quando ele voltou a encará-la, fixando o olhar nos lábios dela. Quando falou de novo, foi com um tom de voz baixo e rouco.

— Lá embaixo?

Feyi ergueu a sobrancelha, fingindo que não se incendiava de desejo com o fósforo que o desejo dele acendia. Ele a *queria* tanto que só perguntava o fundamental.

— Você é prático. Gosto assim.

Milan segurou a mão dela, e os dois saíram do *rooftop* se espremendo entre as pessoas na escada e depois foram se esquivando pelos cantos conforme ele a conduzia para o banheiro. Feyi observou os músculos das costas dele se mexendo sob a camisa enquanto ele fechava a porta e passava a chave, e depois, quando se virou, reparou no seu olhar de cautela.

— Então... — disse ele, dando espaço, sem fazer suposições.

Que fofo. Tão desnecessário. Feyi não precisava pensar naquilo. Ela pôs a bebida na bancada e puxou a blusa por cima da cabeça, prendendo brevemente as tranças cor-de-rosa no tecido preto, revelando os seios cobertos por nada além de um fino sutiã, pequenas argolas douradas pressionando a renda transparente.

O estranho — *Milan* — inspirou com força, os olhos acesos de desejo.

— Você é bonita pra caralho — grunhiu, ainda mantendo a distância. — A sua pele, ela... bebe toda a luz.

Feyi sorriu e não disse nada. Ela se aproximou, baixou o rosto dele em direção ao seu, a boca dele à sua, a língua pronta dele à sua. Ele a agarrou com avidez, afundando as mãos na carne dela, seus quadris pressionando um bastão de ferro contra a barriga dela. Feyi se sentiu um monstro e uma traidora, mas tudo bem, tinha que acontecer.

Foi justamente para isso que ela tinha vindo até aqui.

O ACIDENTE FOI HÁ CINCO ANOS, mas para Feyi era como se tivesse sido ontem e há uma eternidade ao mesmo tempo. Ela morava em Cambridge, perto da casa dos pais, mas depois não conseguiu mais encarar a estrada, encarar o volante ou o peso de tristeza e pena nos olhos da mãe sempre que as duas se viam. Então se mudou para Nova York, porque, se ela era um monstro, a cidade também era, gloriosa e iluminada e infinita, devorando o tempo e os corações e as vidas como se não fossem nada. Queria ser consumida pelo volume implacável de um lugar muito mais ruidoso do que ela, um lugar onde seu passado e sua dor pudessem se afogar no barulho. Aqui, Feyi tinha como manter o nome e o rosto intactos, mas virando outra pessoa, uma pessoa que recomeça, uma pessoa que não é assombrada. Ninguém em Nova York dava a mínima para a idade da tristeza guardada atrás de seus olhos e nas curvas pequenas de seus sorrisos. Ela não tinha que dirigir e podia chorar no metrô sem ninguém olhar nem ligar, porque ela não importava, e era um alívio enorme, de verdade, não importar mais.

Feyi foi morar em um prédio de tijolinhos vermelhos com Joy, sua melhor amiga da faculdade, e pagou com o dinheiro do seguro de vida, tentando ignorar a morbidez daquilo. Todo mundo disse que era o que ele ia querer, mas ela tinha certeza de que ele ia querer viver. Quase ninguém entendia o que eles queriam. Feyi não queria a grana, mas precisava dela, daquele cheque obsceno, e talvez precisasse até da culpa que vinha junto. Era uma punição que pareceu necessária, uma forma de equilíbrio. Ele estava morto, e ela, o que fazia? Continuava viva, fazendo arte. Que fútil.

Elas moravam em um quarteirão verde e ensolarado, passando a esquina da loja de plantas de Baba Yusuf e do restaurante que vendia comida típica de Trinidad e Tobago em horários inconsistentes. As duas fumavam baseados na saída de incêndio, e Joy convenceu Feyi a pintar o cabelo de rosa.

— Agora você está no Brooklyn — disse, na época. — Experimente um visual diferente. Não é nada de outro mundo.

Havia algo diferente no ar daquele primeiro verão que fez Feyi entrar na onda. Ela alugou um estúdio no quarteirão seguinte para trabalhar. Por mais grotesco que fosse, nada do que pintava ou costurava podia causar tanto mal quanto sua própria vida tinha causado. Feyi começou a ter esperança de que seu passado pudesse desaparecer, esvaecendo como uma música antiga, transformando a tristeza em nada mais que uma camada vaga sob sua pele. Só restaria seu resíduo, que lhe daria certa melancolia picante e inexplicável cujo aroma alguns homens conseguiriam detectar, e que atiçaria a vontade deles de salvá-la. Feyi sabia que já era tarde demais para aquilo tudo, então recuou e se esquivou de suas garras, de suas bocas famintas. Preferia a cidade, como uma espécie de entidade — ela não ligava para quem você era ou para seu problema; devorava a todos sem distinção.

Quando o calor chegou de vez na forma de uma onda de ar úmido, Feyi se sentiu seduzida a ser uma desconhecida e descobriu que era só o que queria. Ela e Joy alugaram um carro e foram para Riis Beach, fazendo topless no sol sob camadas de café e óleo de coco até a pele ganhar um tom profundo de marrom e dourado. Joy raspou a cabeça por impulso e tatuou um ponto preto sob cada olho. Feyi fez um piercing em cada mamilo e trançou os cabelos cor-de-rosa até a cintura. Elas desativaram as notificações, pediram comida, redecoraram o apartamento com plantas e começaram a fazer pizza todo sábado. Nada podia detê-las de ser o que lhes desse na telha.

— Você acha que estamos vivendo uma crise dos 25? — perguntou Joy uma vez, enquanto enrolava um baseado na sala de estar.

— Pra começar, já passamos um pouco dos 25 — respondeu Feyi. — Em segundo lugar, acho que só estamos descobrindo como sobreviver em um mundo em chamas... Que não é um crime estar vivo.

Joy olhou para ela com um sorriso terno.

— Estou orgulhosa de você — falou. — Sei que não é fácil falar isso.

Ela não estava errada. Não era fácil para Feyi fazer um monte de coisas, mas agora, com os beijos de Milan, que a espremia contra o espelho, Feyi descobriu que não estava tão abalada quanto esperava. Ela seria um monstro e uma traidora, mas apenas se outra pessoa estivesse viva, e ele não estava. Tinha que ficar se lembrando de que ele não estava. Feyi ainda achava errado, sim, mas de uma forma desconhecida, o que fazia sentido, já que ela tinha se tornado uma desconhecida, e leva tempo para se tornar uma pessoa nova. Se ela deixasse tudo para lá e só existisse aqui e agora, sem um passado, ficaria fácil. Na verdade, ficaria divertido.

— Estou falando sério. — Milan arfou, puxando ar entre os beijos desesperados, as mãos quentes nas coxas dela. — A gente pode parar a qualquer momento. Me fala.

A batida da música atravessava as paredes, e Feyi desabotoou a calça jeans dele, deslizando a mão para dentro. Milan tinha brinquinhos de diamante nas orelhas, e sua respiração estava entrecortada ao encará-la.

— Não para — murmurou Feyi na boca dele, e Milan sibilou ao inspirar pesadamente quando os dedos dela o envolveram e o puxaram para fora.

— Tem certeza? — perguntou ele, e Feyi tentou não revirar os olhos.

— Que cavalheiro! — zombou, mantendo o tom gentil, e voltou a beijá-lo, passando a língua por entre seus dentes e o apertando com mais firmeza. Caramba, ele era *grosso*.

Milan fez um som áspero e subiu a saia dela até a cintura, comendo a pele dela com as mãos. Feyi ouviu um rasgão e riu de prazer ao ver sua calcinha fio dental de renda desfeita. Milan jogou as tiras delicadas para o lado e deslizou os dedos dentro dela.

— Deixa eu te compensar por isso — disse, curvando os dedos para a frente.

Nessa hora, Feyi gritou, arqueando as costas, e ele riu dentro de sua boca, ainda duro e latejando na mão dela. Ela tinha se esquecido da sensação — do frenesi, da maneira como o desejo quase tomava uma forma dentro dela: algo grande e barulhento e tão exigente. Tudo era apressado, perigoso, exatamente como ela queria, muito rápido para pensar, muito duro, muito molhado para se lembrar de algo ou alguém. Ela afastou a mão dele com um empurrão e aproximou a ponta da cabeça. Imprudente.

— Espera — disse ele. — Eu tenho uma...

Feyi envolveu os quadris dele com as pernas.

— Tudo bem.

Imprudente.

— Mas...

— Xiu. Aqui.

Ela o esfregou na sua umidade, e Milan conteve um palavrão na garganta ao perder totalmente o juízo.

— Ah, você é *malvada* — sussurrou, penetrando-a devagar, firmando compromisso com o erro deles. Ela começava a gostar disso nele, da forma como tomava decisões, abandonando a incerteza assim que a escolha estava feita.

A mente dela girou quando ele abriu caminho, flutuando no puro prazer. Feyi mordeu o ombro dele enquanto ele adentrava e choramingou quando ele começou a tirar, insuportavelmente devagar. Porra, fazia tanto tempo, como ela tinha aguentado tanto? Não é à toa que Joy ficava mandando ela ir transar.

— Mais rápido. — Ela arquejou, e Milan riu.

— Pede com educação.

— Ah, seu filho da mãe.

Ele tirou tudo para fora, e Feyi prendeu a respiração, a dor repentinamente rugindo furiosa.

— Pede com educação — repetiu, com um sorriso malicioso. — E eu te dou tudo o que você quiser.

Ela precisava que ele continuasse. Ele não entendia. Eram tantas as coisas que ela estava reprimindo.

— Por favor — implorou, cedendo. — Por favor, me foda.

O sorriso de Milan desapareceu na hora e algo sombrio tomou seu lugar, mas ele deu a Feyi o que ela queria, voltando a penetrá-la bem fundo em uma estocada forte. Ele passou os braços sob os joelhos dela, erguendo e abrindo suas pernas, e empurrou ainda mais fundo. Um som brotou da garganta de Feyi quando ele torceu um dos piercings em seu mamilo.

— Assim? — perguntou ele, observando-a gritar sem desviar o olhar.

Feyi pôs a mão no pescoço dele, envolvendo-o de leve, mal tocando a sua pele. Era quase perfeito.

— Mais forte — pediu com a voz falhando, e Milan atendeu, suas mãos deixando marcas, a saia dela amontoada e enroscada na joia que envolvia sua cintura, a calça dele abaixada até os tornozelos.

Ambos ainda estavam de sapato. Os saltos de Feyi se agitavam no ar por cima dos ombros dele, e ela não ligava para o barulho que fazia, não ligava se alguém conseguia os ouvir por cima da música e através da porta — porque lá estava, aquele espaço branco, sagrado e ofuscante, aquele nada causticante que a queimava viva, tão viva, nos braços dele, dois estranhos perdendo o controle, e ela o envolvia, implorava para ele continuar, e Milan continuava, com a voz se contorcendo em sons graves e descontrolados. Quando ele sussurrou um aviso e fez que ia tirar, Feyi agarrou seus quadris, mantendo-o bem lá no fundo e encostando os lábios na orelha dele. Os homens eram fáceis, bastava algumas chaves para abri--los, como uma senha rápida.

— Goza dentro de mim. — Ela soprou o apelo com a voz macia e obscena, como se implorasse, como se estivesse louca por ele, o que, de certa forma, era verdade.

Como eles já estavam fora de si e eram imprudentes e humanos, Milan praguejou, retorcendo o rosto, perdendo a noção, e a atendeu mais uma vez, empurrando o mais fundo que podia, gemendo contra o espelho, o azulejo e ela, a pele dos dois escorregadia de suor, esfregando-se uma na outra. Feyi sentiu outro orgasmo tomar seu corpo e o recebeu em toda sua displicência ilícita. Ela não falou o nome dele — naquele momento, nem mesmo se lembrava direito de qual era —, mas quando ele a beijou de novo, ela devolveu o beijo, e os dois ficaram imóveis por um tempo, com as testas encostadas, tentando recuperar o fôlego enquanto o ar se assentava em volta deles.

— Desculpa. — Milan conseguiu dizer. — Eu não costumo... fazer isso.

Ele se endireitou e saiu de dentro dela, se virando para pegar papel higiênico e fechar a calça enquanto Feyi saltava da bancada e puxava a saia para baixo.

— Sem problemas — respondeu, pegando a blusa.

— Eu me deixei levar. Não devia. — Milan entregou um tanto de papel higiênico para ela, sem sorrir. — Eu sempre uso camisinha, em geral.

Claro. Feyi não comprou aquela balela; foi muito fácil convencê-lo.

— Estou tomando pílula — respondeu, já que era para entrar naquele jogo. — Eu não teria... você sabe. Se não estivesse tomando.

O rosto dele se iluminou de alívio.

— Ah, beleza. Legal.

Eles ficaram em pé se olhando por um instante, até Feyi jogar as tranças por trás dos ombros.

— Eu acho que preciso mijar — falou, feliz com o tom direto das palavras.

— Ah! Claro. — Milan se voltou para a porta, mas parou e virou de novo. — Na verdade... você me dá o seu telefone?

Feyi ergueu uma sobrancelha.

— Foi bom demais, né?

Milan riu.

— Só estou pedindo. Queria te chamar para sair assim que te vi lá em cima.

— E ainda quer?

Ele franziu a testa.

— Por que não ia querer?

Feyi deu de ombros.

— Sei lá. — Ela esticou a mão para ele entregar o celular e digitou o próprio número. — Manda uma mensagem se quiser.

Milan se aproximou para dar um beijo na sua bochecha, com os lábios macios como uma asa.

— Te ligo — disse, antes de fechar a porta do banheiro e ir embora.

A música da festa atravessou o vão da porta em uma rápida fatia de som, depois ficou abafada de novo.

Feyi subiu a saia e se sentou no vaso sanitário, ouvindo o xixi bater na água, com um meio sorriso brincando no rosto. O que foi aquilo que acabara de acontecer? Ela limpou o gozo dele e suspirou. Joy ia matá-la quando soubesse que tinha trepado sem camisinha, mas Feyi não sabia se conseguiria se explicar. Era fora de cogitação vê-lo gozar na própria mão ou na sua saia ou na coxa, aquele arco branco. Ela não suportaria ver, ainda não, não daquele jeito. Não queria ter uma imagem do troço daquele estranho como algo sórdido e usado, algo feio e frenético. Era melhor ficar perto, um colado no outro, com intimidade. Como se eles fossem alguma coisa. Como se aquilo fosse algo belo. Ela só precisou que não parasse, pois, caso se perdesse em Milan e na sua pele, caso não houvesse nada além do movimento de vaivém, forte e rápido, afastando todo o resto, então não haveria fantasmas.

Não haveria nenhuma lembrança de um homem de estrutura delicada com olhos amendoados e cachos trançados, nenhuma lembrança de como ele gostava de entrar e sair dela com gentileza e sem pressa, do som de sua voz ao sussurrar quanto a amava. Feyi balançou a cabeça e deu descarga, recolhendo a calcinha em farrapos do chão e jogando-a no lixo. Ela saiu pelo corredor e trombou justo em Joy, com suas pernas longas e lantejoulas roxas.

— Aí está você! Para onde você fugiu? Está pronta para vazar? Começaram a fazer carreirinhas lá em cima e, como você sabe, eu não perco tempo com esse tipo de merda.

Feyi abriu um sorriso.

— É, vamos embora. Chama um Uber?

— Já chamei, está a uns sete minutos daqui. — Joy olhou para o banheiro avermelhado por cima do ombro de Feyi. — Espera, você ficou aqui esse tempo todo? Com *ele*?

Feyi sorriu.

— Bom. Você *queria* que eu transasse.

— *Minha* vadia! — Joy jogou os braços em volta de Feyi e a apertou com força. — Nossa, você está com cheiro de sexo. Que orgulho!

— Tá, tá. Vamos dar o fora daqui.

Elas foram se esquivando e atravessando a festa até saírem da casa, empurrando as portas de entrada e escapando pelos degraus da escadaria.

Joy se deteve e sacou um maço de cigarros, passando um para Feyi.

— Você contou a ele? Você sabe...

Feyi acendeu o isqueiro e se inclinou, a chama florescendo em suas mãos.

— Contei o quê?

— Que é a primeira vez desde o acidente?

Feyi deu uma olhada rápida para ela.

— Se eu disse que não transei com ninguém nos últimos cinco anos? — Ela deu uma tragada, jogou a cabeça para trás e assoprou uma pluma de fumaça no ar. — É claro que não! O que ia parecer?

Joy levantou as mãos.

— Estava só pensando.

— Uhum. — Feyi olhou para a rua escura e suspirou. Hora de abrir o jogo. — Mas você vai ficar puta.

Joy apontou um dedo na direção dela.

— Tá vendo? Eu *sabia* que estava bom demais para ser verdade. Que porra você aprontou? Se for safadeza, fala rápido, antes que o carro chegue.

Feyi gemeu. Aquilo ia ser desagradável.

— Tá, então o que aconteceu foi que...

— Hum.

— A gente meio que... não usou camisinha.

Joy se engasgou com a fumaça do cigarro.

— Vocês o quê?

Feyi deu um sorrisinho fraco.

— Calor do momento?

Sua melhor amiga apertou o maxilar.

— Me fala que ele tirou antes de gozar. Por favor, Feyi, me diz que sim, *pelo menos* isso.

Bem, ferrou.

— Eu uso DIU, lembra? Não é pra esquentar tanto a cabeça.

— Não é pra... Cara, você pirou? Você deixa ele te comer desencapado *e* deixa ele gozar dentro?

Feyi olhou para baixo e raspou o chão com o dedo do pé.

— Eu sei, eu sei.

— *Está na cara* que não sabe.

— Ei, foi a minha primeira vez desde então, você sabe. Me dá um desconto, caramba.

Ela reconheceu o olhar no rosto de Joy — sua melhor amiga estava travando uma batalha entre ter empatia e dar um esculacho completo nela.

— Sabe do que mais? — Joy respirou fundo e fechou os olhos. — Vou dar uma passada no mercadinho porque você está acabando comigo com essa merda. Não sai daqui, e se um Hyundai branco aparecer, faz ele esperar.

— Ah, então é assim? Você simplesmente corta o papo?

— Olha, não estou cortando porcaria nenhuma. Nós duas vamos ter uma longa conversa quando chegarmos em casa, quando eu parar de ter vontade de te jogar da escada, sua vaca. — Joy fuçou a bolsa, procurando uns trocados enquanto resmungava baixinho. — Como pode pôr pra foder uma noite perfeita deixando um cara que acabou de conhecer meter desencapado?

Feyi encolheu os ombros.

— Entendi que você não comprou a minha defesa do "calor do momento"?

Joy deu uma olhada rápida para ela, e Feyi escondeu um sorriso. Era duro bancar a arrependida quando, na verdade, ela se sentia maravilhosa, quando só de pensar no que havia acontecido no banheiro, sentia arrepios no corpo inteiro. Feyi se sentou no degrau quando Joy começou a andar e depois gritou para ela:

— Ei, amiga, pega um chiclete para mim lá?

Joy mostrou o dedo do meio sem olhar para trás.

— Não.

As luzes da rua se refletiam nas lantejoulas violeta do vestido até Joy entrar na loja, e, de repente, Feyi ficou sozinha, exceto pela presença da música distante que vinha da casa e da dor na parte interna das coxas.

Não era tão ruim assim, isso de estar do outro lado. Ela inspirou fundo e olhou para o céu, inclinando o corpo para trás para descansar os cotovelos nos degraus. Não havia estrelas, apenas uma lua borrada suspensa sobre os prédios de tijolinho. Feyi conseguia sentir a pulsação entre as pernas, um lembrete ritmado do estranho com diamantes nas orelhas e tangerina no pescoço. Por um segundo traiçoeiro, ela sentiu vontade de contar tudo a Jonah, para ouvir a sua risada suave mais uma vez. Ele perguntaria se ela tinha se divertido. Feyi apertou os cotovelos nos degraus de pedra para desviar o pensamento, com força para machucar. O verão estava começando, ela estava viva e muito perto de se tornar a pessoa que queria — alguém que tinha seguido em frente, alguém que não passaria a vida vestindo preto, alguém que Milan tinha segurado como se estivesse se dissolvendo dentro dela, como se ela fosse de carne e osso sob suas mãos famintas, sob a luz violenta da lâmpada vermelha. Alguém que trancou o prazer em um banheiro pequeno e o arrancou de dentro de si, uma massa suada e turva de vida em uma bancada de banheiro. Se ela conseguiu viver essa noite, era capaz de viver qualquer coisa — de viver o resto da vida, por exemplo.

— Você conseguiu — sussurrou para si mesma, a voz arranhando, o cigarro morrendo em cinzas entre seus dedos. — Você é capaz.

A música ia se dissipando da festa, e não tinha ninguém ali para responder nada. Feyi apagou a bituca e ficou esperando o carro chegar.

Capítulo Dois

Foi fácil manter o acidente em segredo. O que aconteceu naquela noite fria nos limites de Cambridge era parte de um passado tão distante que as poucas cicatrizes que ela tinha ganhado eram quase indiscerníveis em seu corpo — ilhas intermitentes de tecido hipertrofiado caindo como estrelas pela sua perna esquerda, uma linha em zigue-zague e alto relevo atravessando a palma da mão, um hematoma que nunca saía do antebraço, de quando a tiraram arrastada do carro, raspando sua pele na pista. Quando Milan ligou, como tinha dito que faria, a convidando para ir à casa dele em Bushwick, Feyi pensou em lhe contar, mas quando ele abriu a porta se derramando em sorrisos, decidiu que não. Ele pensaria que aquilo era importante, que trazia um peso de responsabilidade. Feyi não queria que ele a tocasse como se ela fosse de vidro rachado e muito menos vê-lo pisando em ovos com uma intimidade forçada, sendo que, sejamos honestos, o cara só tinha topado uma trepada.

Ela se sentia bem com ele, e aquilo parecia bastar — o corpo dele parecia bastar, por cima, por baixo e por dentro do corpo dela. Eles continuaram saindo por algumas semanas, nada sério. Milan era fofo, mas na dele, um menino da cidade tão educado que encheria a avó de orgulho. Não queria mergulhar e escarafunchar nos sentimentos dela, e

Feyi era grata por isso. Já era o bastante deixar alguém tocá-la — só de existir nas mãos e sob o olhar dele, sua carne se tornava real.

— Sinto que estou usando ele — contou a Joy um dia, depois que voltavam de um jantar, descendo a Segunda Avenida enquanto a cidade despejava pessoas em volta delas.

Joy deu risada.

— Amiga, acho que ele não liga. Ele ganha sexo com *você* de brinde, acorda!

— Um argumento válido. — Feyi pulou uma poça. — E outra: ele é bom nisso.

Ela tinha orgasmos frequentes com ele, os dois dormiam de conchinha e tudo o mais, mas Feyi sempre ia embora pela manhã. Nada de café da manhã, nada de encontros. Desse jeito era mais simples e direto.

Joy olhou para ela.

— Fico feliz que vocês ainda estejam bem, amiga. Você merece se divertir um pouco.

A garganta de Feyi se estreitou de emoção. Depois do acidente, tudo ficou extremamente escuro, anos e anos de um espesso torpor, quando ela não suportava que ninguém a tocasse. Mas agora, lá estava, a caminho de encontrar seu pau amigo e os amigos dele em um bar. Feyi deu o braço para Joy e a puxou para perto.

— E como estão as coisas com aquela bartender que você andou vendo? — perguntou.

Joy acendeu um cigarro e permitiu a digressão.

— Descobri que ela é casada. Acredita?

Feyi deu risada.

— Mas você ainda tá trepando com ela, não tá?

— É lógico. — Joy expirou uma pena de fumaça. — Até parece que ligo pra um marido.

Um dia desses, Feyi sabia que teria uma conversa com Joy sobre essa história de ficar indo atrás de mulheres heterossexuais, mas, por outro lado, as duas eram amigas de longa data, e é claro que Joy estava ciente do próprio padrão e das raízes retorcidas que estavam por trás dele. Todo mundo tinha o direito de varrer algumas mágoas para baixo do tapete e guardá-las em segredo. Tipo Milan, que se envolvia em um escudo de leveza e diversão. Algumas vezes, Feyi o flagrava olhando para o teto quando ele pensava que ela estava dormindo, o peso sedimentando em seus olhos. Ela sempre fingia não reparar; tinha uma ferida aberta do tamanho de um país inteiro dentro de si e não queria roçar na carne viva dele. Não era motivo de se culpar. Feyi tinha passado um bom tempo construindo proteções e elas estavam funcionando, finalmente — o rosto de Joy rindo através da névoa, os braços de um amante casual a esperando ao fim de uma noite, uma cidade insone que comportava vidas suficientes para ela esquecer as que tinha vivido antes.

Então não falou nada, atravessando a rua com a melhor amiga, ambas iluminadas pela lua. Era quase suficiente, ou teria que ser, pois elas não tinham nada além disso.

No bar, Joy girava o canudo no drink e seus olhos brilhavam intensamente, como a malha dourada do seu vestido.

— Trepa com ele e depois com os amigos dele — sugeriu, com um sorriso malicioso. — Acho que é a única opção sensata aqui.

Feyi riu e entregou sua comanda para o bartender marcar os pedidos.

— Não, sem condições de sair por aí fazendo *esse tipo* de loucura.

Joy inclinou a cabeça raspada, sua pele de mel refletindo milhares de luzinhas.

— Estou ligada que a gente acabou de chegar, mas sinto a necessidade de te lembrar. Você já *viu* os amigos dele?

Feyi jogou as tranças turquesa para trás dos ombros e deu uma olhada na direção de Milan, que estava bebendo com seus amigos. Joy tinha razão — eles eram lindos, absurdamente lindos, e o efeito cumulativo de todos andando em bando era totalmente injusto.

— Merda, você tá certa. — Feyi deu uma risadinha. — Quase sinto pena de não ter tido um cardápio pra escolher lá na festa. Como pode eles serem *todos* tão gatos, porra?

— Por que você está fazendo perguntas quando poderia estar pegando um trenzinho da alegria? Piuí, caralho!

Feyi se engasgou com a bebida, e Joy caiu na gargalhada, virando um shot.

— Só pra dar um toque! — Ela bateu o copo no balcão do bar. — Vocês dois nem estão juntos pra valer. Não é que os amigos dele sejam zona proibida.

Feyi revirou os olhos.

— Mulher, você sabe que eles são sensíveis. Com todas aquelas regrinhas de talaricagem e tal.

Joy tirou um sarro e pediu outra dose para o bartender com um gesto.

— Vou repetir: você já *viu* aqueles caras? Meu, que se *foda* a talaricagem.

Feyi deu outra espiada na mesma hora em que um dos caras levantava a cabeça da tela do celular. Seus olhos se cruzaram e ela se pegou sustentando de novo o olhar, assim como tinha feito quando viu Milan pela primeira vez. Esse era esguio, com a pele de um marrom-escuro suave e usava um terno casual, com a camisa desabotoada na garganta. No começo, o ar entre eles estava neutro, apenas duas pessoas que tinham se flagrado de repente, registrando o rosto uma da outra. Feyi imaginou como ela estava sob aquela avaliação, no fundo dos olhos dele. Ele estava relaxado, encostado na parede e sentado num banco do bar, com o paletó aberto. Alguns segundos se passaram, e ele não desviou o olhar. Nem ela.

O ar entre os dois ficou tenso, como uma provocação, como um desafio. Quando ele pôs o telefone de lado e se endireitou, o interesse agora rondando seu rosto fino, Feyi subitamente sentiu que estava a caminho de algo, mas não sabia do quê. Ela o observou se aproximar de Milan, falando baixo sem tirar os olhos dela, tão descarado com aquele olhar interessado.

Joy reparou e deu um gritinho contido.

— Ah, gata, aquele homem está te *secando*.

— Cala a boca! — Feyi sibilou, sem mexer a boca nem tirar o sorriso dos lábios, enquanto Milan se virava e abria um sorriso receptivo para ela e Joy, chamando as duas com gestos.

O homem ao lado dele não tinha parado de olhar, sem se preocupar em disfarçar a curiosidade que aumentava a cada passo que Feyi dava ao se aproximar.

— Você tá ferrada — sussurrou Joy em resposta, mantendo um sorriso igualmente fixo ao acompanhá-la.

— Oi, linda — disse Milan, passando o braço em volta de Feyi e dando um beijo na sua bochecha. — Esse é o meu mano, Nasir. Nasir, essa é Feyi.

Nasir sorriu com o canto da boca, mostrando um vislumbre dos dentes brancos por baixo, e ela ofereceu a mão.

— Oi — falou. — Prazer em conhecê-lo.

Ele apertou sua mão, encostando a pele seca e quente na dela.

— Prazer — respondeu, sustentando o olhar e segurando a mão dela por um tempo maior que o normal. Milan não percebeu.

— Você deve ser Joy. — Milan foi dizendo ao soltar Feyi e abrir os braços para recebê-la.

— Sim, oi... Ah, é um abraço — exclamou Joy, arregalando os olhos para Feyi por cima dos ombros de Milan.

— É isso aí. Só ouvi coisa boa de você.

— Ah, então ela não me promoveu o suficiente — rebateu Joy, e todos riram.

Eles fizeram um turno rápido de apresentações com o restante do grupo — Grant, o médico, Tolu, o cara que trabalha com finanças, Clint, o arquiteto. Nasir era consultor em uma área qualquer; ele não parecia tão interessado em falar de trabalho quanto os outros. Tolu ficou dando indiretas estranhas sobre sua vida sexual, sobre suas viagens, o tempo todo lançando olhares de esguelha para Joy, obviamente querendo impressioná-la. Feyi reprimiu um bocejo — ela odiava fingir que dava bola para as merdas que um cara aleatório falava para puxar assunto.

Nasir se esgueirou ao seu lado.

— Milan falou que você é artista.

O perfume dele era levemente almiscarado, com algumas notas apimentadas intrometidas.

— Pois é — respondeu. Ainda era estranho dizer que esse era o seu trabalho, mesmo que já fosse havia anos. — Eu crio coisas.

— Ótima explicação. — Nasir virou a cabeça em direção a ela e sorriu. — Eu mesmo sou meio colecionador. Estou só começando, mas adoraria ver o seu trabalho, se você topar. Tem alguma mostra em breve?

O cabelo dele brilhava em cachos fechados e pretos, e Feyi tentou não olhar para aquela camisa apertada no peitoral.

— No momento, não. Fiz algumas mostras coletivas e no ano passado tive minha primeira mostra solo em Boston.

— Ah, você é de lá?

Feyi fez uma careta.

— Não. Os meus pais são professores em Cambridge.

— Bem. — Nasir pôs a mão no bolso e puxou a carteira. — Quem sabe a gente não marca uma visita ao seu estúdio um dia desses?

Ele entregou um cartão de visitas e Feyi o pegou com cautela, surpresa com o peso do papel preto em relevo. Só tinha o nome dele e um número de telefone.

— Você é sério, hein? — disse.

Ele deu risada.

— Sou sempre sério.

Caramba, ela pensou, até a risada dele era sexy. Ele ficou com ruguinhas no canto dos olhos e, quando olhou para ela, Feyi teve que lembrar que estava lá com Milan, não para dar uma conferida em seus colegas. Ela guardou o cartão na bolsa. Os olhos de Nasir brilharam quando ele olhou para um ponto atrás dela, seu rosto se acendeu com uma alegria que o transformou, para o espanto de Feyi.

— Lorraine! — gritou, depois dirigiu o fulgor de seu sorriso para Feyi. — É a minha irmã — explicou —, que acabou de chegar de avião.

Uma garota baixinha de pele impecável e *sisterlocks* loiros se jogou nos braços dele, batendo a mala de viagem no braço de Feyi. Ela e Nasir riam com a mesma boca carnuda e larga, girando e girando, e Feyi aproveitou a oportunidade para sair de fininho e encontrar Joy, que tinha escapulido para o bar e estava dando uma conferida na recém-chegada com um interesse descarado.

Feyi deu uma cutucada nas costelas dela com o cotovelo.

— Você tá babando — disse.

— A culpa é minha? — retrucou Joy. — Olha só pra ela! Você acha que ela curte meninas?

— Como se isso importasse pra você.

Joy deu uma piscadela.

— Boa. Vou ver se ela me deixa pagar uma bebida.

Feyi balançou a cabeça e deu risada.

— Vai lá, malvadona. — Ela sabia muito bem que não adiantava tentar impedir Joy de ir à caça. — Boa sorte.

— Ha! Nem preciso.

Joy saiu em posição de ataque e Feyi foi para o telhado, tocando no braço e na lombar das pessoas para ir passando pela multidão, murmurando desculpas e obrigadas até conseguir chegar às portas. Havia poucos grupinhos de pessoas lá fora, algumas fumando num canto, a maioria apenas conversando em pé. A cidade se espalhava em prédios e luzes abaixo delas. Feyi segurou o metal frio do parapeito com as mãos e fechou os olhos, sentindo o ar na pele, ouvindo as camadas de som, o DJ lá dentro, o burburinho das conversas e a música em volta dela, o ruído fraco dos carros passando tantos andares abaixo. Ela queria outra bebida. Queria entrar num carro com Milan e voltar para a casa dele, ter um orgasmo na boca dele, ir embora enquanto ele estivesse dormindo para passar o resto da noite na própria cama sem aquele corpo respirando ao seu lado. Ela queria esquecer que era real.

— Posso me juntar a você?

A voz surgiu baixa e inesperada, perto de seu ouvido. Feyi tropeçou nos saltos ao se virar para trás, assustada. O amigo de Milan estava bem ali e passou uma das mãos pelas costas dela, puxando-a para longe do parapeito, a palma da mão contra a pele nua de Feyi. Ela se arrependeu da roupa por um instante, do tão pouco que o vestido cobria, do tanto de pele que revelava, pele que se arrepiava ao toque dele. Seu nome ainda estava fresco na mente, seu cheiro, e ele estava perto, tão perto, tirando ainda mais seu equilíbrio. Feyi colocou a mão no peito dele para não cair totalmente em cima do rapaz.

— Você está me tocando — reclamou.

Ela se sentia eletrizada, choquinhos percorrendo todo o corpo. Ele irradiava calor, e a carne traidora de Feyi respondia, o pulso acelerando.

Nasir sorriu.

— Em primeiro lugar, estou te ajudando a não cair de um prédio — respondeu. — Em segundo... — E aí fez questão de olhar para a mão dela em seu peito e baixar um pouco a voz. — *Você* está *me* tocando.

Feyi recuperou o equilíbrio e tirou a mão do peito dele.

— Pronto — disse. — Agora você pode tirar a sua.

Ela se perguntou se ele conseguia perceber a respiração dela um pouco mais acelerada, as pupilas mais dilatadas.

Nasir tirou a mão das costas, mas só em parte, deixando as pontas dos dedos roçarem a pele que cobria a coluna dela.

— Tem certeza? — perguntou, com um tom de voz suave e brincalhão.

Feyi prendeu a respiração. As palavras se pareciam muito com as de Milan naquele banheiro na primeira vez, eram muito íntimas. Elas tinham peso demais, e Nasir a olhava com avidez. De repente, aquilo que estava rolando entre eles pareceu muito rápido e muito perigoso, como se ela estivesse à beira de um precipício com estranhos obscuros e famintos a esperando cair. A boca dele parecia macia, seus dentes afiados por trás daqueles lábios cheios. Feyi sentiu aquilo na nuca — ele estava *atrás dela*. Aquele olhar resoluto no bar, agora isso de encontrá-la ali em cima, perseguindo-a sob o céu da cidade.

— Não faça isso — disse ela, ficando na defensiva instantaneamente. — Eu mal te conheço.

Nasir se afastou na hora, guardando as mãos nos bolsos.

— Você tem razão. Estou sendo... inadequado. — Ele baixou a cabeça e torceu a boca. — Pensei que nós dois tivéssemos sentido alguma coisa, mas... deixa pra lá. Eu pareço um idiota falando. Foi mal.

Ela não estava esperando um arrependimento tão a jato. Ele quase parecia esquisito, como se seu charme fosse só fachada, e Feyi não soube bem o que dizer.

— Você é bastante... óbvio. — Tirou a frase da cartola.

Nasir sorriu de leve e encolheu os ombros.

— É, já me disseram.

— Mas também, pra quê?

Ele olhou para ela, surpreso.

— Como?

As palavras tinham saído de forma inesperada, mas Feyi prosseguiu, usando a agressividade branda como escudo. Era melhor do que toda a incerteza.

— Não, na boa. Você está aqui, flertando comigo, me tocando como se quisesse alguma coisa, mas pra quê? Você quer transar?

Nasir pareceu perplexo com tamanha franqueza. Feyi achou um barato ver aquela reação. Os homens não estavam acostumados a esse tipo de confronto.

— Pra que, meu chapa? — insistiu. — O que você quer com isso?

Ele riu, cobrindo a boca com a mão, subitamente esquisito.

— Ah, merda, você vai partir para o ataque.

Feyi deu de ombros.

— Você não pensou antes? Só partiu pra cima, tipo: *epa, que tal dar em cima da garota que está com Milan?* Vocês não têm um código, regras ou qualquer merda assim? Ou você achou que Milan não ia ligar de compartilhar?

Assim que terminou de falar, qualquer traço de leveza que havia restado no ar entre os dois desapareceu totalmente.

— Não foi essa a minha intenção — explicou Nasir, com o rosto endurecido.

Feyi abraçou o próprio corpo, sentindo um peso se infiltrar, com toques de pura raiva.

— Qual é a intenção, então, quando você tenta comer a mina que o seu amigo tá comendo? — Ela balançou a cabeça e saiu andando, deixando-o para trás. — Preciso achar a minha amiga.

— Feyi.

Ela o ignorou ao passar, batendo o ombro no dele. Nasir segurou o seu braço.

— Feyi! — Ele baixou a mão quando ela o fulminou com o olhar, com todo o calor do aperto passando dos dedos para o rosto dele. — Me escuta, por favor. Não é bem assim.

Ela não ligava. Não conseguia nem expressar o quanto não ligava. Talvez fosse um lance entre Milan e seus amigos, isso de passar uma garota de mão em mão. Talvez eles fizessem *ménages* ou trenzinhos. Ela só queria encontrar Joy.

— Está esfriando aqui fora.

— Eu *senti* algo. — Nasir tinha se aproximado de novo, os olhos em chamas sobre as maçãs do rosto. — Não estou tentando te levar pra cama. No minuto em que te vi, *senti* algo. Não sei o que foi, o que é, mas não é desse jeito que você está fazendo parecer. Tipo, eu amo Milan, ele é meu amigo! Juro por Deus, não estou tentando fazer ele de otário.

Feyi franziu a testa. Ele balbuciava, as sobrancelhas unidas, a voz urgente, e ela foi ficando curiosa. Ele parecia se importar demais com o que Feyi pensava, então ela o deixou continuar, ainda de braços cruzados na frente do corpo.

— Só sei que te vi e... Olha, agora mesmo, eu só perguntei aquilo porque não queria parar de te tocar. Não queria que você parasse de me tocar. Eu só... — Nasir cobriu o rosto com a mão e soltou o ar. — Porra, pareço um maluco. Sei lá. Desculpa.

Feyi olhou para ele. Caramba, ele era bonito, mesmo que um pouco maluco. Ela queria a proximidade dele. Ela queria muita, *muita* distância. Por um instante, considerou a ideia de tomar sua mão e levá-lo ao banheiro, para descobrir se ele fazia sexo com o mesmo desespero com que falava. Talvez aquela pudesse se tornar sua marca registrada — uma aparição que esvoaçava pela cidade, puxando homens para cubículos para transar com eles. Pequenas frações de tempo, insuficientes para se tornar uma pessoa real. Podia se tornar um vício; era tão bom ser o alvo da gula desses homens! Era um poder. Feyi queria que Nasir colocasse suas mãos compridas no rosto dela e a beijasse como se os amigos dele não estivessem lá, que a beijasse justamente *porque* ela estava saindo com seu parceiro, que destruísse a amizade deles porque a desejava demais. Feyi gostava das demonstrações de desejo, como Milan fazendo escolhas imprudentes naquele banheiro, como este homem se expondo ao ridículo agorinha mesmo.

Tirando que ele tinha acabado de dizer que não estava tentando levá-la para cama, mesmo que fosse uma mentira deslavada. Aquilo tudo era só desejo, cego e burro, e não tinha nada a ver com quem ela era, então não era sequer pessoal, por mais que ele tentasse passar um ar de profundidade. Eles tinham acabado de se conhecer. Ele não sabia quem ela era — só tinha visto uma mulher bonita com tranças nagô cor-de-turquesa e uma boca tingida de amora, um corpo enredado em paetê preto, então é claro que queria tocá-la e ser tocado. É claro que queria transar, por mais que tenha dito que não. Quando muito, conseguiu causar irritação em Feyi com aquela pretensa sinceridade. O que ela tinha com Milan era certeiro e simples, honesto desde o princípio, sem todas essas máscaras que Nasir colocava em cima do desejo.

— Você só está descrevendo a atração — disse ela, com a voz mordaz. — Não é tão profundo assim, e, além do mais, tem milhares de outras formas de lidar melhor com a situação. — Ela olhou em volta e achou Joy segurando duas bebidas e se esquivando pela pista de dança. — Tenho que ir. — Se ela fosse trouxa, poderia até pensar que ele parecia aflito, com as sobrancelhas ainda franzidas, os olhos preocupados. Ela se desarmou um pouco, o suficiente para abrir um pequeno sorriso, uma lembrancinha descartável de despedida. — Foi bom conhecer você, Nasir.

Ele hesitou antes de se inclinar e dar um beijo na sua bochecha, rápido e leve, uma borboleta audaciosa em forma de adeus.

— Prazer — murmurou, passando os olhos por ela pela última vez antes de dar as costas e ir embora.

Feyi ficou olhando o rapaz se afastar, o toque daqueles lábios se dissipando na sua pele, enquanto a batida da música ressoava em volta dela.

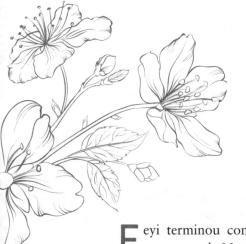

Capítulo Três

Feyi terminou com Milan duas semanas depois. Não por causa de Nasir, não exatamente, e não foi bem um término, porque tecnicamente os dois não namoravam, mas, em algum momento, Feyi começou a sentir que era insuficiente.

— Mas ele é tão lindo! — Joy reclamou no brunch. — Não é possível que seja tão ruim de cama.

— Ele não é nada ruim de cama! É só... é bom. É legal.

Joy estremeceu.

— *Legal* não é palavra para descrever o rala e rola.

— É... prazeroso?

— Meu Deus. — Joy deu risada. — Para. Você está acabando comigo e com a reputação do pobre rapaz. — Ela fez um sinal para o garçom trazer mais mimosas e olhou para Feyi, batendo as unhas de acrílico na taça vazia. — O que mais você quer dele? Um relacionamento?

— Não, nem a pau. — Feyi secou o cantinho da boca com seu guardanapo e o derrubou no colo, suspirando. — Não sei muito bem. Mais... *tchan*? Mais faíscas? Aquela primeira noite no banheiro foi fantástica, mas, quanto mais ficamos juntos, mais ficamos... estáveis?

— A mesma merda de sempre, né?

25

— É, tipo um restaurante que nunca muda o cardápio. — Feyi sacudiu a cabeça. — Tentei perguntar se ele queria dar uma variada, mas... nunca aconteceu.

— Então você quer, tipo, mais paixão.

— Talvez. Mas ela não acaba uma hora?

— Ah, por favor. — Joy afastou o corpo para deixar o garçom encher sua taça. — Vocês não são um casal passando pelo décimo primeiro ano de trepadas monótonas ou algo assim. Não se aplica.

Feyi sorriu em agradecimento ao garçom e passou o dedo pela borda gelada da taça.

— Ele me conforta. Tipo um amigo.

Milan não pareceu se incomodar quando ela disse que queria parar com o sexo. Ele tinha perguntado se eles podiam sair de vez em quando e, para a própria surpresa, Feyi aceitou a ideia, curiosa para ver como seria sem as transas.

— Porra! — Joy abriu um sorriso. — Então o que você tá dizendo é que Milan é um ursinho de pelúcia.

— Merda! Acho que eu não queria transar com um ursinho de pelúcia.

Joy baixou a taça de mimosa.

— Tchau. Basta.

— Desculpa. — Feyi riu. — Mas é verdade.

— Foi bom enquanto durou. — Joy ergueu a taça. — A Milan, o ursinho de pelúcia que sempre estará à disposição para dar aquela cutucada no seu útero.

Feyi fingiu um engasgo e sorriu com a palhaçada.

— Que frieza. Ele é um *ser humano*.

— Como se você estivesse cagando. Brinde, sua vaca.

Elas encostaram as taças, o tilintar nítido sobre a mesa.

— A Milan — disse Feyi.

Joy baixou a taça e estreitou os olhos, passando Milan adiante e começando a tramar para o futuro.

— Tá, agora pensa no que você quer daqui pra frente. Tipo, no que você quer *de verdade*.

— Acho que vou dar um tempo com isso — respondeu Feyi. — Não sei se quero me envolver pra valer com alguém, sabe?

Joy a ignorou totalmente.

— Ahh, você precisa de um safado daqueles. Um que chupe os dedos do pé e essas paradas. Que deixe você fazer fio terra. Pra apimentar.

Feyi desistiu.

— Às vezes você me preocupa.

— Preocupe-se com você mesma. Foi você que acabou de cortar o seu suprimento de pica.

— Que seja. Me fala o que está rolando com você.

Feyi comeu seus ovos pochê escutando Joy contar sobre a mulher casada com quem estava saindo, da desaprovação contundente do terapeuta, do frio na barriga que sentia quando dava uma escapada com ela. Ouvia e murmurava os sons apropriados, mas a pergunta de Joy sobre o que ela queria de verdade não saía de sua cabeça, como uma farpa irritante. Ela sabia o que queria e, se fosse para ser sincera, sabia desde aquela noite no bar, mas Feyi não *queria* querer uma coisa assim. Não queria pensar nas declarações estabanadas de Nasir nem na forma como tinha olhado para ela, como se desejasse mais do que seu corpo. Feyi preferia acreditar que ele não sabia o que queria e, com certeza, preferia ignorar a sensação maravilhosa de ser seduzida por aquele tipo de atenção. Tipo, Milan nunca teria agido como Nasir no lugar dele, indo atrás dela daquele jeito, porque era só uma trepada. Dava para achar sexo em qualquer outro lugar, e é claro que ele não deu a mínima quando ela terminou. Já devia até estar transando com outra pessoa. Feyi não era especial, por mais que tenha se sentido assim na primeira vez, quando ele tinha parecido tão próximo no banheiro, perdendo o controle como se estivesse desesperado por ela. Não dava para contar isso a Joy, porque ela ia dizer na hora que não tinha nada para romantizar naquilo que eles tinham feito. Analisando friamente, foi só imprudente e idiota. Sob o brilho sangrento da luz do banheiro, a sensação foi diferente, mas Feyi sabia que Joy tinha razão. Milan só tinha pensado com a cabeça de baixo. Aí apareceu Nasir, insistindo que não queria transar com ela, como se a desejasse para além do corpo.

Feyi não sabia se estava pronta para isso. Talvez não tivesse outra coisa para oferecer além do corpo, não nesse momento. Não enquanto continuava sonhando com vidro e asfalto e lírios brancos. Estava aliviada por Milan não querer algo além. Estava um pouco magoada por Milan não querer algo além. Será que ele farejava a vasta ferida que ela carregava no peito? Foi esse o motivo de tanta cautela? Era isso que Nasir estava caçando?

Feyi se forçou a parar de divagar, voltando a atenção para a mesa, para a história de Joy, que parecia basicamente descrever indiscrições conjugais e brinquedos sexuais cada vez mais complicados. Foi só mais tarde, depois de se despedir da amiga, voltar para casa e se jogar no sofá, ignorando um pedido de financiamento incompleto, que o pensamento voltou a surgir — e se ela só fosse interessante como uma desconhecida, antes de passar um tempo junto com eles, de verdade? Será que Milan tinha se... decepcionado? Nasir perderia interesse no minuto em que ela se tornasse real, deixasse de ser uma miragem contra o céu da cidade? *Por que essas coisas importavam?*

Feyi cobriu o rosto com uma almofada e gemeu. Não precisava mergulhar nessa espiral. Uma ideia melhor seria ver se conseguia adiantar a sessão de terapia da semana. Ficou lá deitada por um momento, nada além da escuridão macia da almofada sobre seus olhos e o suave borbulhar do aquário ao fundo, até o celular começar a tocar. Tateando às cegas com uma mão, Feyi deslizou o dedo pela parte de baixo da tela e aproximou o aparelho do ouvido.

— Alô — disse, com a voz abafada.

— Feyi? É Nasir. — A voz dele era igual à daquele dia no telhado, macia e próxima demais para o gosto dela. Feyi se sentou, jogando a almofada para o lado, o coração acelerado.

— Hum, quem? — Mentirosa do caramba, tinha ouvido muito bem o nome dele, mas não fazia sentido ele estar ligando. Quem tinha dado a ele seu número?

— Nasir. O amigo de Milan. Joy me passou o seu telefone.

Quando foi *isso*? Deixa pra lá.

— Ah, oi, Nasir! Que... surpresa.

Ele riu de leve.

— Eu sei. Desculpa não ter mandado uma mensagem antes, pensei em tentar a sorte com uma ligação. Me surpreende você atender um número desconhecido.

— Nossa, também me surpreende.

Houve uma pausa estranha até ele pigarrear e continuar a falar.

— Então, hum, estava pensando se você aceitaria jantar comigo.

— Ah, então você ouviu falar do término com Milan. — As palavras escaparam de sua boca e Feyi estremeceu com a franqueza. Chamá-lo de abutre oportunista daria no mesmo.

Nasir soltou um risinho.

— Lá vem aquele tom direto — respondeu. — E, sim, ouvi falar. Também ouvi quando você disse que existem outros jeitos de lidar com a atração. Pensei que te convidar para jantar fosse um jeito melhor do que o de antes.

— É, você não tá errado — rebateu Feyi, sem conseguir processar direito o que ele tinha dito. Um encontro. Ele estava propondo um encontro. — Você contou a Milan que ia fazer isso?

— Não, não contei. — A voz de Nasir era firme. — Não acho que você seja propriedade de Milan ou que eu precise da permissão dele para te chamar para sair. Além disso, é só um jantar.

— Então... não é um encontro?

— Ah, pode confiar que *é* um encontro, Feyi. Só queria deixar rolar primeiro. Se eu tivesse que levar uma conversa com Milan, sem querer ofender, seria entre mim e Milan. Você pode falar o que quiser pra ele, quando quiser.

Ele foi tão claro, como se abrisse uma estrada em direção a ela, como se nem cogitasse a possibilidade de drama. Feyi sorriu, agradecendo por ele não poder ver seu rosto.

— Então. — Nasir prosseguiu. — Vamos jantar juntos?

Ah, que se dane.

— Quando?

— Você pode hoje?

Feyi deu risada.

— Você não perde tempo, hein?

Nasir manteve o mesmo tom de voz.

— Quero te ver — disse, e foi aquilo, aquela frase simples, emaranhada na fome que agora ela associava a ele, que fisgou Feyi.

— Tá bem — respondeu. — Posso hoje. Lá pelas 19h30.

— Posso te pegar?

— Claro — disse, deixando o sorriso contaminar a voz. — Vou enviar o meu endereço por mensagem.

— Perfeito — rebateu Nasir. — Mal posso esperar.

Feyi desligou, enviou o endereço e imediatamente fez uma chamada de vídeo para Joy.

— Ei, amiga, como estão as coisas? — Joy atendeu, o rosto preenchendo a tela.

— Cara, você deu o meu telefone para o amigo de Milan?

— Ahh! — Joy rolou o corpo e ficou de barriga para baixo, apoiando o telefone em pé, com travesseiros brancos se amontoado à sua volta. — Ele ligou?

Feyi ergueu uma sobrancelha para a melhor amiga.

— Em primeiro lugar, de quem é essa porra de cama onde você está enfiada? Pensei que fosse fazer compras.

— Estou num hotel, cara, cuida da sua vida. Me diz se ele ligou!

— Ele ligou, mas tanto faz. Ele quer me levar pra jantar hoje.

Joy guinchou de alegria, agitando as pernas.

— É isso aí, sua vaca! Vai com tudo!

Feyi balançou a cabeça.

— Não posso com você, cara. Quando foi que você passou o meu número pra ele?

— Porra, eu mandei mensagem logo depois do brunch. Ele me deu um cartão naquele dia, disse que estava a fim de você mas que tinha estragado tudo e, se um dia parecesse que podia ter uma chance, para eu dar essa oportunidade.

Era a última coisa que Feyi esperava ouvir, Nasir seduzindo Joy para tomar partido dele.

— Mas que merda é essa? Por que você não me disse nada?

Joy deu de ombros.

— Mulher, você ficou meio abalada naquele dia. Eu ia jogar o cartão no lixo, mas, na boa, meio que curti a estratégia. Que malandro do cacete! Além do mais, vi as faíscas entre vocês dois, então a minha ficha caiu depois do brunch: e se fosse isso que estava fazendo falta com Milan, tá ligada?

Feyi suspirou e apertou o dorso do nariz com os dedos.

— Não posso fazer isso, Joy. Não sei por que aceitei. É coisa de vadia, isso de rodar pelo grupo de amigos.

Joy revirou os olhos.

— Bem, me desculpa, não fazia ideia de que a sua intenção era trepar com ele no meio do restaurante hoje à noite.

Feyi olhou feio para ela, mas Joy foi implacável.

— Ninguém tá te chamando de vadia além de você. — Continuou. — Milan não falaria uma merda dessas, e *obviamente* Nasir nem dá bola. Vai lá se divertir.

— Acho que tá na hora de dar um tempo com esse lance de encontros.

Seria mais fácil transar com Nasir do que sair com ele. Feyi considerou a ideia de chamá-lo para ir ao apartamento dela, para acabar logo com aquilo. Não podia ser tão difícil agora que ela tinha voltado à ativa com Milan. Era só uma bicicleta diferente.

— Por quê? Por que com esse você acha que a coisa é mais séria? — O rosto de Joy abrandou na tela. — Sei que foi fácil dar o pé em Milan, e sei que é assustador, amor, mas um dia você vai ter que dar uma chance pra coisas sérias de novo. Talvez seja com Nasir... não a coisa séria, mas a chance. Não fuja disso.

Feyi gemeu, com um peso no estômago.

— Odeio crescer.

— Eu sei, meu bem. É uma droga. O que você vai usar hoje?

— Vou tirar um cochilo.

— Que tédio. Mas fica bem descansada mesmo, caso vocês acabem indo parar na cama.

— Você é nojenta. Você não tem nenhuma casada pra chupar?

Joy piscou.

— Ela tá no banheiro.

— Meu Deus! Tchau.

— Me liga depois do encontro!

Feyi desligou e se jogou na cama, a apreensão com o encontro empalidecendo um pouco diante de uma pontada de preocupação com Joy. Ela já tinha visto a melhor amiga se apaixonar por mulheres assim, e sempre desembocava num término difícil quando Joy percebia que elas não deixariam os namorados ou maridos para brincar de casal lésbico feliz com ela. Aquelas mulheres nunca tiveram a intenção de sair do armário, mas Joy ficava abalada do mesmo jeito, repetindo o mesmo roteiro sem parar. Porém, ela não estava errada a respeito dos padrões de comportamento de Feyi, do fato de ela ter escolhido Milan porque ele não queria nada mais profundo do que ela estava oferecendo, e nem se preocupar em achar que tinha algo errado com ela, porque ele só queria o que queria e nada mais.

Era impossível cochilar, então Feyi botou as playlists favoritas para tocar e se aprontou. Às 19h30, ela estava uma pilha de nervos, as palavras de Joy sobre Nasir ser uma chance grudando ao seu corpo como uma pele úmida e pesada. E se Joy estivesse certa e isso pudesse ser diferente? Só de pensar, Feyi ficou enjoada.

Ela ficou andando para lá e para cá no apartamento, batendo o salto das mules no piso de madeira, o vestido rodopiando em volta das pernas. Ela e Milan jamais teriam saído juntos. Talvez ela estivesse arrumada demais. Talvez fosse melhor usar calça jeans e chinelo para mostrar que não era uma ocasião especial, que não estava nem aí.

— É só um primeiro encontro, calma — Feyi reafirmou, girando o celular nas mãos. Bem que Joy podia estar em casa. — Você consegue. Relaxa. Não é nada sério.

O celular vibrou com uma mensagem de Nasir dizendo que estava lá embaixo, e Feyi suspirou aliviada, pegando as chaves. Era melhor acabar logo com aquilo do que ficar esperando. Nasir piscou o farol quando ela saiu na calçada, e Feyi entrou no seu carrão. Ele era colado ao chão, e os bancos eram de um couro supermacio. Nasir usava uma camisa azul-safira, as coxas envoltas no jeans. Quando se inclinou para cumprimentá-la com um beijo na bochecha, Feyi pensou se alguma vez ele teria se sentido a uma distância confortável dela — ele estava sempre muito perto ou muito longe, ou, em geral, os dois ao mesmo tempo.

— Você está linda — disse.

Feyi deu de ombros.

— Você está Ok — rebateu, e a risada dele fez brotar algo quente no seu peito.

— Vou aceitar — falou ele, arrancando com o carro pela rua.

— Então — disse Nasir, depois de fazerem os pedidos no restaurante, um lugar burguês que estava em alta ultimamente, com comida vinda diretamente da fazenda. — Joy me falou que você não está procurando um relacionamento, só uma coisa leve e divertida, e desde então tenho imaginado o porquê.

Feyi arrancou um pedaço do pão na cesta e besuntou nele um pouco de manteiga com pétalas de rosa.

— O que tem para imaginar?

— Olha, sem julgar. Temos mais ou menos a mesma idade, né? Eu acabei de fazer 27.

— Vinte e nove — respondeu. Então ele era mais novo. Interessante.

— Bem perto. É que parece que ou as pessoas passaram os vinte e poucos pegando geral e agora estão pensando em sossegar, ou então passaram esse tempo todo namorando e agora estão correndo atrás do prejuízo.

— Quanta generalização.

Nasir fez uma careta.

— É mesmo. Não ligo para os outros. Só estive pensando em por que *você* é contra ter um relacionamento... Tipo, algum cara te sacaneou ou o quê?

Feyi estreitou os olhos, concentrando-se no pão. Ele fazia perguntas diretas, mas não foi exatamente a pergunta que a incomodou, foram mais os pressupostos.

— Então algum cara teria que ter me sacaneado pra eu não querer um relacionamento agora? — perguntou, sem tentar amenizar o tom de voz cortante.

— Ah, merda. Não foi o que quis dizer... — Nasir respirou fundo. — Vou tentar de novo. Estou saindo com você porque tenho interesse em um relacionamento longo, em um compromisso. Estou um pouco nervoso porque Joy meio que deixou claro que você... não está. E estou pondo os pés pelas mãos agora tentando descobrir o porquê, entende? Desculpa.

Feyi olhou para ele algumas vezes, em parte só porque era legal vê-lo desconfortável. Ele falava como um antiquado, o que era surpreendente para alguém que não tinha aberto a porta do carro para ela.

— Olha — disse, por fim —, eu podia mandar a real, mas acho que você não quer isso. A maioria das pessoas não quer. Vocês querem a explicação simples. Sou amarga, estou saturada e não firmo com ninguém por causa disso, ou então, sou uma baladeira que não quer se amarrar, ou só uma piranha. Cada um vai preferir o que for mais fácil de engolir.

— Não sou Milan.

Feyi ergueu as sobrancelhas.

— Epa! Vamos com calma.

Nasir encolheu os ombros.

— Conheço o meu amigo. Ele segura uma barra bem pesada no trabalho com as crianças, dia sim, outro também, e foge de qualquer outra coisa que possa pesar mais. Não sou ele. Quero a real. Não preciso que seja leve e fácil.

Ela se questionou se ele estava sendo sincero. Tinha quase certeza de que era só da boca para fora. *Dê uma chance*, a voz de Joy disse em sua cabeça. *Não fuja*.

— Tá bom, então. Já que você pediu.

Feyi pôs as mãos no colo, repousando-as no guardanapo branco macio. Fazia tanto tempo que ela tinha contado a história para outra pessoa! Milan nunca tinha feito perguntas suficientes para chegar lá durante as semanas do rolo que tiveram, e ela o agradecia por isso. Feyi nem sabia por onde começar, mas queria ser breve. Logo, o começo, e depois, o fim, pulando o meio. Nasir não desgrudava os olhos dos dela enquanto ouvia.

— Ele se chamava Jonah. A gente ficava desde o ensino médio. Nos casamos logo depois da faculdade.

Nasir sorriu.

— Que fofo — disse ele. — Não se ouvem mais histórias assim hoje em dia.

Feyi tentou sorrir, mas seu rosto não conseguiu chegar a tanto.

— É, hum... — Ela respirou fundo, odiando as lágrimas que já começavam a querer aparecer. — Sofremos um acidente de carro há cinco anos. Eu saí ilesa, mas Jonah... Jonah morreu. — Ela encolheu os ombros e não levantou os olhos. A mesa e o prato já estavam totalmente borrados por trás das lágrimas. — Esse é o fim da história. — Feyi pressionou o guardanapo nos olhos. — Meu Deus! Desculpa.

Nasir esticou o braço por cima da mesa e tocou o braço dela, com a voz suave.

— Não, não precisa pedir. E obrigado por dividir isso comigo. Peço desculpas se forcei a barra.

Feyi ignorou as desculpas. Era ela quem estava se forçando, experimentando coisas novas, contando histórias velhas.

— É, bem. Não é o melhor material pra um primeiro encontro. É mais coisa pra terceiro encontro ou até pra nunca acontecer. — Ela deu uma risada trêmula e piscou para espantar as lágrimas.

— Tudo bem? — A preocupação de Nasir era quase palpável.

— Tudo. — Mentiu. — Mas é, não quis mais namorar sério desde então, e Joy se achou na obrigação de me arrastar de novo pra pista. Milan foi a primeira pessoa com quem saí depois, e só faz poucos meses. — Ela dobrou o guardanapo no colo. — Só estou conseguindo lidar com o leve e fácil.

Nasir concordou com a cabeça.

— Entendi. Então vamos... devagar, que tal? Tipo superdevagar, devagar quase parando. Tipo, amigos primeiro, quem sabe?

De algum modo, pareceu sincero.

Feyi sorriu para ele, sentindo-se surpreendentemente sensível e afeiçoada.

— Gostei da ideia.

Ele retribuiu o sorriso.

— Agora vamos falar do seu trabalho.

Feyi gemeu.

— Precisamos mesmo?

O rosto de Nasir se iluminou assim que ele começou a falar de arte.

— Eu quero saber! O meu pai é um grande colecionador. Foi por causa dele que o meu interesse surgiu. Disse que nunca era cedo demais para começar.

— Jura? Que artistas você curte?

O garçom chegou com os pratos, peito de pato com risoto para Feyi e costelinhas de porco ao molho em uma cama de legumes para Nasir, que girava a faca entre os dedos ao pensar na resposta.

— Bom, com certeza Kehinde Wiley.

— É claro. — Feyi riu. — Aposto que você gostaria de um quadro seu, reclinado sobre veludo e seda, ocupando toda a parede.

— Hum, lógico. Ia pendurar essa merda em cima da minha cama na hora.

— Ia ficar sexy ali.

Nasir abriu um sorrisão para ela, seus olhos enrugando.

— Gosto de você — falou. — Mas não pense que eu não notei a fuga da pergunta sobre o seu trabalho.

— Tecnicamente, você não me perguntou sobre o meu trabalho.

Ele levantou uma sobrancelha.

— *Touché*. O que você faz? Pintura, escultura, colagem?

— Ah. — Feyi cortou o pato e uma alcaparra rolou para a beirada do prato, pequena, escura e verde. Era estranho falar sobre trabalho em um encontro. Ela estava acostumada a manter aquilo em um universo separado. — Um pouco de tudo.

Uma camisa endurecida com uma mancha marrom seca, as lágrimas irregulares. Um anel de ouro girando. E outro, e outro, e mais outro. Era melhor que tudo isso ficasse naquele outro universo.

— Um dia você vai ver. — Ela mentiu. — Sempre é melhor ver a arte do que ouvir falar dela.

— Mal posso esperar — respondeu. — Ainda topo aquela visita ao estúdio, se você estiver a fim.

Feyi fez uma pausa, assustada. Não era para ele fazer isso, dar trela como se ligasse.

— Que tal semana que vem? — Ele prosseguiu. — Onde fica o seu estúdio?

— Brooklyn — rebateu, no automático. — Não muito longe de casa.

Nasir sorriu.

— É um encontro.

Feyi espelhou o sorriso dele, mas sua mente estava acelerada, tentando arranjar outro assunto para mudar o rumo da conversa.

— A sua irmã ainda está por aqui?

— Nada, ela voltou pras ilhas há uns dias.

— Ah, a casa de vocês fica lá?

— É, o meu pai mora lá. Tem um restaurante.

— Bacana. Com a sua mãe?

Nasir ficou mudo e brincou com alguns legumes no prato.

— Hum, não. Ela morreu quando eu era criança.

Feyi parou de comer.

— Oh. — Então ele também conhecia a morte. — Sinto muitíssimo, Nasir.

Ele olhou para ela e sorriu.

— Tudo bem. Faz muito tempo. E os seus pais?

— Ah, eles moram em Cambridge. Professores universitários. Você conhece os nigerianos.

Nasir deu risada, e o garçom começou a recolher os pratos.

— Vocês, gênios, estão por toda parte.

— São fatos, não dá pra negar. Não conseguimos evitar a excelência.

— É... Acho que não mesmo.

Os olhos de Nasir refletiam as luzes baixas do restaurante, e Feyi captou o peso na voz dele. Ela olhou para as próprias mãos, para os vários anéis que usava, e continuou a jogar conversa fora enquanto eles recusavam a sobremesa e pediam a conta. Quando saíram do restaurante, Feyi virou para ele. Ela tinha que perguntar, pois estava decidindo se dava ou não para acreditar nele, e não tinha por que seguir em frente se não desse.

— Você falou sério?

Nasir estava colocando o blazer.

— Sobre o quê?

— Ser amigos primeiro. Ou era só uma frase para me deixar confortável?

Ele pôs a mão no cotovelo dela para tirá-la do caminho da porta, de onde outro casal saía, conduzindo-a para o lado e olhando-a com uma seriedade cuidadosa.

— É claro que falei sério. Por que não teria falado?

Feyi deu uma olhada para ele.

— Por favor. Vocês homens falam qualquer coisa.

— Feyi. — Nasir pegou a mão dela. — Estou tentando conhecer você. Da forma como você quiser, no ritmo que preferir. Se quiser ir com calma, por mim tudo bem.

— Mesmo que eu já tenha transado com Milan?

As palavras saíram de sua boca como uma espada, um escudo, uma lança o afastando. Se o que ele falou fosse para valer, então Nasir teria que olhar para ela, a versão real, não a que ele tinha inventado na cabeça.

Ele não soltou a mão dela.

— Mulher, já disse. Não sou Milan. Não estou procurando a mesma coisa que ele. — Nasir deu de ombros. — É diferente, e eu não levo amizades na brincadeira.

Feyi manteve um tom de voz casual.

— Merda, estou só confirmando.

— Que nada, é justo. Tenho certeza de que os caras ficam cheios de lero perto de você. — Ele sorriu para ela. — Vai fazer algo nesse fim de semana?

— Talvez. Por que, qual é?

Nasir encaixou a mão dela em seu cotovelo ao começarem a andar em direção ao carro.

— Tem um show do Moses Sumney sábado à noite, e Tolu conseguiu ingressos VIP. Pensei que você gostaria de ir.

Feyi riu.

— Cara, Joy ia me matar se eu fosse ver Moses sem ela.

— Ela também pode ir. Caramba, Tolu provavelmente ia se mijar se ela fosse.

Tudo bem se Joy estivesse junto. Feyi poderia encarar qualquer coisa ao lado de Joy.

— Ok, legal. Vamos.

Nasir abriu a porta para ela, o rosto cheio de vincos do sorriso. Ele parecia exultante com a resposta positiva.

Feyi ficou o olhando dar a volta no carro, a silhueta graciosa e escura. Ela se sentiu um pouco inquieta, como se tudo estivesse indo rápido demais, mesmo que a amizade fosse um passo *lento*. Era para não ter nada ameaçador. Não era para ela sentir que tinha entrado num rio de águas turbulentas, uma corrente insistente a levando para uma curva que ela não conseguia ver.

Nasir pôs um dos álbuns de Moses para tocar enquanto a levava para casa, e Feyi ficou observando a cidade passar rapidamente pela janela. A música não exigia que eles conversassem, então não conversaram. Feyi absorvia tudo ao seu redor — os sons, a sensação de Nasir sentado ao seu lado, o calor do corpo dele, o conforto de saber que ele não tentaria forçar a barra para cima dela, não após vê-la chorando por Jonah. Uma onda de vergonha esquentou seu rosto e, quando Nasir estacionou em frente ao seu prédio, Feyi se apressou em abrir a porta.

— Acho que nos vemos no sábado — falou ela.

Nasir abriu um grande sorriso e se aproximou para abraçá-la.

— A noite foi ótima.

— Foi, sim — concordou Feyi, envolvida nos braços dele.

Ela sentiu o olhar dele queimando suas costas enquanto saía do carro. Se Nasir estivesse caçando, ele era paciente e era muito bom nisso. Porém, Feyi havia ficado perdida por um bom tempo e não tinha intenção nenhuma de ser encontrada.

Capítulo Quatro

No show, Feyi recostou a cabeça no peito de Nasir, o braço dele enlaçando sua cintura. Eles estavam em pé perto do palco, ao lado de Joy e Tolu, vendo sob as luzes Moses Sumney com uma tela verde cobrindo os ombros. Os olhos do cantor estavam cerrados e seus braços esculpidos se esticavam, sua voz rasgando o ar, o glitter brilhando em seu peito nu. Nasir pressionou sua bochecha às tranças de Feyi e cantou a música baixinho para ela: "I'm not trying to/go to bed with you/I just wanna make out in my car." Feyi caiu na risada, o calor se espalhando pela pele, a respiração de Nasir em seu ouvido. Ele estava usando uma camiseta preta e calça jeans, tão casualmente lindo que atraía olhares dos homens e das mulheres em volta.

— Tá todo mundo de olho em você — disse Feyi.

Nasir riu.

— Nada, é em você. — Baixou a voz e sussurrou. — Você está tão maravilhosa que todo mundo fica atordoado.

Feyi não conseguiu conter o sorriso, que tomou todo o seu rosto em um transbordamento de prazer, tão largo que Joy lançou um olhar de aprovação aos dois enquanto passava para Feyi um drink num copo de plástico.

— Tem crianças no recinto, hein — alertou.

— Não se mete, minha amiga. — Feyi piscou para Joy ao pegar a bebida, e Joy deu risada, com a voz melodiosa, voltando a atenção para o palco.

— Que corpo! — Joy suspirou, encarando Moses. — Como faz pra ter acesso ao camarim? Adoraria ser... apresentada.

Nasir morreu de rir.

— Vê com Tolu, foi ele que conseguiu os ingressos. Acho que ele estudou com Moses.

Joy revirou os olhos.

— E partir o coraçãozinho dele? — Tolu estava logo atrás dela, todo feliz e esperançoso com sua paquera, alisando o blazer. — Ele ainda tá achando que vai faturar essa noite.

Nasir balançou a cabeça.

— Nossa, você é uma pedra de gelo.

Feyi ficou ouvindo os dois brincarem, percebendo o conforto que sentia nos braços dele. Seu corpo encaixado no dele como se os dois fossem alguma coisa — uma unidade, amantes em um porto seguro. Antes do show, os quatro tinham ido jantar em um restaurante vegano na Quinta Avenida, e Nasir tinha passado a Feyi pratos de kebab de tofu e salada de algas, a coxa e o ombro grudados aos dela. Ela não se sentia prensada — era mais como se ele a reconfortasse com toques sólidos, reafirmando que estava ali, que era real, que tinha falado sério sobre a amizade, olha só que alento, olha como as coisas podiam ser tranquilas. Era uma historinha que Feyi conseguia comprar, um cobertor grosso envolvendo seu corpo como um sopro. Moses terminou a música, e a plateia explodiu em palmas. Ele ensaiou uma reverência no palco, a pele reluzindo sob as luzes, e Feyi levantou a cabeça para falar com Nasir por cima do barulho, entregando o copo a ele.

— Ei, vou dar um pulinho no banheiro.

— Ah, idem! — Joy terminou a bebida em um só gole e deu o copo vazio para Tolu, segurando a mão de Feyi. — Tentem não se agarrar, meninos, a gente já volta.

Elas foram abrindo caminho pela multidão enquanto Moses começava a próxima canção em hebraico, o som se derramando etéreo pelo ar, transformando o local em uma catedral, manchando o ar com algo sagrado. A multidão se acalmou em uma imobilidade fascinada, e Feyi e Joy entraram na fila do banheiro.

Feyi respirou fundo, soltando os ombros e alongando o pescoço.

— Adoro essa música — falou. — É tão calma, sabe?

— Uhum. — Joy encostou-se na parede. — Você e Nasir são fofos juntos.

Feyi tirou as tranças da cara e sorriu.

— É... Ele é legal.

— Amiga, lá vai você com essa merda.

— Você entendeu. É só... É estranho voltar a fazer essas coisas.

— O quê! Ir a um encontro de verdade?

— É. Me sinto... me sinto meio culpada, acho. — Feyi olhou para as mules de couro, mas Joy se aproximou e ergueu o queixo dela.

— Escuta, não começa com essa. Jonah ia querer ver você feliz, você sabe que sim. Faz cinco anos, meu bem. Você precisa seguir em frente, superar o luto em algum momento.

— Pois é, eu sei.

— Além do que, você nem está transando com o cara.

Feyi jogou as mãos para cima.

— Sim, mas parece tão errado! A gente tá aí, saindo juntos, ficando amigos...

Joy bufou.

— Eu vi a boca dele no seu pescocinho, e isso não me cheira a amizade.

— Tá, que seja, o que quero dizer é... Parece que esse é o começo de algo... de algo verdadeiro. E não estou pronta pra isso. Não quero essa merda.

— Cristo, Feyi, foi só um jantar e um show. — Joy revirou os olhos. — Ninguém tá te pedindo em casamento. Sossega.

— Argh. — Feyi beliscou o dorso do nariz. — Você tá certa. Estou me precipitando demais. Melhor manter a cabeça no presente.

— Isso aí, mulher! E tenho que dizer, esse momento é sexy pra caramba. Por quanto tempo vocês vão ficar jogando esse jogo de abstinentes agarradinhos? Esse Nasir tem cara de que adora dar uma chupada. Só dando um toque.

Feyi soltou uma risada roncando.

— Não é? Do tipo que passa horas e horas lá embaixo.

— Alguém dá um snorkel pra esse mano.

As meninas riram juntas enquanto a fila ia diminuindo e entraram no banheiro, esperando a próxima cabine ser liberada.

— Ah, mas é estranho — disse Feyi. — Tipo, era fácil com Milan. Já chorei na frente de Nasir. Merda, é muita... — Ela acenou com as mãos em um gesto vago.

— Muita intimidade? — Joy completou. — Saquei.

— É, muita intimidade. Não estou pronta para fazer sexo com alguém que tenta me *enxergar* de verdade. Imagina se eu pirar no meio e abrir um berreiro do nada?

— Caramba, nada fofo.

— Valeu! Então vou deixar tudo bem guardado por enquanto.

Duas cabines abriram uma ao lado da outra, e elas entraram. Joy continuou falando, a voz dela chegando por cima da divisória.

— Na minha opinião, acho que você devia continuar vendo Milan. Trepa com ele na miúda enquanto fica praticando toda essa parada emocional com Nasir.

Feyi estava dobrando o papel higiênico e parou no meio.

— Sabe, se essa ideia não fosse totalmente cagada, seria genial. Cacete! Por que é que eles tinham que se conhecer?

Joy deu descarga e foi lavar as mãos.

— Empata foda. Os homens estragam tudo, puta merda!

Feyi se juntou a ela, e retocaram a maquiagem no espelho, compartilhando um gloss labial. Estavam voltando quando Joy agarrou o braço de Feyi e sussurrou no seu ouvido:

— Não olha, mas juro que é Milan logo ali.

Feyi virou a cabeça e Joy deu um beliscão nela.

— Eu falei pra não olhar!

— Como é que vou saber se é ele sem olhar, porra?

— Ah, faz sentido. Ok, pode olhar, mas seja discreta. Sei que é difícil pra vocês nigerianos, mas faz uma forcinha.

Feyi moveu a cabeça devagar e deu uma espiada. Ela tinha razão — era Milan, parado de camisa branca, todo imponente e acobreado com os diamantes nas orelhas.

— Vou dar um oi — disse Feyi, surpreendendo até a si própria.

Joy olhou com uma cara estranha, mas não argumentou.

— Quer que eu vá com você?

— Não, tudo bem. Em um segundo acho vocês.

— Beleza. — Joy deu um tapinha na bunda dela. — Vê se não tropeça e cai em cima do pinto dele.

— Mulher, estamos em público!

— Como se fosse motivo para nos impedir. — A risada que Joy deu foi desaparecendo na multidão.

Feyi soltou o ar e estalou as articulações, puxando o som da voz de Moses para mais perto, vestindo-o como uma armadura ao se aproximar de Milan, torcendo para ele não recuar quando a visse. Ela não tinha feito nada errado. Não havia motivo para não estar tudo na boa entre eles. Feyi foi se empurrando por entre as pessoas e, quando estava a poucos metros de distância, Milan olhou para cima e a viu. Por um breve instante, o coração dela acelerou, mas aí o rosto dele se esticou em um largo sorriso e ele abriu os braços para recebê-la. Feyi segurou um suspiro de alívio.

— Bom ver você, mulher — falou Milan, apertando-a em um abraço.

— Bom te ver também — respondeu. O corpo de Milan era familiar, a barba macia e curta roçando sua bochecha.

— Nasir me contou que vocês iam vir juntos.

Feyi sentiu o sangue subir para o rosto. Ela ainda não tinha contado a Milan sobre o encontro com o amigo dele.

— Ah, contou?

Ela tentou manter um tom de voz normal e controlado, mas Milan sacou e pôs a mão no ombro dela.

— Sim, não se preocupa com isso. Juro mesmo!

— Não sabia se você levaria na boa — admitiu Feyi.

Eles estavam com as cabeças coladas para se ouvirem por cima de todo o barulho do show. Os olhos de Milan cintilaram e ele finalizou a bebida em um gole só, encolhendo os ombros.

— Eu e a minha ex estamos tentando fazer funcionar — disse.

Feyi não conseguiu esconder o choque. Ele nunca tinha nem sequer mencionado uma ex, que dirá uma ex tão recente a ponto de reatar.

— Ah, é?

Milan se encolheu ao ver a cara dela.

— É, eu sei. Devia ter falado dela antes, mas o término foi feio. Tipo, feio mesmo. Só não queria entrar nesse assunto.

Feyi ergueu as mãos, baixando a bola de seus sentimentos. Agora não importava.

— Ei, fica na boa. Você não tinha que me contar toda a sua vida. — Ela deixou uma lembrança arrancar um sorriso do rosto, os dois naquela primeira vez no banheiro, a luz vermelha. — Não que a gente tenha falado muito.

Milan abriu um sorriso.

— Fato.

Ele pareceu um pouco aliviado, e Feyi decidiu deixar as coisas naquele pé, agradáveis e quase doces.

Pôs a mão no braço dele e devolveu o sorriso.

— Espero que dê tudo certo com a sua mina. Vou lá procurar Nasir e Joy.

— Sempre bom ver você, Feyi. Vê se não some.

Parecia muito uma despedida.

— Olha, quem sabe a gente não marca um rolê de casais — disse ela, imaginando se algum dia marcariam mesmo. Talvez fosse superconstrangedor ou talvez fosse outra coisa.

Milan deu risada.

— Imagina só como seria incrível! Fica bem, gata.

Eles se abraçaram mais uma vez, e Feyi foi embora, se embrenhando pelas pessoas até chegar perto do palco. Moses cantava em três microfones, sobrepondo a própria voz em camadas, misterioso e belo. Havia um halo brilhante de luz atrás de sua cabeça. Feyi localizou o rosto de Nasir na plateia, o contorno nítido do maxilar, o preto do cabelo. Quando o alcançou, ele a puxou de volta para o braço e deu um beijo na sua têmpora, quase como se ela nunca tivesse saído dali, como se ela voltasse para o lugar onde devia estar. Era tudo tão fácil que Feyi considerou se não estava baixando muito a guarda, se não devia ser mais cautelosa. Na mesma hora, Nasir se abaixou para falar em seu ouvido.

— Não é maravilhoso? — perguntou, e Feyi olhou em volta.

O ar ao redor deles estava eletrizado com a música, com a dor de um violino e a distorção da voz de Moses, estranhos o fitando, em transe. Joy estava rindo de algo que Tolu tinha dito, seu rosto escancarado de alegria, seus olhos quentes. Era um momento feroz de vida, vida até o fundo da carne do braço de Nasir que a enlaçava, e, embora Feyi não desse uma resposta, pegou o outro braço dele e o passou em volta do corpo. Eles ficaram ali, enredados um no outro.

Com o passar das semanas, Feyi foi descobrindo que as coisas com Nasir *eram* quase que fáceis mesmo. Ele não escondia a atração e o interesse que sentia por ela, mas, ao mesmo tempo, deixava tudo leve, com um quê de flerte e afeto, sem jamais forçar a barra. Ele nem se importava que ela continuasse evitando a ida ao estúdio com as mil desculpas que inventava ou simplesmente fugindo do assunto. No início, Feyi não conseguia deixar a suspeita de lado, só esperando o momento em que ele fosse passar do limite, em que a máscara dele caísse e seu rosto verdadeiro se revelasse à luz, mas eles continuaram saindo, passando mais tempo juntos, e esse momento nunca chegou.

Um dia, os dois caíram no sono no sofá depois de uma maratona de *Black Mirror*, a cabeça de Nasir recostada no ombro de Feyi. Joy tirou uma foto antes de sair para se encontrar com sua amante casada e a enviou por mensagem a Feyi. *Vocês são tão fofinhos*, Joy disse, e Feyi ficou olhando para a foto, para os cílios dele roçando sua pele, a expressão tranquila no rosto dela. Eles ficavam bem juntos. Pareciam amigos, pareciam seguros na companhia um do outro.

Se não estivesse vendo com os próprios olhos, ela não teria acreditado que alguém como ele — ou qualquer cara, a bem da verdade — aceitasse tamanho platonismo numa relação. Talvez ele achasse que ela estava dando falsas esperanças se as coisas não terminassem como ele queria, ou talvez fosse só ela usando Nasir para ter intimidade com alguém, um tipo conveniente de conforto, com uma pessoa fácil de segurar. Nasir havia dito que não tinha problema ir com calma, é claro, mas isso era *glacial*. A preocupação, assim que deu as caras, continuou a crescer, ocupando mais espaço, até Feyi sentir necessidade de agir. Ela e Nasir tinham acabado de ver um filme no cinema e saíam para a rua quando ela o puxou para o lado, para baixo de um toldo.

— Escuta — disse. — Você está dormindo com alguém?

Nasir deu meio passo para trás.

— Caramba, ok!

— Tudo bem se estiver. — Feyi falou com firmeza, torcendo para ele não mentir, torcendo para ele não estar esperando algo que talvez ela não pudesse oferecer. — Só queria saber.

Nasir esfregou a nuca, mas a olhou nos olhos.

— Bom, meio que sim. Tem uma garota com quem saio de vez em quando, mas é uma coisa casual. Sem amarras.

De algum modo, era a resposta perfeita. Feyi suspirou de alívio.

— Ok, legal.

Nasir ergueu uma sobrancelha.

— Legal?

Ela esticou a mão e ajeitou o colarinho da jaqueta dele.

— Quer dizer, eu me sentiria mal se você estivesse na seca por minha causa.

Era sempre fácil encontrar esse tom leve entre eles, como o sol dispersando as nuvens.

Nasir pegou a mão dela e deu um beijo na cicatriz da palma.

— Você... pensa em tudo — provocou. — Não só no meu bem, mas também no do meu pau.

— O que posso falar? Sou generosa, fazer o quê.

Ele riu, e os dois continuaram a andar, a luz de um poste revelando o sorriso no rosto dele, refletindo em seus dentes. Feyi adorava vê-lo rir. Ele ria com vontade, o pescoço jogado para trás, a boca escancarada.

Ela entrelaçou o braço no dele, e continuaram a andar por mais uns quarteirões em um silêncio tranquilo, até Nasir voltar a falar.

— Também tenho uma pergunta pra você.

Feyi apertou o braço dele.

— Manda.

— Você vai me deixar ver o seu estúdio ou não? — Tinha virado metade da cara para ela e estava sério. — Tudo bem se não for...

— Não, não. — O arrependimento tomou Feyi. Ela andava o afastando, e ele não merecia aquilo. — Quero que você veja.

Nasir parou, um lampejo de incerteza atravessando seu rosto, tão rápido e surpreendente que Feyi mal o viu.

— Certeza? — perguntou com a voz resoluta.

A luz caía sobre as maçãs de seu rosto, e Feyi sentiu uma pontada de carinho apertar seu peito. Deixou-se conduzir por ela e avançou na rua, chamando um táxi.

— Vamos — falou, abrindo a porta. — Bora.

Ele deu risada.

— Agora?

— É, cara, agora. Entra.

Ela entrou no carro depois dele e bateu a porta, dando o endereço para o motorista. Nasir olhou para ela e balançou a cabeça enquanto o carro arrancava, segurando a mão dela sobre o banco de vinil.

— Sabe, até que ser sequestrado por uma nigeriana está sendo bem mais empolgante do que eu imaginava — brincou ele.

Feyi deu um tabefe no braço dele.

— Cala a boca.

Ela riu e chegou mais perto dele, aconchegando a cabeça em seu ombro. Eles ficaram juntos enquanto o táxi atravessava a Williamsburg Bridge, observando as ruas passarem, até Feyi orientar o taxista a estacionar. Ela respirou fundo ao subir com ele até o terceiro andar e destrancou a porta do estúdio, acendendo as luzes. A eletricidade fez um estalo conforme o espaço se iluminava, e Feyi soltou o ar. Esse era o passo mais íntimo que já tinha dado com ele. Nasir entrou devagar, arrastando os dedos pela beirada áspera de uma bancada, passando os olhos pelas paredes.

Grandes fotografias pendiam de cordas transparentes, imagens de paredes de uma galeria.

— Foi uma das minhas primeiras mostras coletivas — disse Feyi, cruzando os braços.

Nasir se aproximou para ver melhor. As fotos mostravam roupas manchadas exibidas atrás de vidros transparentes. Uma calça jeans com um borrão escuro na coxa. Uma camiseta rasgada congelada em vincos endurecidos.

— É sangue? — perguntou baixinho Nasir.

Feyi vestiu a máscara de artista, o controle polido cobrindo suavemente sua carne ferida.

— Recuperei as roupas do acidente — explicou.

Ele soltou um assobio baixo.

— Que pesado!

— É, perdi muito da leveza nessa época. — Ela deu uma olhada para ele. — Está sendo bom encontrar um pouco de leveza de novo.

— Você ainda tem essas obras?

Feyi fez que sim com a cabeça e indicou a outra ponta do estúdio com um gesto.

— Protegidas da luz solar.

O gesto mostrou um freezer encostado a uma das paredes, com uma porta transparente que mostrava baldes de plástico organizados e etiquetados.

— O que é aquilo? — indagou Nasir.

Um sorriso discreto brotou no canto da boca de Feyi.

— É sangue — respondeu, rindo da sobrancelha erguida dele. — Estou trabalhando bastante com sangue agora. Desde o acidente. É tão... é necessário estar viva. Acho que é significativo usá-lo deliberadamente agora, ao contrário das obras do acidente, entende? Não houve muita... escolha ali.

Nasir não captou a voz dela viajando para o passado; ele ainda estava encarando o freezer.

— Sangue humano? — perguntou.

— Que nada, de porco. — Feyi avançou e puxou uma grande capa, descobrindo uma tela pintada com uma camada grossa de tinta, mais alta que ela, se esticando pela parede. Ela estava coberta de fileiras com marcas de mãos sangrentas, cada uma delas com uma linha em ziguezague bem no meio.

— Estou usando para fazer coisas desse tipo.

Nasir foi até ela e pegou sua mão esquerda, tocando a cicatriz na palma.

— É você — disse. — Várias e várias e várias vezes.

— É.

— É bonito, Feyi. — Ele entrelaçou os dedos aos dela. — Não fazia ideia de que o seu trabalho era assim. Caramba, não fazia ideia de que... passava essa sensação.

Ela abaixou a cabeça.

— Valeu, cara.

— É selvagem. Sério. — Nasir se virou completamente para ela. — Certo, então tenho uma proposta pra você.

Feyi ergueu a sobrancelha.

— Já parece promissora.

— Lembra quando eu disse que foi graças ao meu pai que me interessei em colecionar?

— Claro, lembro.

— Certo, então, ele é membro da diretoria do Museu Nacional lá nas ilhas *e* é o melhor amigo de Rebecca Owo...

— Não brinca! A curadora?

— Isso. E saca só... Ela está fazendo a curadoria de uma mostra coletiva para o museu que começa mês que vem. Artistas da diáspora africana. Pelo visto, deu um rolo e um dos participantes caiu fora ou foi expulso. Ainda estou esperando para me inteirar da fofoca toda, mas lá vem a parte engraçada. Rebecca ia fechar a vaga, mas eu fiz o meu pai colocar o seu nome na lista.

Feyi arrancou a mão da dele.

— Não me faz de trouxa, Nasir.

Ele abriu um sorrisão, os dentes brancos e largos.

— De nada.

— Você está tirando uma com a minha cara.

— Nada disso. Se quiser, a vaga é sua. Só tenho que dar uma resposta pra ele até amanhã.

— Você nem tinha visto o meu trabalho! Você pesquisou?

— Nada. Preferi esperar até você estar pronta pra me mostrar. Mas eles pesquisaram, pode apostar. Acho que gostaram do que viram.

Feyi mal conseguia respirar tentando processar o que ele dizia.

— Espera, espera. Então você está me dizendo que Rebecca Owo me colocou em uma das suas mostras, de última hora? Que loucura, Nasir! Coisas assim não acontecem.

Ele sorriu com malícia.

— Você não conhece o meu pai. O cara tem influência.

Aquilo não facilitou em nada a compreensão.

— Por que você faria tudo isso por mim?

Nasir encolheu os ombros.

— Por que não?

Ela fez cara feia para ele.

— Me poupa, porra!

— Ok, está bem. — Ele abriu um sorriso charmoso. — Eu estava indo passar algumas semanas em casa de qualquer forma e achei que fosse um bom motivo pra te levar de férias comigo. Como amigos. O meu pai gosta de receber artistas. Ele adoraria tê-la em casa.

Feyi o encarou, incrédula.

— Você quer que eu conheça o seu pai?

Nasir revirou os olhos.

— Você é bonitinha pra caramba e tal, mas não é bem assim. Só estou perguntando se quer ir mostrar o seu trabalho em uma ilha tropical e aproveitar para encaixar umas férias enquanto estiver lá. — Ele deu um puxão leve no braço dela, a sua forma de reafirmar que aquilo não era esquisito ou que não tinha que ser. — Feyi, o meu pai é podre de rico. Ele vive pagando voos para amigos meus e de Lorraine. Não é nada de mais, prometo, mas entendo se você não ficar confortável.

— Perdão, mas a mostra é *tudo* de mais.

Nasir deu risada.

— Tá certo, sim. Mas o resto não. E se parecer muita coisa, me fala.

— E você está oferecendo tudo só como amigo. — Ela não conseguiu evitar o tom de descrença, mas também não retirou o que disse depois de lançar as palavras no ar.

— Ei. — Nasir se colocou em frente a ela e segurou as duas mãos nas suas. A pele dele era fresca e seca. — Quando eu disse que a gente podia ir com calma, foi pra valer. Quando disse que você é minha amiga, também foi pra valer. Nem a pau que vou tentar apressar você a fazer nada sem estar pronta, Feyi.

Ela estremeceu.

— Eu sei, desculpa. Você está sendo tão generoso, e odeio sentir que você precisa ficar repetindo as coisas pra mim.

— É o que os amigos fazem. — Ele deu de ombros. — A confiança se constrói. Eu podia dizer mil vezes a mesma merda, mas o que importa é o que faço.

Feyi soltou um palavrão por dentro. Está vendo, o problema com Nasir é que ele era sempre assim, dizendo coisas que a enredavam em tentáculos de calor, sendo tão incondicionalmente gentil, que parecia bom demais para ser verdade. Ela pôs a mão na bochecha dele, com o peito cheio de um afeto quente e pegajoso. Nada que pudesse dizer bastaria, então Feyi o abraçou e soltou o ar, relaxando com o abraço recíproco, os braços fortes dele em volta de seu corpo.

— Obrigada — sussurrou ela.

Nasir deu beijinhos nas tranças dela.

— Disponha — respondeu. — Isso é um sim?

— Preciso pensar um pouco mais. Tenho que dar uma olhada em todo o meu trabalho e ver o que posso mostrar, se tenho tempo para criar algo novo, como transportar...

— A logística deixa comigo — interrompeu ele. — Você cuida da arte.

Feyi balançou a cabeça.

— Então deixa eu entender melhor. O seu pai paga passagens para você *e* para os seus amigos? Vocês ficam tirando férias numa ilha como se fossem a Oprah?

Nasir piscou.

— Voos na primeira classe, gatinha. E com direito a um quarto só pra você em uma casa insana nas montanhas.

— Porra, esquece a mostra. Você tá prometendo uma temporada num resort do cacete!

— Cá entre nós, é o que é. Mas não saio oferecendo pra qualquer um, sabe?

— Ah, só pros chegados? — provocou ela.

— Só pros chegados bonitos. — Ele retribuiu o sorriso. — Olha, tira essa noite e pensa nisso. Você é bem-vinda para ficar só durante a mostra ou pelo tempo que quiser. Todas as opções são tranquilas.

Feyi pôs a mão no braço dele.

— Obrigada, de verdade. Sugerir o meu nome já foi mais do que incrível, mas pagar a viagem toda são outros quinhentos.

— A grana não é minha, então dane-se. — Nasir riu. — Mas sério, você merece. Principalmente agora que vi o seu trabalho. Temos que conversar pra ver se eu compro uma obra sua. Tá ligada, antes de o seu nome estourar e alguma galeria te sequestrar.

Feyi cobriu a tela, o pano esvoaçando pelo ar.

— Você ia querer alguma coisa desse tipo? Jura?

— Ia querer qualquer coisa feita por você, Feyi.

Ela corou e passou os olhos pelo estúdio.

— Beleza, vou ver o que tenho. Quer dar um pulo no meu apartamento?

— Sim, claro. — Nasir deu uma última olhada no estúdio enquanto saíam. — Obrigado por me mostrar isso. Dá pra perceber o quanto a sua arte é importante pra você.

Feyi apagou a luz, e a sala mergulhou na escuridão. Eles andaram alguns quarteirões até chegarem ao prédio dela e, enquanto caminhavam até o portão, Feyi sentiu o coração bater mais forte. Algo pequeno, mas importante, estava acontecendo dentro de seu peito, uma gotinha de desejo que não era desconectado, que não era blindado nem desdenhoso. Era apavorante, como se fosse se ferir e quebrar caso ela o tocasse do jeito errado, mas estava nas mãos de Nasir. Ele era calmo e gentil e a fazia acreditar que tudo ficaria bem. Ela se deteve no saguão de entrada, as chaves penduradas na mão. Nasir pôs a mão na sua lombar, um de seus milhares de toques familiares.

— Tudo bem? — perguntou ele, a preocupação cadenciada na sua voz.

Para de pensar, Feyi se relembrou. *Para de pensar e só vai.* Antes que o medo pudesse detê-la, ela se virou e passou a mão por trás da cabeça de Nasir, puxando o rosto dele até o dela e beijando-o com a boca cheia de confiança. Era diferente de Milan — naquela ocasião, ela foi direta e imprudente, certa de que nada ali podia machucá-la, que estava ausente o bastante para ser invencível. Com Nasir, parecia mais arriscado, parecia doce e perigoso, como chamas os lambendo. Ele devolveu o beijo, mas com delicadeza, com cuidado, e Feyi se afastou.

— Não faz isso — disse ela. — Não se contenha.

Se ele a tratasse como um bibelô, com certeza ela ia quebrar. Feyi pensava que não conseguiria suportar ser tocada com tanta hesitação. Depois que Jonah morreu, as pessoas a transformaram em uma boneca de porcelana — ela se sentia como uma relíquia, não como gente.

Nasir segurou seu rosto entre as mãos, o olhar queimando no dela.

— Tem certeza? — perguntou.

Feyi mordeu o lábio e fez que sim com a cabeça.

Nasir ergueu a sobrancelha.

— Não é porque eu te seduzi com a mostra e com uma viagem chique agora, né?

— Meu Deus!

Feyi começou a rir, mas foi interrompida, pois agora ele a beijava, dessa vez sem se segurar, a língua deslizando em sua boca, as mãos prendendo seu rosto, e Feyi se viu prensada nas caixas de correspondência, o metal velho machucando suas costas, sons delicados arrancados de sua garganta. Nasir tinha gosto do chiclete de hortelã de que gostava, limpo e cortante, como o começo de uma segunda chance. O coração de Feyi galopava, o sangue rugindo em seus ouvidos, as mãos de Nasir afundando em suas tranças, os lábios dele descendo pelo seu pescoço, sua pulsação pulando contra os dentes dele. Ela agarrou a nuca dele e olhou para os painéis de estanho no teto, sentindo o mundo ao seu redor derreter em irrealidade, borrado na beira.

Nasir deu uma mordiscada em seu lóbulo.

— Desde a primeira vez que te vi naquele bar, fiquei morrendo de vontade de te beijar — sussurrou ele, com o hálito quente rodopiando na pele dela.

Feyi ocultou um sorriso.

— Eu queria que tivesse beijado — confessou. — Apenas por um instante, quando a gente estava brigando lá em cima.

Nasir recuou, o olhar surpreso.

— Sério. Pensei que você fosse cortar a minha garganta naquela época.

Ela ergueu e baixou um ombro.

— Eu não te conhecia naquela época.

Nasir suavizou o olhar e passou o polegar pelo lábio de Feyi, borrando o gloss naquela curva volumosa.

— Mas me conhece agora.

E Feyi sentiu o peso da pergunta por trás da frase. *Você confia em mim agora? Sabe que eu não quero machucá-la, que fui sério em tudo que disse? Sabe que me importo?*

Ele era tão doce, tão apavorante no que podia representar, a possibilidade de alguém vê-la de verdade. Um mundo pós Jonah.

Feyi expulsou o medo à força e sorriu para ele.

— Conheço — respondeu, puxando-o de volta para baixo para beijá-lo de novo, sentir o corpo dele pressionando o dela com todo aquele desejo que ele andava contendo. — Acho que agora eu conheço você.

— Bom — murmurou ele, e a palavra deixou um rastro como o de fumaça na sua língua, perdendo-se na boca de Feyi.

Capítulo Cinco

Na manhã seguinte, Feyi e Joy foram dar uma corrida, abrindo o fim de semana com um banho de suor para sentirem que faziam uma coisa útil antes de caírem na farra. O sol se projetava recortado por entre as árvores, e uma pessoa ouvia *soca*[1] de uma janela aberta em cima de uma saída de incêndio, a música carregada pelo ar quente. A pele de Joy brilhava como âmbar transparente, lambuzada de protetor solar, e seu cabelo voltava a crescer lentamente em cachinhos minúsculos no couro cabeludo. Feyi tinha prendido as tranças cinza em um coque no topo da cabeça e estreava um novo conjunto de treino vermelho vivo — shorts e top esportivo com alcinhas. Ela era um alarme deslumbrante, um pontinho de alerta no meio da calçada.

A lésbica *butch* que morava na esquina do quarteirão assobiou dos degraus de seu prédio quando viu as garotas.

— É isso aí, chocolate amargo de vermelho! — berrou. — Estou te sacando, caramelo delícia.

Joy deu risada e gritou de volta.

— Q, melhor dar um tempo antes que eu conte pra sua esposa!

· · · · ·

[1] Gênero musical caribenho. (N. da T.)

— Boa!

Feyi jogou um beijo para ela e continuou correndo com Joy, passando pela igrejinha e o mercadinho que estava sendo reformado na esquina, descendo por um quarteirão com sombra.

— Nasir me chamou pra ir com ele — disse Feyi, casualmente contando a novidade enquanto dava um tchauzinho para Baba Yusuf pela janela da loja de plantas.

Joy virou a cabeça.

— Desculpa, o quê? Tipo, pras ilhas?

— É. Ele passa algumas semanas lá todo verão.

— Não é um passo meio grande? Vai conhecer a família dele?

— Tecnicamente, já conheci a irmã.

— Hum, verdade, a baixinha gostosa.

Feyi balançou a cabeça.

— Para de babar. Além disso, ele me convidou como amiga. E também por motivos profissionais. Parece que o pai dele consegue me colocar em uma mostra coletiva...

— Como amiga? — Joy soltou uma risada curta e rouca. — Sei, certo.

— O que é? Estou falando sério.

— Você vai pagar a viagem?

— Não, mas...

Joy puxou o elástico do shorts de corrida para cima, empurrando as chaves que tentavam escapar para o fundo da pochete.

— Então isso não é coisa de amigo.

— Ah, dá um tempo. — Feyi secou um pingo de suor que escorria pelo olho. — Como se eu não pagasse as coisas pra você e vice-versa.

— Tá, mas nós somos nós. Nasir é um cara que pode te comer em um piscar de olhos se você bobear.

Feyi pôs a mão no peito, fingindo se engasgar.

— O quê! Então quer dizer que você não me comeria em um piscar de olhos se eu bobeasse? Magoei, Joy.

Sua melhor amiga revirou os olhos.

— Já comi, obrigada. Fiquei até com dor no pescoço pra provar.

— Ah, conta outra, fui eu que te chupei.

— Aham. Passiva.

Feyi a empurrou, quebrando o ritmo da corrida.

— Não foi o que você falou na terceira rodada.

Joy deu risada e se recuperou.

— Que seja, essa merda já faz anos. O que estou dizendo é: para de fingir que o que vocês têm é uma amizade verdadeira. É diferente e você sabe.

Ela tinha razão, mas não foi o suficiente para Feyi concordar.

— Olha, não sei bem o que é — rebateu —, mas o importante é que o pai dele caga dinheiro e banca os voos na primeira classe do filho.

Elas ficaram correndo no lugar esperando o sinal abrir, e Joy soltou um assobio curto.

— Jura?

— E eu ganho um quarto só pra mim na casa deles, nas montanhas.

— Caramba! Cá entre nós, parece incrível. E não custa nada aproveitar pra trabalhar.

— Não é? É tipo ir a um resort com tudo incluído e ainda ter a chance de impulsionar a minha carreira.

— Bem básico.

O farol abriu, e as meninas recuperaram o ritmo ao atravessar a rua.

— A única coisa que me preocupa é que ele pense que é um grande passo eu aceitar — Feyi continuou.

Joy bufou com impaciência.

— Você é tão paranoica, sempre falando como se esse cara estivesse tentando se casar com você ou qualquer merda assim. É só o que é.

— É, você tá certa. E além do mais, ele tá saindo com outra pessoa, mas eu o beijei ontem à noite.

Joy parou para recuperar o fôlego, as mãos nos joelhos.

— Espera, você o *quê*? E ele tá saindo com outra pessoa? Desde quando?

Feyi correu um círculos em volta dela.

— Sei lá, ele disse que é uma coisa de ocasião.

— Não finge que não acabou de me contar de um beijo, sua vaca. E também aquele cara não consegue tirar os olhos de você, então, se ele tá trepando com outra, deve ficar imaginando que ela é você o tempo todo. — Joy se ajoelhou para amarrar os cadarços e olhou para cima. — Como foi o beijo?

Feyi parou e começou a alongar os quadríceps, tentando soar casual.

— Foi bom.

— Pelo amor de Deus, Feyi...

— Tá, foi incrível. — Ela tentou não ficar vermelha, mas sentiu o fracasso. — A gente estava lá embaixo, perto das caixas de correspondência, e ele me encostou nelas... Foi bem excitante, pra falar a verdade.

— Ok, e depois? Juro que não ouvi trepada nenhuma no apartamento ontem.

— É porque não teve, sua pervertida. A gente só... se beijou. — Feyi deu de ombros. — Foi fofo.

— Uau! Que *vibe* de ensino médio.

— Que seja, cara. Cansou? Vamos voltar andando?

Joy se endireitou e apontou para o fim do quarteirão.

— Que nada. A sorveteria está oficialmente aberta para o verão. A gata aqui precisa de um pouco de matcha com mel para adoçar a vida.

— Cara... você fez mesmo a gente correr por esse caminho só pra tomar sorvete?

— Pode apostar que sim. Esperei essa merda o inverno inteiro.

Feyi ergueu as mãos enquanto as duas entravam na fila, atrás de uma mãe com seus três filhos coloridos e grudentos.

— Inacreditável.

— Acho que é um grande passo — disse Joy —, mas não necessariamente de um jeito ruim. Ele tá tentando ser seu amigo e levar as coisas com calma. Está cuidando do seu trabalho. Se quer saber o que penso, acho do caramba. E além de tudo, você não precisa ficar lá o verão todo. Passa tipo uma semana lá e dá no pé, faz a mostra e volta.

— Talvez... Sinto que vou ficar com saudade dele pelo resto do verão se não for.

— Ah, tem alguém se apaixonando! — Joy grasnou.

— Cara, vai se foder — rebateu Feyi, que vacilou quando a mãe se virou para fuzilá-la com o olhar. — Desculpe, senhora.

Joy riu com sarcasmo.

— É com essa boca que você beija Nasir?

— Calada — sussurrou Feyi, mas estava sorrindo. — Cansei de falar dele. Me diz como estão as coisas com você e qual é o nome dela.

Joy corou.

— Justina.

— Epa, epa! Temos um nome *e* você vermelha? Quando foi que ficou sério?

— Não sei. — Joy sempre desconversava e falava de seus casos com leveza, mas dessa vez tinha alguma coisa verdadeira ali, e era desconfortável enunciá-la.

Feyi nem teve vontade de tirar sarro. Ela sabia que, no fundo, Joy acreditava que nunca teria um relacionamento estável e feliz, algo que Feyi suspeitava ter vindo de seus pais ganenses, algo relacionado a ser diferente, talvez até de não merecer o que as pessoas "normais" tinham. As coisas que as pessoas falam podem entrar na cabeça e ferrar bastante alguém, principalmente quando vêm da família.

— Você gosta mesmo dela, hein? — perguntou Feyi, com tato. — É algo cultural? Acho que você nunca namorou outra ganense antes.

Joy confirmou com a cabeça.

— Pensei que não fosse fazer diferença, sabe. Mas aí Justina começou a me contar que se casou porque os pais fizeram pressão e, ufa, lembrei dos meus pais tentando fazer a mesma coisa comigo. Tipo, eu consegui me livrar, mas ela não, sacou?

— Você acha que ela quer?

— Sim, acho que quer. E é a parte que dá medo. Era diferente quando a gente só estava se divertindo e brincando, mas agora é meio que real. E, se for real, então o marido também é. Ela vai mandar o casamento pelos ares? Pelo que, por mim? — Joy balançou a cabeça. — Que isso, é muita pressão.

Feyi arrumou o coque e olhou para a melhor amiga. Ela sentia o sol nas escápulas, morno e firme, a fila do sorvete andando. Joy mordia o lábio, claramente preocupada, e uma suspeita insidiosa se instalou em Feyi.

— Você a ama? — perguntou, e foi incrível ver a transformação do rosto de Joy, que se fechou em um vazio inexpressivo, cuidadoso e controlado, muros se erguendo do nada.

— Cara, me poupe. Não é tão sério. — O seu tom era desdenhoso, e Feyi soube que a conversa sobre Justina estava encerrada. Dava para sentir a nuvem que se formava em torno de Joy, então ela mudou rapidamente de assunto, antes que a nuvem ficasse muito cinza, muito pesada.

— Topa me ajudar a escolher as roupas para essa viagem?

Joy se virou com um sorrisinho alegre e malicioso.

— Meu Deus, você vai! Isso! — Ela comemorou com um soquinho e fez uma dancinha. — O seu Instagram vai pegar *fogo*.

Quando chegaram ao balcão da loja e fizeram os pedidos, Joy dava pulinhos de alegria. O menino atrás da janela montou as casquinhas e as entregou a cada uma enquanto Feyi pagava com o celular.

— Obrigada, docinho. — Joy lambeu a bola de sorvete verde e gelada de seu matcha com mel, e as duas começaram a voltar para o apartamento. — Quando é o voo?

— Acho que ele é flexível. Não pareceu que já tinha datas marcadas.

— Beleza, legal. Precisamos decidir o seu look para a viagem. Tá na hora de trocar as tranças, essas já estão se soltando um pouco.

— Pois é. Estava pensando, que tal loiro agora? — Feyi deu uma mordida no sorvete e lambeu o rio de chocolate que escorreu pela casquinha.

— Não — respondeu Joy. — Muito básico. Que tal dourado?

— Hum, que sexy! — Feyi ficaria surreal, o que era perfeito. — Certo, então quero tranças cacheadas, e, caramba, vou ter que pintar o cabelo. Não quero deixar a raiz escura, sabe?

— Ah, você não gosta assim como está com o cinza?

— Gosto, mas acho que o dourado fica melhor sem o preto trançado junto.

Joy concordou com a cabeça.

— Halimat faz, sem problema. Quando foi que ela te deixou na mão?

Halimat era uma amiga senegalesa que tinha um salão de beleza no próprio apartamento em Flatbush, para se bancar na NYU. Ela fazia as tranças de Feyi desde que Feyi tinha chegado ao Brooklyn, passeando pelas cores para experimentar visuais novos a cada seis semanas. Na infância, todo mundo sempre dizia a Feyi que ela devia evitar cores berrantes, que elas ficavam muito chamativas em contraste com sua pele escura, então foi maravilhoso parar de dar ouvidos a todos eles e se jogar de cabeça em tons pastéis, néon e metálicos, arco-íris em cascata pelas suas costas.

Enquanto voltavam para casa, Feyi se deixou levar imaginando a viagem com Nasir, uma versão de viagem fácil e perfeita. Os dois nadando no mar, sal no cabelo, areia na pele que pegava sol. Mangas se desfazendo em suas mãos, a cor molhada de um pôr do sol, a estrada subindo a montanha coberta de verde. Ela pegou o celular e enviou uma mensagem a Nasir. *Ei, estou dentro. Obrigada mais uma vez.*

Ele respondeu em um minuto. *Eba! Posso ligar mais tarde para combinar os voos?*

Claro, ela digitou. *Mal posso esperar.* Para sua surpresa, era verdade.

UMA SEMANA DEPOIS, Feyi se acomodava no banco de trás de um táxi enquanto a rádio tocava *reggaeton*, um ritmo reconfortante que envolvia suas costelas com uma batida contínua. O motorista tinha um cachorro de pelúcia empoleirado entre os dois bancos da frente, azul-claro com olhos grandes e brilhantes, que a encarava fixamente. Feyi sorriu e balançou a cabeça, sacando o celular para gravar um *story* para o Instagram, o cachorro sinistro e Bad Bunny cantando ao fundo. *É a cara do Brooklyn*, escreveu na legenda. O carro virou no quarteirão de Nasir e estacionou em frente ao seu prédio. Nasir estava esperando no meio-fio, com moletom de capuz e uma grande mala de viagem pendurada no ombro. Ele a jogou no porta-malas e se juntou a Feyi no banco de trás, cumprimentando-a com um beijo na bochecha.

— Bom dia, coisa linda — falou.

Ela sorriu enquanto ele tocava em uma das tranças douradas que serpenteavam por baixo de seu turbante.

— Ah, você está *prontíssima* para o voo — provocou. — Já passou aquela máscara de hidratação?

— Pois é — respondeu. — Quer ficar com a pele ressecada? Problema seu.

— Aceito o risco. — Ele sorriu. — Eu tenho os óleos naturais.

Os olhos de Nasir brilhavam de empolgação e Feyi se sentiu contagiada também, um rio veloz de possibilidades, corredeiras de expectativas. Ela tinha passado quatro dias fazendo as malas, experimentando cada um dos looks sob o olhar crítico de Joy, escolhendo os acessórios e as sandálias e vestidos, as maquiagens e toda a coleção de óleos, de coco ao de café ao de jojoba com melaleuca para o couro cabeludo. Elas tinham feito manicure e pedicure, e Feyi escolheu um esmalte dourado para os pés e as mãos, um tom diferente do cabelo, mas, ainda assim, metalizado.

— Você está com cara de rica — disse Joy na ocasião, com um sorriso travesso, escolhendo correntes delicadas de ouro para compor camadas e enfeitar o colo da amiga. — Como uma deusa repleta de oferendas.

Feyi deu uma piscada.

— Como deve ser. — Ela enfileirou anéis dourados nos dedos e tentou decidir quais piercings de mamilo devia levar. — Barras ou argolas? — perguntou a Joy, que ergueu as sobrancelhas.

— Por que é que importa mesmo? Pensei que vocês não fossem transar.

— Não vamos, mas você sabe que não gosto de usar biquíni com bojo, então... — Feyi sorriu maliciosamente e mostrou as opções. — Qual fica melhor por baixo do tecido?

— Ah, é pra *provocar*.

— Só porque vamos como amigos não quer dizer que não possa deixar o cara nervoso. — Feyi riu.

Joy pôs as mãos no quadril.

— Estou impressionada, sério. Bom, as barras então. Nada de prata.

— Claro. Pra essa viagem, o lance é opulência consistente.

Ela prometeu a Joy fotos de cada passo que desse, então puxou Nasir para uma selfie no táxi. Ele apertou os lábios em sua bochecha, e ela abriu um sorrisão ao tirar a foto.

— Ficamos bonitos juntos — disse ele, mas sem sugerir nada nas palavras, apenas constatando um fato

— Ficamos lindos juntos — concordou Feyi, virando a cabeça para beijá-lo.

Sempre havia um milissegundo de pausa antes de ele retribuir o beijo, como se não conseguisse acreditar que ela o queria, como se precisasse de um momento para a ficha cair. Desde aquela noite no saguão do prédio dela, os dois não tinham ido muito além dos amassos. Feyi não se lembrava de ter ido tão devagar com um cara desde a adolescência, mas, com ele, parecia o certo a fazer. Era como se eles tivessem todo o tempo do mundo para se descobrirem, então podiam se dar ao luxo de ser lânguidos. Feyi nunca sentiu que Nasir tentava apressá-la e, para falar a verdade, só aquilo já representava um pequeno milagre. Ela não se lembrava da última vez que alguém tinha se contentado apenas em beijá-la com desespero e depois se deitar na cama junto com ela, respirando o mesmo ar. Não — era mentira. Jonah foi o último. Às vezes, o medo e a culpa a dominavam, e Feyi se retraía, interrompia um beijo ou desviava o olhar. Ele nunca dizia nada, ainda bem, porque ela não queria falar sobre o que sentia tentando aprender a ter segurança com alguém que não fosse o amor morto de sua vida.

— Me sinto muito instável. — Feyi tinha dito a Joy. — Tipo, metade do tempo tudo está tranquilo e me sinto bem, mas aí me lembro de quem ele é e que tudo é tão novo e fico apavorada.

Joy deu de ombros.

— Ele sabia onde estava se metendo e, pra completar, você é valiosa, Feyi. Você pode ser você mesma, com toda a sua contradição e bagunça. Ele tem sorte só de poder estar perto.

No aeroporto, Nasir tirou a mala de rodinhas de Feyi do porta-malas do táxi e a levou até o terminal para ela, com a própria mala pendurada no ombro. Eles passaram pelo controle de segurança juntos, pondo os casacos na mesma cesta, e Nasir a segurou pela mão ao embarcarem no avião. Feyi se acomodou no assento da janela e ficou olhando Nasir limpar as telas e os cintos de segurança com um paninho desinfetante.

— Ei — disse ela, tocando a superfície recortada de sua maçã do rosto. — Obrigada. De verdade. É muito importante pra mim.

Nasir pegou a mão dela e deu um beijo na cicatriz da palma.

— Você merece mais — respondeu, e dessa vez sua voz estava carregada de esboços de promessas.

Uma súbita pontada de alerta percorreu Feyi, mas, com a mesma rapidez, a expressão de Nasir mudou, trocando o peso pela leveza divertida de sempre, o flerte incorrigível. Feyi se acalmou pensando que o vislumbre de algo além foi uma falha técnica, um erro. O que eles tinham era só amizade, um pouco colorida, é verdade, mas só amizade.

Ela não conseguiria dar conta de nada além disso.

Capítulo Seis

Quando o piloto anunciou que estavam a vinte minutos do pouso, Feyi abriu a cortina da janelinha e olhou para o mar, um manto azul brilhante com praias ondulando nas bordas.

— Você cresceu aqui e *foi embora*? — perguntou a Nasir. Ele se inclinou para olhar, a mão quente pousada na coxa dela.

— Na real, eu nem aproveitei tanto quanto devia — falou. — Ainda bem que o meu pai ficou. Assim eu posso voltar e ainda ter uma casa pra ficar, sabe?

— Você passou a infância na casa aonde vamos?

— Não, a gente tinha outra casa na cidade, mas agora Lorraine mora lá. O meu pai construiu essa aqui há uns dois anos, depois que o trabalho dele estourou. Ele se empolgou nessa aqui, contratou um arquiteto caro para fazer o projeto e até botou uma piscina com borda infinita lá fora. O bagulho é louco.

— Caramba! Parece incrível. — Feyi viu Nasir sorrir de leve ao falar do pai.

— Pois é. O restaurante do meu pai fica na cidade, mas ele queria um lugar mais isolado, íntimo, entende?

— Claro. Construir uma casa no alto de uma montanha é coisa de ermitão. — Ela riu. — Introvertidos, uni-vos.

Nasir olhou com cara feia.

— Cara, você e a Joy vão de festa em festa a semana toda, nem vem com essa palhaçada de introvertidos.

— Posso fazer as duas coisas, obrigada. — Feyi abriu um sorriso para ele e passou o polegar pela barba espetada. Ele era tão lindo! Quem diria que cruzar com ele no bar aquele dia ia dar nisso... os dois juntos nesse avião, ela tocando a pele dele com tanta liberdade, tendo a memória de sua boca tão recente?

Nasir fechou os olhos por um instante ao toque dela, depois os abriu e sorriu.

— Ansiosa pra ver a minha casa?

Feyi baixou a mão.

— Demais! E pra comer no restaurante do seu pai. Qual é mesmo o nome?

— Alusi. Ele tem um em Londres chamado Wax e um em Toronto, acho, que abriu no ano passado. Não lembro o nome.

Feyi estava com a testa franzida.

— Alusi? Soa familiar pra caramba.

— Quer dizer então que você curte esse lance de restaurantes chiques?

— Eu não. Joy. Ela tem uma lista com todos, e juro que já mencionou esse antes. — Ela tamborilou as unhas metalizadas no braço da poltrona, tentando lembrar. — Como é que o seu pai se chama mesmo?

Nasir desconectou os fones do avião e começou a enrolar o fio para guardá-los no lugar.

— Alim — respondeu. — Alim Blake.

Tudo desacelerou para Feyi conforme seu cérebro foi juntando as peças, encaixando os detalhes no lugar, depois acelerou de novo enquanto ela se engasgava e dava um soco leve no braço dele.

— Puta merda! O seu pai é Alim Blake? Alim Blake, *porra*?

— Poxa vida, garota! — Nasir esfregou o bíceps. — O quê! Você o conhece?

Feyi olhou-o com cara feia e controlou o impulso de dar um peteleco na cabeça dele.

— Hum, sim, é óbvio que sei quem ele é. O restaurante dele tem duas estrelas Michelin, Nasir. Duas! — Ela jogou as mãos no ar. — Ele é um chef famoso, caramba!

Nasir deu risada e fechou o zíper do case de seu fone.

— Ah, vá! "Famoso" é um pouco forçado.

— Nasir, o homem está *literalmente* na TV! Ele foi jurado naquele programa culinário que Joy me obrigou a assistir e participou de umas duas temporadas!

— Ah, caramba, tinha esquecido. — Nasir balançou a cabeça com a lembrança. — Eu e Lorraine enchemos muito o saco dele por isso. Mas já faz um tempinho, agora ele tá mais tranquilo. Falando sério, pensei que você não fizesse a mínima ideia de quem ele é.

O alto-falante do avião chiou com estática quando o piloto informou aos passageiros que estavam começando a aterrissagem. Feyi tapou a boca com a mão e olhou para Nasir conforme a ficha foi caindo.

— Espera, estou prestes a conhecer Alim Blake. Meu Deus! Joy vai ficar totalmente maluca quando souber!

— Senhora — disse a comissária de bordo, aproximando-se das poltronas. — Preciso que feche a mesa de apoio e ponha o cinto, por favor.

— Você é bem fã — falou Nasir, com uma expressão entre o espanto e a diversão. — Que hilário! Vai ficar nessa animação toda quando se encontrarem? Porque você tem, tipo, uns vinte minutos para se recompor, bonequinha.

— Vinte minutos? — Feyi arregalou os olhos de surpresa. — Ele vem buscar a gente no aeroporto?

Nasir piscou e se esticou para pôr o cinto nela.

— Bem-vinda — sussurrou, beijando-a no pescoço.

Distraída, Feyi sentiu a pele deslizar de prazer e colocou a mão na nuca dele, afundando os dedos entre seus cachos fechados. Nasir deu um cheiro nela, passando a língua por sua garganta.

— Para! — Ela deu uma risadinha. — Estamos em público.

— Não estou nem aí — respondeu, dando-lhe um beijo na boca.

O avião sacudia na aterrissagem, e Feyi se engasgou, o som se perdendo em volta da língua de Nasir. Ele se afastou dela com relutância e acariciou suas tranças douradas.

— Muito obrigado por ter vindo comigo — disse, com o olhar sincero. — Sei que você tem trabalho pra fazer e tal, mas, ainda assim, é do caramba estar com você aqui.

Feyi ficou vermelha — ela nunca sabia direito o que fazer quando ele demonstrava tanto carinho; as palavras não brotavam de sua boca com a mesma facilidade. Então preferiu beijá-lo novamente e torcer para ele sentir daquela forma, enquanto o avião os levava em direção à casa dele.

Depois de passarem pela imigração, foram esperar as malas, e Nasir se virou para Feyi. O ar estava quente e úmido; quase dava para sentir o cheiro de água nele. Eles estavam em pé ao lado de um pilar, ao alcance de um ar-condicionado barulhento.

— Talvez você precise saber de uma coisa antes de conhecer o meu pai — falou.

Feyi apoiou a mochila na panturrilha e esperou, ouvindo. Nasir passou a mão pelo cabelo e ficou arrastando o pé no chão.

— É que... ele é um pouco diferente do que se vê na TV.

— A maioria das pessoas é, né? — respondeu. Feyi nunca tinha visto Nasir tão estranho, não desde a primeira noite no bar. Era enternecedor, mas inesperado.

— Não desse jeito — disse. — Ele é mais... afeminado pessoalmente.

Nasir falou de uma vez, como se despejasse a frase, e depois continuou, tropeçando nas palavras.

— Às vezes as pessoas ficam confusas, mas não é nada, é só que ele é assim. Então quis deixar você avisada.

Feyi franziu a testa. Ela não sabia aonde ele queria chegar ou por que estava contando aquilo. Talvez porque as coisas aqui embaixo fossem um pouco... qualquer coisa?

— O seu pai é gay? — perguntou, e Nasir ficou um pimentão por baixo do marrom profundo de sua pele.

— Não! — respondeu, um pouco alto demais, tanto que algumas pessoas se viraram para olhar. Feyi nunca tinha visto Nasir levantar a voz antes e teve que controlar o impulso de se afastar. Ele baixou a cabeça, a vergonha cobrindo seu corpo, e falou mais baixo. — Não. Não é nada de mais. Ele é diferente, só isso, mas não é gay, ok?

Feyi tocou seu braço com a mão. Ele parecia mais assustado do que bravo, e ela não entendia bem o porquê.

— Não tem problema — disse. — Sinto muito, foi só pra saber.

Nasir entrelaçava os dedos, tentando se recompor.

— Tudo bem — respondeu. Ele pôs as mãos no bolso e deu um sorrisinho para Feyi, olhando-a nos olhos com relutância. — Tivemos alguns problemas com os tabloides daqui há um ou dois anos, e a coisa ficou feia, foi isso. Não queria ter explodido assim.

— Imagina. Pelo visto, foi bastante estressante.

— Foi.

A esteira rolante de bagagem começou a se mexer, os motores arranhando. Feyi e Nasir ficaram em silêncio enquanto esperavam as malas. Levou alguns minutos até as localizarem, o enfeite vermelho de Natal que Feyi tinha amarrado às alças se encaracolando em espirais. Nasir tirou as bagagens da esteira e deu um beijinho na bochecha de Feyi para mostrar que estava de volta, que agora estava bem.

— Bora conhecer a minha família — disse, com a voz morna e leve de novo, a boca se abrindo em um sorriso largo.

Feyi sorriu também, aliviada ao vê-lo bem, e o seguiu pelos portões em direção ao calor que os aguardava.

Foi fácil reconhecer Alim Blake no meio da multidão de pessoas reunidas fora do terminal de desembarque — corpos e vozes fluíam em volta dele em ondas, um mapa de movimento enquanto ele se detinha ao sol, um ponto fixo. O homem tinha *presença*, litros e litros de presença irradiando no ar como um campo de força. Sua pele tinha a cor do carvão molhado, a intensidade mineral em contraste com o linho branco que usava — uma camisa com as mangas arregaçadas, botões abertos até o peito, calças largas. Estava um caos lá fora, mas ninguém trombava em Alim, ninguém chegava a tocá-lo, tirando os que paravam para cumprimentá-lo com apertos de mão. Ele era encantador com as pessoas, tocando seus braços e ombros, se agachando para sorrir para uma menininha de macacão que balbuciava animada, a mãe observando com ternura. A criança esticou os braços para cima e, enquanto Alim a abraçava, Nasir passou pelo portão de desembarque, levando a mala de rodinhas de Feyi no chão e a sua mala no ombro.

Feyi andava atrás dele e flagrou o momento exato em que Alim viu o filho, quando seus olhos se arregalaram e se encheram de um amor tão fulgurante que doía contemplar, transformando seu rosto de algo calmo em algo feroz e ardente. Alim se desvencilhou e se despediu da menina, dando um beijo na bochecha da mãe, mas não moveu um passo em direção a Feyi e Nasir. Ficou esperando no lugar e esticou os braços para receber neles o filho. Nasir jogou sua mala em cima da de Feyi e mergulhou no abraço do pai sem dizer uma palavra. Feyi ficou ao lado das malas, notando pequenos detalhes em Alim, a voz que Nasir tinha erguido ecoando em sua cabeça.

Alim tinha as unhas feitas e brilhantes, havia um toque deliberado de iluminador em suas maçãs do rosto, talvez até um pouco de pigmento no lábio inferior, como uma memória apagada de blush. Seu corpo pendurado no ar, perfumado com graça. Quando beijou as têmporas de Nasir, os cantinhos de seus olhos se enrugaram de prazer. Seu rosto era salpicado de manchinhas pequenas de sol, agrupadas nas maçãs do rosto protuberantes, e seu cabelo era repleto de porções prateadas de cachos apertados. Nasir batia no ombro do pai e, enquanto tinha o corpo construído na academia junto com Milan, Alim era esguio e firme. Com um sobressalto novo, Feyi notou uma pontada de atração se desenrolando na barriga.

Era a última coisa que esperava. Quando conheceu Milan e Nasir, ela se sentiu atraída porque o desejo tinha começado nos olhos *deles*. O desejo tinha feito um sinal como uma isca, chamando-a, até ela construir um espelho, refletindo-o de volta para eles. Mas agora era algo novo, o desejo arrebentando, discreto, mas insistente, em sua barriga, uma piscina cálida. Alim não era só um rosto bonito na tela da televisão; ele era real, olhava para Nasir, e agora Feyi conseguia ver como o amor era no rosto dele. O amor o iluminava de dentro para fora, assim como Nasir tinha se iluminado ao ver Lorraine chegar ao bar na noite em que Feyi o conheceu. Ela apertou a alça da mala, desejando desesperadamente que Joy estivesse ali.

Nasir se virou de costas e esticou a mão para ela.

— Pai, essa é Feyi — foi dizendo.

Feyi pôs um sorriso no rosto, pegou a mão de Nasir e chegou perto dos dois. Alim colocou a mão em seu ombro.

— Feyi — falou, o nome dela fluindo pela língua dele como açúcar de coco derretendo. — É um grande prazer conhecer você. Seja bem-vinda.

Sua voz tinha um leve sotaque, macio e nítido, e o ombro dela ficou em brasa sob aquele toque, como se a pele dele queimasse o algodão de sua camiseta.

— É um prazer, Sr. Blake.

Feyi se preparava para um desastre, mas não conseguiu conter o desejo que fervia dentro dela quando olhava para ele. A íris de Alim era cinzenta, circundada por uma coroa de castanho em torvelinho que se derramava no leite de aveia do branco de seus olhos. Os cílios eram longos e negros.

— Por favor — disse —, me chame de Alim.

Feyi sentiu os joelhos amolecerem de leve e ouviu a voz de Joy na cabeça, clara como a luz do dia.

Ah, sua vaca, você tá ferrada.

Capítulo Sete

O trajeto montanha acima até a casa de Alim era ridiculamente maravilhoso, como se tivesse sido copiado e colado de um cartão postal. Feyi não conseguia desgrudar os olhos da janela. Ela havia cometido o erro de dar uma espiada no espelho retrovisor, mas aí acabou fazendo contato visual com Alim sem querer, o que a alvoroçou de um jeito absurdo. Nasir estava contando ao pai sobre seu último cliente, um cara de São Francisco que se gabava, convencido de que um novo aplicativo qualquer ia mudar tudo. Feyi já tinha ouvido a história umas cinco vezes antes, então desligou a cabeça e ficou observando as árvores, o declive das colinas, as pessoas que eles ultrapassavam. Ainda dava para ver o mar da estrada, uma folha ondulante e azul lambendo a terra. Com frequência, Alim buzinava e acenava com um braço para alguém, que retribuía o aceno, gritando cumprimentos por cima do estrondo dos pneus do Jeep amarelo na estrada. Feyi apertava o celular em uma das mãos, sem saber se seria muito brega ou muito coisa de turista se começasse a tirar fotos. Ela tentou mandar uma mensagem para Joy antes de entrar no carro, mas o Wi-fi do aeroporto não estava pegando em qualquer lugar e era intermitente. Ela olhou o celular para ver se tinha sinal, mas o aparelho só devolveu um olhar vazio.

— Feyi? — Ouviu Nasir chamar e ergueu a cabeça.

Alim a observava pelo retrovisor com aqueles seus olhos turvos. Feyi desviou o olhar e focou Nasir.

— Desculpe, o quê?

— Perguntei se você tá bem.

— Ah, sim, estou ótima. — Ela apontou para fora da janela. — Isso é impressionante. Nunca vi nada igual.

Alim fez uma curva fechava, jogando uma pergunta por cima do ombro.

— É a primeira vez aqui?

— Sim, nunca estive em nenhuma das ilhas antes. Não sabia nem que dava para ter montanhas assim tão perto do mar.

Nasir percebeu o celular na mão dela e sorriu.

— Pode tirar fotos se quiser. Sei que Joy está esperando todas as novidades no Insta.

Feyi mostrou a língua para ele.

— Estou sem sinal.

— Na casa tem Wi-fi. Você pode subir as fotos assim que a gente entrar. — Nasir girou no banco para apontar para uma árvore gigantesca, o tronco retorcido e largo não cabia em nenhum abraço humano. — É proibido derrubá-la. Dizem que ela abriga os espíritos dos ancestrais.

Alim olhou para o filho, curioso.

— Você costumava tirar sarro de tudo isso, chamando de besteira de Obeah.[1]

Nasir encolheu os ombros.

— Eu era criança. Achava que era legal ser cético.

— E agora? — Feyi perguntou.

— Acho bacana acreditar em alguma coisa — respondeu, olhando a árvore ficar para trás.

Ele continuou mostrando a Feyi os pontos de referência e os detalhes enquanto subiam a montanha. A pista foi ficando cada vez mais estreita,

· · · · ·

[1] Religião de matriz africana. (N. da T.)

serpenteando precariamente, até que pegaram um desvio por uma estradinha, as rodas do Jeep saltando sobre a terra. As copas das árvores formavam uma cobertura densa acima deles, deixando a luz do sol passar em fragmentos. Feyi prendeu o ar ao olhar em volta — parecia um conto de fadas, como se eles cruzassem um portal entre dois mundos. Depois de um tempo, a estrada ficou mais uniforme, terminando em um par de portões de ferro forjado preto que se assomaram diante do carro. Feyi olhou para cima para contemplá-los enquanto Nasir abriu o porta-luvas e sacou um controle que abriu os portões em um sibilo discreto. Alim passou com o carro, e o queixo de Feyi caiu. Parecia um sonho. Dali nem dava para ver a casa, apenas um longo caminho contornado por árvores carregadas de pencas de flores cor-de-rosa e brancas, beija-flores disparando pelo ar, macacos espiando por trás das folhas e o sol cobrindo tudo com um manto dourado.

— Pois é, né? — Nasir olhava para ela, satisfeito com sua reação. — É de outro planeta.

Feyi pôs a mão para fora da janela e ficou olhando as pétalas caírem sobre sua pele.

— É surreal — disse, de olhos arregalados. — Quanta terra!

O terreno se esticava para além do alcance da vista, a vegetação exuberante, um reino incomparável.

— Terra da família — respondeu Alim. — Nosso sangue está nela.

Ele fez uma curva e, ao mesmo tempo, um caleidoscópio de borboletas circundou o carro, e a casa surgiu, uma moderna estrutura tropical de tirar o fôlego, uma vastidão de vidro e madeira escura, sem pausa, se sobrepondo em cascatas em três andares.

— Uau! — Feyi se engasgou. — É maravilhosa!

Alim deu uma olhada pelo retrovisor.

— Obrigado — disse. — Eu queria morar num espaço aberto, o mais perto possível do ar. O arquiteto acertou em cheio.

— Espera só até ver lá dentro — acrescentou Nasir.

Eles estacionaram sob buganvílias pendendo de uma treliça de aço, e Feyi saiu do carro. Era coisa demais para olhar — seus olhos só conseguiam se prender em alguns detalhes por vez: as aves-do-paraíso se erguendo no ar do canteiro, o pavão albino os observando do gramado, a porta lateral incrustada de madrepérola. Alim e Nasir tiraram os sapatos ao entrar na casa, e Feyi os imitou, deixando os tênis numa prateleira de madeira ao lado da porta. O piso do térreo se estendia em cimento queimado preto, derramando-se numa sala de estar aberta abarrotada de esculturas, sofás e arte. Ela ficou girando, absorvendo tudo.

— Tá parecendo criança — disse Nasir, rindo.

Feyi fez uma careta para ele e parou no lugar, olhando para um desenho que ocupava quase uma parede inteira.

— Não é possível.

Alim a observou se aproximar e erguer a mão, os dedos a milímetros do vidro que protegia a obra.

— Você tem um original de ruby onyinyechi amanze? — perguntou, olhando para ele por cima do ombro.

Quando Alim sorriu, o peito de Feyi palpitou em reação.

— Achei que você fosse gostar — respondeu ele. — Vocês, nigerianos, sempre conhecem os trabalhos uns dos outros.

Nasir chegou perto e parou ao lado dela.

— Não entendo — falou. — Tem muito espaço vazio. Não tinha que preencher isso aqui?

Na hora, Feyi bateu no braço dele.

— Nunca mais repita essa blasfêmia! — ela o repreendeu, e Alim deu risada, uma onda grave e profunda ressoando pela sala.

Feyi não se atreveu a olhar para ele. Era mais seguro manter os olhos nos desenhos, nos leopardos e fantasmas, nos alienígenas em colisão.

— É incrível! — exclamou. — Nunca tinha visto um original dela tão de perto, muito menos um desse tamanho. Nem sabia que ela ainda deixava colecionadores terem as obras. A não ser que você tenha comprado há um tempo, no começo.

Alim se aproximou e contemplou o desenho com carinho.

— Não, você tem razão. Somente museus e coleções permanentes agora, mas fiz um acordo com ela.

Feyi ergueu a sobrancelha.

— Que tipo de acordo?

— O de nunca vender a obra — respondeu, e Feyi deu uma olhada para ele.

— É verdade — disse ela. — Me preocupo pensando onde o meu trabalho vai acabar parando. Parece proximidade demais simplesmente deixar alguém ter uma obra em casa, ainda mais se for um tipo velho branco colecionador, sabe?

Ele assentiu.

— Queremos que fique com o nosso povo. Seja quem for.

Feyi não ousou olhar de novo para ele. Seus corpos estavam próximos.

— Exato — respondeu ela, sem tirar os olhos do desenho.

Nasir se juntou aos dois.

— Pai, nem começa com o tour das artes. Podemos fazer isso outra hora. As coisas não vão fugir.

Alim sorriu para o filho.

— Seu inculto — provocou.

Nasir revirou os olhos e se voltou para Feyi.

— Vem, deixa eu mostrar o seu quarto. — Ele pegou as malas dela e se virou para o pai. — Almoço logo mais?

Alim se acomodou em um dos sofás e abriu um livro, pegando os óculos dourados.

— Às 15h, mas você nunca chega na hora — falou e depois olhou para Feyi. — Sinta-se em casa, certo?

Ela fez que sim com a cabeça.

— Obrigada, Sr. Blake.

Ele tinha voltado a atenção para o livro, mas, enquanto Feyi saía do cômodo atrás de Nasir, ela teve a impressão de ouvi-lo dizer:

— Me chame de Alim.

Quando olhou para trás, ele estava lendo como se já estivesse sozinho.

NASIR A CONDUZIU POR UMA ESCADA refinada até um corredor com uma faixa de vidro na parede que ia do chão ao teto. Lá fora, era só selva, grasnados e o rumor de galhos e folhas.

— É quase como estar lá fora — comentou Feyi. — Cá entre nós, me deixa um pouco nervosa.

— Ah, tem uma passagem de vidro no terceiro andar que se conecta a uma casa na árvore para hóspedes — contou Nasir. — Antes eu odiava passar por ela, parecia que ia quebrar a qualquer momento, e você sabe que eu não brinco com altura. — Ele abriu uma porta de madeira polida e saiu do caminho. — Chegamos.

Feyi caiu na gargalhada quando viu o quarto.

— Você só pode estar me zoando — disse. — Isso é um apartamento!

O cômodo se esparramava, interrompido no meio por uma cama *king size* coberta com um dossel de cortinas diáfanas. A parede externa era toda de vidro e dava para um jardim planejado tomado por uma explosão de flores, pássaros e borboletas. Um riachinho cortava o jardim, cantando por entre as pedras. Feyi foi até a cama e passou as mãos nos lençóis de linho, as unhas douradas contra o verde-oliva.

— Que isso, cara! Você não me preparou direito para o nível absurdo desse lugar.

Nasir abriu um grande sorriso enquanto ajeitava a bagagem dela em uma prateleira.

— Queria surpreender você — admitiu. — Além disso, se eu tentasse descrever, você ia pensar que eu estava me exibindo ou qualquer merda.

— Verdade — respondeu, encarando uma fileira de esculturas instaladas em uma das paredes. Havia cerca de cinco máscaras de esgrima em estados diversos: atravessadas por longas penas, manchadas de preto, cobertas de ouro, cheias de tentáculos. — Eu não teria acreditado em uma palavra. Aquilo, por exemplo — disse, apontando para as máscaras —, é uma coleção inteira de Allison Janae Hamilton. Você tem noção do quanto é bizarro ter todas elas juntas?

Nasir riu.

— Já vi que a sua visita vai valer por um curso inteiro de arte. — Ele foi até ela e enlaçou-a na cintura, afundando o rosto em seu pescoço. — Por que você nunca me levou a uma exibição em Nova York? Não quer que eu seja culto?

Feyi deu uma risadinha e pôs a mão na bochecha dele.

— Talvez eu tivesse um pouco de vergonha dessa parte da minha vida. Tipo, eu sei que você disse que colecionava, mas... Sei lá.

— Bom, a gente pode corrigir esse problema quando voltar. Você sabe que eu topo tudo se for com você. — Ele levantou a cabeça. — Tirando correr. Você é bonitinha, mas também nem *tanto*.

— Vai cagar. — Ela riu. — Preciso tomar banho e me trocar.

— Tá, tá. — Nasir a soltou e caminhou até a porta. — Volto logo mais. A senha do Wi-fi tá na mesa.

Assim que ele saiu, Feyi tirou o turbante e pegou o telefone. Joy tinha pedido para ela mandar uma mensagem antes de ligar.

— Eu posso estar com Justina — explicou —, e ela tá ficando meio possessiva.

— Por que são sempre as casadas que entram nessas piras? — perguntou. — Ela não tem marido e tudo?

Joy só deu de ombros.

— Lésbicas — disse, como se explicasse tudo.

Feyi se sentou na cama e digitou uma mensagem rápida, torcendo para Joy estar sozinha.

MIGA, ME LIGA AGORA.

Só levou cinco minutos para o celular começar a tocar, e Feyi atendeu a chamada de vídeo em um instante. O rosto de Joy surgiu na tela, sorrindo cheia de malícia. Ela estava usando uma peruca loira nova com uma franja que quase entrava no olho.

— Qual é a fofoca, minha irmãzinha? — perguntou imediatamente. — Manda tudo.

— Ah, meu Deus! — sussurrou Feyi ao telefone, olhando em volta para garantir que estava longe da porta e sem perigo de ser ouvida. — Joy, você não vai adivinhar quem é o pai dele, porra!

— Puta merda! Quem é? A gente conhece?

— Menina. É Alim Blake, cacete!

Joy piscou atônita e tirou o cabelo da cara.

— Deixa eu arrumar essa maldita franja — falou. — Cara, você disse Alim Blake? Tipo, o do programa de culinária?

— Sim, cara. Ele buscou a gente na porcaria do aeroporto!

Joy cobriu a boca com as mãos.

— Perdão — disse, com a voz abafada. — Mas você está dizendo que conheceu Alim Blake? Que está namorando o filho de Alim Blake na miúda? — Joy baixou as mãos. — Meu Deus, cara, você tá na *casa* de Alim Blake nesse momento?

Feyi se estatelou na cama.

— Sim, mas fica pior.

— Como assim fica pior, porra?

Feyi fez uma careta.

— Ele é gostoso, Joy.

— Aham. — Joy segurou o celular longe do rosto para Feyi poder ver toda sua expressão incrédula. — Todo mundo sabe que Alim Blake é um gato, mas não gostei do seu tom, Feyi. Vou precisar que você elabore mais.

— Tipo, ele é *gostoso*. — Feyi gemeu e caiu de lado na cama. — Tipo, *gostoso* gostoso.

— Sei... — Joy fez uma pausa e respirou fundo. — Caramba, que bizarro, eu *sei* que você não tá na casa do pai do seu namorado agorinha falando que o cara é um gostoso.

— Pra começar, não é meu namorado.

Joy se engasgou.

— Meu Deus, isso *não* abre uma brecha, Feyi!

— Além disso, não vou *fazer* nada!

A sua melhor amiga chegou perto da câmera e ficou balançando a cabeça.

— Sabe, estava na cara que um dia esse sermão ia chegar, mas pensei que você estaria no meu lugar. Feyikemi Ayomide Adekola, *não* transe com o pai do seu namorado na casa dele, pelo amor de Deus.

Feyi girou o corpo, segurando o celular perto do rosto.

— Você está no viva-voz, Joy! E ele *não* é o meu namorado!

— Bom, agora você tá sendo descuidada, Feyi. Põe a porcaria do fone.

— O fone ficou em algum lugar na minha mala. — Feyi andou pelo quarto, entrou no closet e fechou a porta, a tela iluminando seu rosto. — Ainda não desfiz a mala porque estou entrando em pânico — continuou. — Tipo, você acha que eu *queria* ficar a fim do pai de Nasir? Aquela merda com Milan já era muita proximidade para o meu gosto.

Joy riu roncando.

— Desculpa, mas não tem como ter mais proximidade do que agora, literalmente.

— Caramba, você não tá *ajudando*.

— Tá bem, tá bem. — Joy se recompôs. — Olha, faz sentido.

Feyi olhou feio para a amiga.

— Não, faz mesmo! Ele é rico e famoso, ou seja, é basicamente uma versão mais velha e bem-sucedida de Nasir, certo? Faz sentido você achar ele atraente. — Joy deu batidinhas no lábio com a unha decorada. — Ele está dando em cima de você?

Feyi gemeu de novo.

— Não. Ele foi super educado e simpático. Sou só eu sendo uma vadia que passa dos limites, só isso.

— Sinceramente, amor? Acho que você também tá um pouco assustada com os rumos da relação com Nasir. Ele é perfeito, e talvez seja mais fácil tentar botar tudo a perder do que ir em frente. Você sabe que tem um monte de formas de fugir, né?

Feyi massageou a nuca.

— É, você deve estar certa — admitiu. — Tenho que entrar na linha.

— Se você trepasse logo com Nasir, talvez apagasse esse fogo no rabo com o pai dele — sugeriu Joy.

— Caramba! — Feyi riu. — Cadê o amor, irmãzinha?

Joy deu de ombros.

— Só estou dando um toque. Aquele cara é doido por você, é um gostosão, te arranjou a exposição dos seus sonhos, literalmente te levou pra passar férias no paraíso e está a um passo de te pôr pra balançar na rede e te dar água de coco direto de um coco de verdade na boquinha. Na real, não sei o que mais você está esperando.

Feyi fez uma careta.

— Não sei se estou esperando alguma coisa. Só parece errado.

— Mulher, você fica enfiando a língua na garganta dele um dia sim, um dia não. Quer transar com ele ou não?

— Sei lá. — Feyi deslizou a mão pelo rosto. — De verdade, não sei. Acho que só não estou pronta.

— Ninguém nunca tá pronto pra nada, Feyi. Dá esse mergulho logo e descobre se você ainda sabe nadar.

Alguém bateu à porta, e Feyi pôs a cabeça para fora do closet e ouviu Nasir chamando.

— Porra, tenho que ir — sussurrou para Joy. — Acho que tá na hora do almoço e nem tomei banho ainda.

— É, por favor, vê se não me aparece na mesa de Alim Blake com *essa* cara.

— Nossa, que grossa. Tá tão ruim assim?

— Parece que você acabou de acordar de um cochilo. O cara tem duas estrelas Michelin, cacete. Dá um tapa no visual com uma maquiagem e me manda mensagem depois.

Joy desligou, e Feyi saiu correndo, jogando o celular na cama para abrir a porta.

— Aí está você — falou Nasir, sorrindo. — Não parece nem um pouco pronta.

Ele estava encostado no batente da porta e tinha trocado o moletom do avião por uma camiseta branca e uma bermuda com estampa africana. Estava com o cabelo úmido e cheirava a hortelã e canela.

Feyi o olhou com cara de cachorrinho abandonado.

— Então, olha, o que aconteceu foi que...

Nasir deu risada e puxou uma das trancinhas.

— O quê?

— Tive que ligar pra Joy! E aí começamos a conversar e...

Ele ergueu uma mão, ainda rindo.

— Nem precisa falar mais nada.

Feyi jogou charme com o olhar.

— Sabia que você ia entender. Me dá dez minutinhos?

Nasir se inclinou e beijou sua bochecha.

— O quanto você precisar. Quer companhia?

Ela liberou o caminho para ele entrar no quarto.

— Adoraria.

Nasir se jogou na cama, e Feyi começou a vasculhar a mala à procura da *nécessaire*.

— É tão estranho ver você aqui — disse ele. — Como se os meus dois mundos colidissem.

— Você tá de brincadeira? — devolveu Feyi. — É muito estranho saber que o seu pai é um ricaço! Aliás, quantos anos ele tem?

Até que a pergunta inocente era um bom disfarce, mas Joy teria sacado em um piscar de olhos. Nasir não suspeitou de nada, mas também nem tinha motivos para isso.

— Hum, acho que faz 48 em outubro.

Feyi olhou surpresa para ele, fazendo as contas.

— Ah, ele teve você novo!

Dezenove anos. Alim era só dezenove anos mais velho do que ela. Era uma diferença de idade bem menor do que ela supunha, mas Feyi já conseguia ouvir a voz de Joy dizendo: *Cara, ainda assim ele podia ser o seu pai! Ele estava trocando fraldas quando você ainda usava fraldas!*

— Sim, ele e a minha mãe eram namoradinhos desde a escola. Eles se casaram logo depois de se formarem.

Os fantasmas eram sempre repentinos.

— Uau! — Feyi conseguiu dizer, voltando a se concentrar na mala para disfarçar a sombra que tinha encoberto seu rosto.

Jonah fazendo o pedido de casamento um mês antes de terminarem a faculdade. A cerimônia rápida no cartório, o casamento propriamente dito que estavam planejando. Os e-mails automáticos que continuavam chegando bem depois de ele ter virado uma coisa desfeita numa estrada escura. Ela limpou a garganta.

— Então por que você não mora num apartamento chique na cidade?

Nasir encolheu os ombros.

— Gosto de pensar que o dinheiro do meu pai é *dele*. Não foi assim na nossa infância, sabe? Tipo, ele começou a ganhar bem quando eu entrei na faculdade, então isso é novo. E também... — Ele fez um gesto para indicar o espaço em torno. — Não é bem o meu estilo.

— Ah, você é mais modesto, né?

Nasir riu.

— Mas sou, sim! Tipo, não quero ficar preso no meio do nada, mesmo que seja num lugar lindo. Não curto essa vida de eremita.

Feyi puxou um vestido e o enrolou no braço, virando para ele.

— Certo, então qual seria a sua casa ideal? Se você tivesse essa grana?

— Falando a real? Quero um apartamento num prédio de tijolinhos no Brooklyn. Meio perto do parque, onde eu possa, tipo, andar de bicicleta com os meus filhos no fim de semana.

— Ah, você quer ficar em Nova York?

— Com certeza. Você não quer?

Feyi subiu e desceu um ombro.

— Não pensei muito nisso ainda — mentiu. — Um dia de cada vez, saca?

— Ah, tá certo.

— Já venho.

Ela entrou no banheiro e fechou a porta com delicadeza. Tudo era de mármore, do chão ao teto, com acessórios dourados e uma bananeira com folhas novas num canto. Feyi ligou o chuveiro e amarrou as tranças em frente ao espelho, colocando a *nécessaire* na bancada de calcário. Ela não tinha ideia de que Nasir queria ter filhos, mas fazia sentido. Ele estava na casa dos vinte, é claro que tinha planos de ter um lar e uma família que pedalava até o parque. Jonah queria adotar, coração mole que era. Feyi não queria filhos, nunca quis, mas teria tentado com Jonah, por ele. Tudo parecia possível com ele. Ela não sabia ter medo quando estava perto dele e se sentia invencível. Nunca lhe ocorreu que talvez ele não fosse.

Para de pensar em Jonah.

Feyi tirou a camiseta e se desvencilhou do jeans, jogando as roupas sujas em um cesto de vime e entrando no chuveiro. A água quente limpou qualquer pensamento de sua mente, fumegando em sua pele enquanto ela se detinha sob o jato. Soltou o ar que nem sabia que estava prendendo e ficou escutando a água bater em seus ombros. Se tivesse mais tempo, podia ficar ali por horas, mas a presença de Nasir do outro lado da porta era ruidosa. Feyi pegou uma toalhinha e se massageou com um pouco do gel de banho que estava em uma prateleira de calcário ao lado da torneira. Tinha cheiro de toranja com um toque floral, ácido e doce. Ela ficou pensando se tinha sido escolhido para ela; esse não era o tipo de sabonete que esperava na casa de Alim. Não, o estilo dele era mais fresco e cortante. O cheiro do ar frio no topo de uma avalanche. Uma brisa salgada de um mar profundo, a água muito escura e impenetrável. Feyi riu sozinha ao sair do banho, secando-se com uma toalha branca e fofa como uma nuvem.

Ela não tinha nada que ficar especulando sobre o cheiro de Alim, não com o filho dele sentado ali na cama dela. Será que esse querer tão inoportuno era só desejo mal direcionado, como Joy tinha sugerido? Porque, o quê, Alim era um Nasir mais velho? Feyi torceu o nariz enquanto colocava um vestido amarelo de alcinhas finas com o decote drapeado, alisando a seda na região dos quadris. Ela amava Joy, mas aquela teoria parecia mais uma forçada de barra. Feyi via diferença nos dois homens; era algo gritante e óbvio e, nesse momento, não a favorecia em nada.

— É só uma quedinha — sussurrou sozinha. — Ele é bonito e famoso, e é só uma queda. Supera, porra!

— O que você disse? — Nasir gritou do outro lado da porta.

— Nada! Saio em um segundo! — Ela soltou e deu uma sacudida nas tranças, os cachos dourados caindo pelas costas. Abriu a porta e sorriu para ele. — Quer ver os produtos que passo no rosto?

Nasir pulou da cama e se pendurou na porta do banheiro.

— Quero ver o seu rosto — disse, reparando no vestido em seguida. — Uau! Você parece manteiga!

Feyi deu risada, aplicando um tônico e finalizando com batidinhas de um sérum na pele.

— Eu pareço *manteiga*? É isso que você tem pra dizer?

— Uhum. Toda douradinha e amarela. — Ele se inclinou para ela, a sua voz se arrastando em uma musiquinha. — Manteiga e mel, que beleza, você tá a cara da riqueza.

Nasir deu um beijo na bochecha de Feyi, que o empurrou para longe.

— É bom você deixar eu terminar de me maquiar.

— Estou tão feliz com você aqui — disse ele, com o olhar mais sério.

Ela ficou imóvel, com o aplicador de rímel suspenso no ar.

— Também estou.

Não era mentira, bem longe disso, mas Feyi sentiu talhar sob a língua tudo o que estava escondendo, a coisa azedando e formando uma pele. Ela não sabia o que fazer com aquilo, então engoliu tudo e pegou a mão de Nasir, que a conduziu para o almoço.

Capítulo Oito

— Essa casa é toda de vidro? — sussurrou Feyi para Nasir enquanto se dirigiam à sala de jantar, que parecia feita só de janelas e claraboias, escoradas em estruturas de aço, um céu escandalosamente azul acima e paredes de folhagem em volta.

— Na boa, é um pouco assustador — respondeu baixinho. — Sempre fiquei imaginando alguém se escondendo lá fora, de olho na gente.

— Nossa, valeu, deu até arrepio.

A mesa de jantar era colossal, uma única tábua de madeira rústica com veios escuros em redemoinhos, equilibrada em pernas pretas de metal. Globos de vidro delicados pendiam em cascata do teto, várias cadeiras de couro avermelhado cercavam as curvas da mesa. Feyi passou a mão pelo encosto de uma delas, maravilhada com a maciez daquele couro, e aí notou que a mesa estava vazia.

— Não vamos comer aqui?

— Não, o meu pai prefere o cantinho do café.

Nasir abriu uma porta de correr e a guiou para uma cozinha grande com portas de vidro sanfonadas ao lado de uma área casual com a mesa posta para três. O ar estava carregado de temperos quentes. Alim levava tigelas de cerâmica para a mesa, o vapor emanando delas. Ele ainda estava com sua roupa de linho branco, e Feyi reparou numa aliança de prata pendurada em uma corrente em seu pescoço, que ficava à vista quando ele se debruçava para ajeitar as tigelas na mesa. Ela sentiu uma pontada no peito — tinha usado sua aliança daquela forma por anos após a morte de Jonah e só parou quando começou a pensar em voltar a namorar. O que significava Alim ainda usar a dele? Era uma prova de dedicação à sua falecida esposa? Por que ele não a usava no dedo? Por que a colocar no pescoço?

Mais importante ainda: por que ela estava fazendo essas conjecturas? Feyi percebeu que devia tomar cuidado. Era perigoso se enveredar por esses pensamentos, essa curiosidade era arriscada. Era mais seguro com Milan, quando ela não sentia nem a urgência de fazer nem de responder a perguntas, e até mesmo com Nasir, que não escondia cavernas dentro de si. Ela se sentou na cadeira que ele puxou, evitando os olhos de Alim, com medo de que ele visse o interesse se acumulando nos olhos dela.

— São todos os seus preferidos — disse Alim para o filho. — Bode ao curry, arroz com coentro e ervilhas com um toque de açafrão, fruta-pão grelhada com alho e pimenta.

Nasir exclamou de animação ao se sentar ao lado de Feyi.

— Sonhei com isso o ano inteiro — falou. — O que é isso, pai?

Alim se sentou em frente aos dois e abriu um guardanapo de linho sobre as coxas, a voz animada ao olhar para o filho.

— É um molho caseiro de pimenta *Scotch Bonnet* e maracujá.

— Tá vendo que puta refeição de boas-vindas? — Nasir se inclinou para a frente e deu um tapinha no ombro do pai. — Você é o cara.

Feyi ficou imaginando o que aconteceria se ela postasse no Instagram que estava na casa de campo de Alim Blake, saboreando um jantar que ele tinha feito com as próprias mãos. Era surreal — ela ainda se lembrava da primeira vez que o tinha visto na TV, sentado entre os outros jurados com um terno cinza, o cabelo bem curtinho. Era difícil ligar aquele homem na tela com o que estava à sua frente agora. O Alim da vida real tinha mais textura. Feyi conseguia ver cicatrizes antigas de acne em suas bochechas, se quisesse, conseguia esticar a mão e tocar seus dedos longos, suas unhas curtas e ovais, o terreno acidentado da palma de suas mãos. Nasir pôs o prato dela, amontoando o arroz superverde ao lado de uma poça vermelha do bode ao curry e camadas de fruta-pão na beirada. Feyi agradeceu aos dois meio sem jeito, depois se deleitou em silêncio, maravilhada com os sabores que se desvelavam em sua boca. Joy daria tudo para estar ali. Feyi tentou gravar as coisas na memória para poder descrever para a melhor amiga mais tarde — a fruta-pão derretendo na boca, a carne de bode se desprendendo sem esforço do osso, o aroma delicioso do arroz. Ela mal estava ouvindo a conversa de Alim e Nasir e só notou quando ficaram em silêncio. Então, olhou para cima e viu que os dois a observavam comer, segurando um sorriso.

— Não repara na gente — disse Nasir, abrindo um sorriso grande. — Você tá curtindo bastante o seu momento.

Feyi corou violentamente.

— Meu Deus, mil desculpas. — Ela limpou a boca com o guarda-napo. — Fiquei tão distraída. Essa é, tipo, a melhor coisa que já comi na vida.

— Nunca peça desculpas — respondeu Alim. — É isso que a comida deve ser: mais do que uma refeição, uma experiência sensorial. — Ele pôs a mão no coração e franziu os olhos. — É um prazer compartilhá-la com você.

Feyi sentiu o rosto ficar ainda mais quente.

— Preciso confessar, sr. Blake — acabou falando. — Vi o senhor na TV e nunca imaginei que um dia provaria a sua comida. Não fazia ideia, só descobri quando o avião estava aterrissando. E é... é uma honra ser a sua convidada. A minha melhor amiga é, tipo, uma das suas maiores fãs. Ela me fala do Alusi há anos.

— Ah, um dia ela precisa nos visitar então — falou, dando um sorriso gentil, e deu para ver que ele não estava dizendo só da boca para fora. Feyi mal podia esperar para contar a Joy.

Nasir deu uma batidinha em seu ombro.

— Parabéns por segurar até agora. Não botava fé que você fosse aguentar tanto.

— Olha, eu *tentei* manter a calma — disse ela. — A comida me quebrou as pernas.

Alim deu risada.

— Estou bastante ansioso para ver o seu trabalho na mostra. Rebecca não quis me dar detalhes; ela só sai pela tangente.

— Idem comigo — acrescentou Nasir. — Feyi não quer me contar nadinha do que vai ter na mostra.

— Vocês vão ver quando chegar a hora — retrucou Feyi. — Tenham paciência.

— Tenho certeza de que vai ser espetacular — afirmou Alim. — Caso contrário, Rebecca não teria incluído você, nem por um favor a mim.

Nasir sorriu com malícia.

— E isso é muita coisa, porque ela foi caidinha pelo meu pai por séculos.

Alim olhou feio para o filho, e Feyi parou com o garfo cheio de arroz no ar.

— Ah, foi? — perguntou, tentando disfarçar o aperto que sentiu no peito. Pensando agora, Rebecca Owo seria perfeita para Alim.

— Ignore o meu filho — intrometeu-se Alim. — Vamos marcar um almoço com Rebecca em breve. Imagino que ela já esteja em contato com você para falar da instalação e tudo o mais?

Feyi fez que sim com a cabeça, a boca cheia de arroz e ervilha.

— Perfeito. — Alim se levantou da mesa. — Peço licença, preciso fazer uma chamada rápida para São Paulo, mas, Nasir, mostre tudo a ela, está bem?

— É claro.

— Obrigada pela refeição — disse Feyi, sorrindo para Alim. — Estava sensacional! — *Ele* é que estava sensacional. Como é que ela conseguiria sobreviver a essa viagem sem enlouquecer?

Alim retribuiu o sorriso.

— Vamos ter um jantar simples mais tarde, mas, se a fome apertar, fique à vontade para beliscar o que quiser na cozinha.

Assim que ele saiu do cômodo, Feyi encarou Nasir, dando um gritinho de empolgação.

— Não acredito no que acabou de acontecer! Tenho permissão para beliscar na cozinha do chef Blake?

Nasir riu.

— Pois é. E essa é só uma das cozinhas da casa. Ele tem uma cozinha profissional toda equipada no outro andar, onde testa as receitas e tal.

— Ah, então essa é tipo a cozinha de brinquedo?

— Basicamente. — Nasir se levantou e estendeu a mão para ela. — Pronta para ver o resto da casa?

— Será que algum dia vou estar pronta?

Feyi o deixou puxar a cadeira para ela e passou a meia hora seguinte de olhos arregalados enquanto caminhava de braços dados com Nasir pelos cômodos e corredores, pela biblioteca monumental, pela academia e pelas saunas. Nasir evitou certas partes da casa, e Feyi não perguntou o porquê. Ela sentia o silêncio de Alim ali, atrás das portas, e não teve um pingo de vontade de invadir os espaços dele, os lugares onde ele era ele mesmo, não o chef, não o pai, apenas o homem que restava quando tirava todas essas faces. A casa não acabava nunca, e, lá pela metade do caminho, ela ficou totalmente perdida, incapaz de acompanhar aquele tanto de escadas e curvas.

— Tá vendo? Não dá nem para eu te mostrar o terreno — disse Nasir. — A gente ia se perder se saísse por aí para explorar.

— Tem outras casas aqui perto? — perguntou.

— Tem. O meu pai tem uma equipe que cuida da propriedade, e eles não moram muito longe daqui.

— Ah, estava mesmo pensando se tinha gente pra cuidar da casa.

— Tem uma fazenda inteira aí fora, e até um pomar. — Eles dobraram um corredor, e Nasir fez um gesto grande com o braço. — Eis aqui a piscina — anunciou. — Saca só essa vista.

Feyi ficou pasma. A piscina ficava no terceiro andar da casa e tinha a borda infinita. Para além dela, espalhava-se uma deslumbrante encosta.

— Nossa, imagina isso aqui no Instagram — comentou. — Joy ia se roer de inveja.

Ela andou até a beira da piscina e molhou o dedo do pé na água. É claro que estava perfeita.

— Que tal se a gente nadar? — perguntou Nasir.

Feyi estava para responder quando Alim emergiu da outra ponta da piscina, a água escorrendo por suas costas, o cabelo ensopado. Ele se virou, ergueu a mão para eles e saiu da piscina rumo à espreguiçadeira, jogando uma toalha no ombro e conferindo o celular. Feyi tentou não admirar aquele corpo ágil, seu escuro comprimento, a forma como a água caía por suas bochechas, pescoço, peito. O desejo a golpeou com um peso opressivo, roubando seu ar e enfraquecendo suas articulações.

— Hum, acho que vou precisar dar um cochilo depois de toda a comilança — respondeu a Nasir, afastando-se da piscina.

Nem a pau que ela ia se despir na frente do pai dele. Piercings no mamilo e biquínis fio dental à parte, ela só não confiava no próprio julgamento perto dele. Era tudo muito instável, aquelas sensações que ele despertava nela, que a faziam perder o controle, como se fosse outra pessoa, alguém diferente da mulher que tinha transado com Milan num banheiro e dado o fora nele, que tinha começado a se abrir com Nasir com o pé atrás, a mulher que tinha feito todas essas escolhas deliberadas. Essa montanha, esse homem que literalmente tinha acabado de conhecer, estavam a transformando em uma mulher com um *desejo* tão ruidoso que abafava a lógica de uma escolha, e aquilo deixava Feyi assustada. Era perigoso, rápido e ameaçador. Ela tinha que escapar.

Nasir a levou de volta ao quarto e, ainda bem, deixou-a em paz. Feyi não ligou para Joy. Ela estava muito abalada com a insistência daquele desejo, com seu retorno repentino. Até mesmo enquanto tentava tirar uma soneca, fechava os olhos e só via o tronco de Alim, a fluidez de seus quadris ao andar, o caminho de cachos descendo do umbigo até o elástico da sunga, os músculos das coxas e panturrilhas, e a fome dentro dela só crescia. Feyi tentou ignorar. Era só uma paixonite. Ele era rico e famoso, um gênio da culinária, mas ela não o conhecia. Isso não era real. E daí que ela ficava toda molhada sempre que pensava nas mãos ou nos olhos ou nos lábios dele? Era o *pai* de Nasir, caramba! Quem era ela para perder o interesse por Nasir tão rápido? Ela só estava tentando sabotar uma coisa boa porque tinha muito medo, pois era mais fácil do que construir algo de verdade com Nasir. Feyi pegou o celular para dar uma olhada e forçar a mente a ir para outro lugar.

Na hora do jantar, mandou uma mensagem para Nasir dizendo que estava cansada, e ele levou uma tigela de gaspacho de pepino para ela.

— Vê se descansa um pouco — falou ele. — A gente se vê amanhã de manhã.

A sopa estava líquida e fresca, e só de saber que as mãos de Alim tinham preparado o prato, Feyi ficou ainda mais excitada. Ela tomou outro banho e trocou o vestido por uma camiseta grandona que tinha roubado de Milan, mas nem assim conseguiu dormir, não conseguiu parar de pensar em Alim. Por fim, virou de costas e começou a racionalizar.

— Tá bom, sua vaca — disse em voz alta. — Por que você tá cagando de medo? Por que tá com vontade de dar pra esse cara? Não é uma coisa real, vocês nem se conhecem, é só atração. Então, o que tá pegando?

O teto retribuiu seu olhar.

— Você quer ele — continuou. — Tudo bem. É normal. Você quer ele — Enquanto falava, um pensamento preocupante lhe ocorreu. — Você quer ele... e ele não te quer.

Foi um balde de água fria. Era o que era, um sentimento platônico. Ele não a olhava como Milan ou Nasir ou a maioria dos outros homens. Ele não estava disponível, era o que mostrava a aliança em sua garganta. Era mais seguro querer alguém fora do alcance — ela não precisaria seguir adiante, não teria que fazer nada além de se afogar no próprio desejo. Feyi afastou a sensação irracional de rejeição (*ele não* tem *que te querer*, repreendeu-se) e focou o que lhe pertencia de fato, no desejo. Esse desejo que se acumulava como uma labareda traidora, que não surgia em reação ao desejo alheio, que vinha dela e de mais ninguém. Ela pertencia a ele, ele pertencia a ela — não precisava passar daquilo. Fazia quanto tempo que ela não sentia esse desejo sozinha, por conta própria? Todas as linhas do tempo se convergiram para uma estrada escura coberta de vidro. Não importava. Ela estava viva, como tinha mostrado a terapeuta, e não tinha problema viver.

Feyi tateou sob o travesseiro e puxou o vibrador que tinha escondido ali quando desfez as malas. Fechou os olhos e alcançou a região entre as pernas. Era só ela; todo o resto era irreal, inclusive a imagem que brotou em sua mente, misturando memória e faz de conta. Alim pairando sobre sua cama, suas mãos deixando marcas molhadas nos lençóis verde-oliva, seus olhos refletindo os dela, cheios de fome, inevitáveis, imprudentes.

Quando ela gozou, seu grito ecoou pelo quarto, colidindo no vidro da janela, e a noite lá fora a observou em silêncio. Feyi não ligou se foi ouvida por um deles ou pelos dois; voltava a ser ela mesma, e ninguém tinha nada com isso. Eles eram só homens; podiam sonhar com ela se quisessem. Ela se deitou de bruços e pegou no sono.

No dia seguinte, Feyi despertou com o leve farfalhar do vento por entre as árvores à sua janela. A luz matinal era clara e limpa, penetrando pelo vidro e se depositando nas paredes brancas do quarto. O canto dos pássaros se sobrepunha no ar, piados agudos por cima de trinados alongados. Feyi bocejou e se aninhou mais no linho macio e verde. Parecia ser muito cedo, como se só houvesse ela e os pássaros e o sol ávido salpicando as paredes texturizadas. Ela quis tirar uma foto, mas já sabia que metade da beleza se perderia nas lentes da câmera e que nunca conseguiria capturar nem um décimo da sensação.

Por um instante, pensou como seria acordar com a cabeça de Nasir no outro travesseiro. O pensamento foi surpreendentemente indesejável — ele ia querer compartilhar esse silêncio da manhã com ela, mas o romperia com sua voz, com suas mãos. Ela teve ciúmes de si mesma, ecos da ressignificação da noite anterior, talvez. Feyi rolou na cama para olhar o pequeno alarme na mesinha de cabeceira: 6h35. Não valia a pena tentar dormir de novo. Jogou os cobertores para o lado e saiu da cama, espreguiçando-se a caminho do banheiro.

Dava para ouvir um piado na janela do banheiro e, quando Feyi olhou, viu um passarinho empoleirado no peitoril, com o dorso preto, a barriga amarela e uma faixa de penas brancas na cabeça. Ele dava pulinhos para lá e para cá, soltando rajadas curtas de som, até que voou. Feyi sorriu — não se lembrava da última vez que tinha visto uma ave que não fosse uma pomba de Nova York. Aquilo lhe atiçou a vontade de correr para conferir logo como os jardins ficavam de manhã, andar descalça pela grama macia e observar o orvalho escorrer das folhas antes que os outros acordassem. Ela jogou uma água no rosto e escovou os dentes, passando em seguida um hidratante facial e um óleo com proteção solar por cima. Depois de sacudir as tranças, voltou a atá-las em um coque, vestiu uma calça de moletom e um quimono leve, dispensando o sutiã, e destrancou a porta do quarto, saindo de fininho pelo corredor até chegar rapidamente ao topo da escada que levava ao térreo.

A casa era resplandecente pela manhã. Feyi se deteve no alto da escada e contemplou as imensas janelas, a conflagração de verde e sol e flores explodindo em cores, a madeira fascinante no chão e nas molduras, a pura abundância de luz que inundava tudo. Ela deixou os dedos percorrerem o corrimão suavemente enquanto descia os degraus, sentindo-se um pouco dramática, um pouco majestosa, como se houvesse alguém ao pé das escadas admirando-a com adoração, como se a luz fosse um tapete se desenrolando diante de seus pés. Feyi segurou as pontas do robe para que o tecido se enfunasse atrás dela, depois deu uma voltinha quando chegou ao térreo, rindo sozinha. Ela já se sentia mais leve só de estar ali, de volta a si mesma, sozinha nessa manhã paradisíaca.

Era óbvio que não dava para sair explorando sozinha uma casa daquele tamanho, então Feyi foi para o cantinho do café, onde eles tinham almoçado na véspera, sabendo que ali havia uma saída para um pátio. Para sua surpresa, a mesa do café da manhã já estava posta, o aroma do pão doce recém-saído do forno tomando o ar, tigelas carregadas de frutas — mamão, goiaba e manga. O pai de Nasir estava sentado na ponta da mesa, lendo jornal de óculos, perna cruzada sobre o joelho, descalço. Seus dedos dos pés eram prateados. Ele olhou para Feyi quando ela entrou no cômodo, e ela acabou gaguejando.

— Ah! Bom dia, d-desculpe interromper. Pensei que ninguém mais estivesse em pé.

— Bom dia, Feyi. Sirva-se. — Ele fez um aceno no ar, em um gesto vago, e voltou à leitura.

Feyi hesitou, depois se aproximou da mesa, enchendo um pratinho com um croissant, uma porção de geleia de hibisco e um pouco de fruta. De vez em quando, ela olhava de esguelha para ele, mas Alim parecia confortável com o silêncio do início da manhã, as páginas de seu jornal rumorejando quando ele as virava, uma xícara de café expresso ao seu cotovelo. Feyi adentrou a calmaria suave e se sentou, enchendo um copo de suco de abacaxi com hortelã. O cômodo passava uma impressão amistosa, tranquila. Enquanto comia, ela ficou olhando para o céu impossivelmente azul, para a bananeira que agitava com estrépito as folhas acima do coração vermelho-escuro que pendia do cacho, o rosa precioso das flores das buganvílias e, ocasionalmente, a porcelana da xícara de café que Alim levava à boca. Ele ocupava um espaço bem maior pessoalmente do que ela imaginava após vê-lo na TV. Até mesmo sentado em silêncio, ele fazia barulho. O cômodo parecia abarrotado com sua energia, comprimida em cada canto, mas Feyi não se sentia um peixe fora d'água ali. De algum modo, também havia espaço para ela.

Ela ficou se perguntando se essa aura dele se devia à sua fama, se era só um nível de segurança e presença impossível de evitar quando se chegava àquele patamar da carreira. Sentiu uma breve pontada de inveja — havia passado muito tempo na incerteza, pensando se podia dar passos maiores com o trabalho, se estava só levando tudo nas coxas enquanto era bancada por dinheiro sujo. Era difícil imaginar Alim em algum momento pondo em dúvida seu pertencimento àquele lugar. Quem sabe viesse daí a confiança de Nasir, a facilidade com que navegava pelo universo da tecnologia, apesar de todas as pedras lançadas contra ele, de tudo que dizia que ali não era lugar para uma pessoa como ele. Os pais de Feyi eram diferentes — eram doces, mas nunca entenderam por que Feyi tinha feito aquela escolha profissional, então, quando ela falava da síndrome da impostora que sentia, eles eram carinhosos, mas ficavam um pouco confusos. Eles pertenciam e pronto, não ficavam pensando sobre o assunto, principalmente no âmbito profissional. O pai dela citou Toni Morrison, explicando que um emprego era um emprego, você ia para lá e depois voltava para casa, e em casa você pertencia.

— Já acordou?

Feyi levantou os olhos e viu Nasir, parado na porta, usando apenas a calça do pijama. Ela afastou os olhos de seu peito nu e controlou a voz.

— Acredite, estou tão chocada quanto você — respondeu. — Dormiu bem?

— Acordei por causa dessa luz toda — reclamou. — Pai, será que arrancava um braço investir em uma cortina blackout?

Alim deu risada sem tirar os olhos do jornal.

Nasir resmungou e foi pegar uma xícara de café.

— A fim de fazer o que hoje, Feyi?

Ela passou os olhos pelo pátio e pensou no espaço, no rio que ele tinha indicado quando chegavam de carro, na cachoeira em que deságuava. Sentiu o corpo não só vivo, mas forte e desperto. Seu corpo pedia céu e água, terra e ar. Talvez ela beijasse Nasir sem nada em volta deles além da floresta tropical. Talvez nem o deixasse encostar um dedo nela. Ela era ela; estava viva; havia tanto a fazer!

Nasir pensou que ela estava em dúvida.

— A gente pode fazer o que você quiser — sugeriu.

Feyi olhou para ele e sorriu.

— Quero fazer tudo.

Capítulo Nove

J onah.

Jonah no baile de formatura, beijando-a na frente dos pais dela, horrorizados. Jonah nas viagens da época da faculdade, cantando Beyoncé, os olhos brilhando. Jonah no cartório, tentando não chorar enquanto fazia os votos. Jonah fazendo broa de milho do jeitinho que sua avó tinha ensinado, arrancando um pedaço e dando em sua boca. Os dedos de Jonah. As mãos de Jonah. As mãos de Jonah sangrando, sem vida, sobre o vidro quebrado.

A voz dela, gritando o nome dele, de novo e de novo e de novo.

Feyi acordou num sobressalto, o suor grudando a camiseta ao seu corpo e lágrimas em seu rosto, o nome de Jonah ainda enroscado em sua boca. Seu coração batia forte enquanto ela esfregava as mãos nos olhos e jogava as pernas para fora da cama, batendo os pés no chão de madeira.

— Porra! — gritou.

Fazia meses que não tinha pesadelos. Ela conferiu o horário no celular e xingou de novo quando viu que só tinha dormido por algumas horas. Ainda era a espessa calada da noite. Feyi deu um suspiro e se levantou, botando a calça do pijama. Não tinha por que tentar voltar para a cama:

ou ela ficaria acordada por mais algumas horas ou voltaria ao pesadelo se conseguisse dormir, direto para a parte em que fechavam o corpo dele num saco preto e ela arranhava os braços dos primeiros socorristas que a impediam de se aproximar.

Guardou o celular no bolso e saiu andando pela casa adormecida. Era sua terceira noite ali e, pelas paredes de vidro, dava para ver o céu noturno lá fora, as estrelas ondulando por entre as árvores. Feyi não via constelações inteiras havia séculos. Ela caminhou ao lado da parede, procurando o jardim que Nasir tinha mostrado mais cedo, onde a parede fazia uma curva e o vidro simplesmente se dissolvia no ar e de repente você se via lá fora, nenhum teto sobre a cabeça, grandes pedras brancas sob os pés. Ela passou os dedos pelo vidro enquanto foi seguindo, pensando se estava deixando marcas, pensando que não ligava. Jonah amaria esse lugar.

O jardim surgiu diante dela do mesmo jeito de antes, como um suspiro de surpresa. Ele estava banhado pelo luar, livre de copas de árvore para encobrir o céu azul profundo lotado de estrelas. Feyi seguiu o caminho de pedras brancas que cortava o jardim, andando com a cabeça jogada para trás, admirando o céu. Margeando a passagem, havia buganvílias douradas que galgavam pela treliça e várias pequenas fontes espalhadas, quase soterradas pela folhagem. Metade do jardim era um pátio com tapetes e pufes e sofás curvos organizados no espaço. Feyi deu uma olhada e se deteve quando viu Alim sentado em um dos sofás, de pernas cruzadas, contemplando o céu.

— Sr. Blake! — Deixou escapar, corando quando ele olhou para ela.

Ela mal o tinha visto nos últimos dois dias. Nasir tinha mostrado a cidade a ela, os dois tinham comido frango defumado à moda da Jamaica ao pé da montanha, tinham preparado algumas refeições sozinhos na cozinha de brinquedo, ido até a praia.

— Desculpe, não quis interromper.

— Venha, sente aqui — disse, indicando uma almofada ao seu lado e ignorando o pedido de desculpas. — Aqui fora é bonito à noite, não é?

Feyi hesitou, mas foi até lá e se sentou com cuidado ao lado dele. Alim estava vestindo uma camisa branca e um sarongue branco que chegava até seus tornozelos. Ele parecia um santo ou um fantasma.

— É maravilhoso — concordou, olhando para a lua. Um fiapo de nuvem passou por cima dela.

— E me chame de Alim — acrescentou, ainda com os olhos no céu. — Por favor.

Feyi agradeceu por ele não poder ver seu rosto, a leve perturbação que veio com a intimidade do primeiro nome dele em sua boca.

— Claro — respondeu. — Alim.

Então ele a olhou.

— Gosto de como você o pronuncia. É um pouco diferente.

Feyi tratou de grudar os olhos no tapete embaixo de seus pés, porque não seria nem boba de olhar diretamente nos olhos dele, cercada por um jardim ao luar, a uma proximidade tão grande. Ela não precisava daquele tipo de encrenca — provavelmente já tinha se metido em mais encrenca do que podia bancar.

— Não conseguiu dormir? — perguntou ele.

Ela assentiu com a cabeça, ainda olhando para baixo, suas tranças douradas formando uma cortina que cobria seu rosto, e ficou aliviada quando ele voltou a encarar o jardim.

— Nem eu. É uma coisa horrível, a insônia. Sou imensamente grato por esse jardim, ainda mais em noites assim.

— O que tirou o seu sono? — indagou ela, arriscando uma espiada no perfil de Alim.

Seus cachos eram iguaizinhos aos de Nasir, grossos e cheios, exceto pelo tom prateado que o luar acentuava. O nariz surgia abrupto, um ângulo brusco que se sobressaía do nada. Nasir deve ter puxado o dele da mãe.

Alim soltou um som de estalo do fundo da garganta.

— Quem me dera saber — respondeu. — E você?

— Pesadelos.

— Ah. — Ele olhou com compreensão. — Isso é duro.

Feyi deu de ombros. Os pesadelos sempre pareciam menos ruins vistos de fora do que o horror que eram de fato.

— Sobre o quê? — Alim quis saber.

Jonah. Jonah. Jonah. Feyi quase deu risada. A água de uma fonte próxima parecia cantar. Ela estava cansada demais para mentir.

— Ah, o de sempre. Um carro em chamas. O meu marido morto.

Ela sentiu o olhar de Alim novamente, mas não quis encará-lo e ver a piedade estampada em seu rosto. Pelo menos agora era quase impossível ficar pensando nele de um jeito estranho — tocar no assunto Jonah sempre arrancava a fantasia de qualquer situação que ela estivesse vivendo, mesmo que fosse para deixar algo sombrio no lugar. E chamá-lo de marido ainda pareceu verdadeiro. Eles nunca tinham terminado, ele não era um ex, ele só estava... morto. Uma imagem do sonho voltou a tremular — a mão de Jonah se mexendo, mesmo naquele estado destroçado em que ele se encontrava. Feyi tinha se esquecido disso.

— Ele estava vivo — disse em voz alta. — Às vezes meu cérebro apaga o fato de que ele estava vivo quando eu recuperei a consciência. — E então o saco preto. — Ele morreu quando os paramédicos chegaram.

Era impressionante, pensou, que ainda não estivesse chorando, dizendo tudo aquilo.

Alim entrelaçou os dedos sob o queixo.

— Nasir já contou como a mãe dele morreu?

Feyi olhou surpresa para ele. Ela estava acostumada com o desconforto que tomava as pessoas sempre que contava detalhes do acidente — ou isso ou aquele toque supostamente reconfortante, mas que quase nunca era.

Alim devolveu o olhar, o rosto imóvel e aberto, e Feyi balançou a cabeça.

— Não — respondeu —, nunca contou.

Ele concordou com a cabeça, os olhos voltando a se assentar no jardim.

— Ela se afogou — explicou. — Em uma baía onde já tínhamos ido nadar centenas de vezes. Foi a coisa mais... — Ele balançou a cabeça. — A coisa mais surreal, a corrente que a levou. Nasir e Lorraine eram tão pequenos! Eles estavam na praia, eu estava tentando manter Lorraine fora da água. Não percebi. Não percebi a corrente levá-la até que já era tarde demais. — Ele fez uma pausa e respirou fundo. — Acharam o corpo dela nas rochas.

Feyi pôs a mão no braço dele, e ele virou a cabeça em sua direção, surpreso com o toque.

— Qual era o nome dela? — perguntou.

— Hum. — Ele sorriu para o nada. — Marisol. Ela era... tudo. — Alim sacudiu a cabeça e se recompôs, colocando a mão em cima da dela. — Mas não era a minha intenção trocar histórias trágicas. Só queria dizer que conheço a dor específica de perder a pessoa que você ama diante dos próprios olhos. Sinto muito — completou — pela dor que vive em seu coração.

Feyi abriu a boca e descobriu que sua garganta estava seca e vazia. Ela estava tocando demais o corpo dele, o braço dele sob sua mão, a mão dele sobre a sua. Então puxou a mão e engoliu em seco.

— Obrigada. — Foi o que conseguiu soltar.

— Como ele se chamava? E faz quanto tempo? — perguntou Alim.

Jonah. Cinco anos, sete meses, dezenove dias.

— Jonah — respondeu. — Uns cinco anos e meio.

— Queria poder dizer que fica mais fácil...

— Não fica — interrompeu ela.

Alim pôs o queixo nas mãos e apoiou os cotovelos no joelho.

— Não, não. Mas fica... antigo. Cresce com você.

Feyi olhou para ele.

— E para você, foi há quanto tempo?

Alim riu.

— Ah. Vinte anos, quatro meses. — Ele inclinou a cabeça para lhe sorrir, rejuvenescido à luz da lua. — Oito dias.

— Você voltou a amar?

Alim a estudou, a cabeça de lado, os olhos vasculhando o rosto dela.

— Entendi por que Nasir diz que você é direta.

Feyi ficou vermelha.

— Perdão. É uma pergunta que não se faz.

Alim fez um aceno com a mão.

— Não tem essa. Gosto da sua franqueza, e a resposta é: não sei. Talvez. — Ele torceu a boca de modo expressivo. — Porém, não daquele jeito, não. Não igual. Mas amei outras coisas.

— Tipo o quê?

— Os meus filhos. O meu trabalho. As minhas memórias.

— Você ficou aqui por causa dela? — Feyi ficou pensando se estava forçando a barra. Por que estava fazendo essas perguntas, aliás?

— Por nostalgia, você diz? Não, não. Fiquei por causa do restaurante, porque o que faço aqui não consigo fazer em nenhum outro lugar. Tinha que ser nessa montanha.

Feyi olhou em volta.

— Mal posso esperar para ver mais.

— Tem tempo — rebateu Alim, inalterado. — Mas tenho uma pergunta pra você.

Feyi riu.

— A essa altura, nada mais justo.

— Você ama Nasir?

Ela estava pronta para abrir a boca e dar uma resposta engraçada para qualquer coisa que ele perguntasse — menos isso. As palavras fugiram de sua mente, e Feyi ficou encarando Alim em um silêncio boquiaberto.

Ele piscou devagar, como um gato.

— Hum — falou. — Não precisa responder.

Feyi tropeçou nas palavras.

— Não, é só que... Nós só estamos... Hum... Quer dizer...

— Feyi. — Alim sorria para ela. — Tudo bem. Só fiquei curioso, não por ele ser o meu filho. Só se você tinha voltado a amar desde que perdeu Jonah.

Foi nesse momento que as lágrimas deram as caras, mas Feyi tentou contê-las. Seria humilhante demais começar a chorar na frente de um quase estranho só porque ele fez a mesma pergunta que ela tinha acabado de fazer.

— Desculpa — disse, torcendo para sua voz não sair muito embargada.

Alim olhou melhor e se aproximou, passando o polegar na bochecha dela, por onde uma lágrima traidora já tinha escorrido. O semblante dele abrandou.

— Não queria fazer você chorar — falou, e Feyi quase perdeu o controle com tamanha ternura que ele irradiava.

Ela se levantou às pressas antes que fizesse um papel maior ainda de idiota.

— Acho que vou voltar para a cama agora — disse, pegando o caminho que levava à casa.

Não se importou se ia parecer grosseira, só tinha que sair daquele jardim antes que abrisse um berreiro.

Depois de alguns passos, ela parou e deu meia-volta. Alim também tinha se levantado, um espectro guardando os segredos dela.

— Não conte a Nasir — pediu, o tom de súplica mesclado na voz.

— Não vou — prometeu, sem ao menos perguntar qual parte. — Juro.

Feyi hesitou, querendo dizer mais, talvez um obrigada, mas, em vez disso, girou nos calcanhares e correu de volta para o quarto.

Na manhã seguinte, quando Joy perguntou como tinha sido a noite, mentiu.

Dormi que nem uma pedra, respondeu por mensagem. *Foi maravilhoso.*

Capítulo Dez

— Pai, tu sabe que tá obcecado, né? — Lorraine despejou o mel no mingau de aveia enquanto falava, as tranças presas num coque baixo, os olhos delineados cintilando em direção a Alim.

Era a segunda semana de Feyi na casa, e a irmã de Nasir tinha vindo de sua casa na cidade para passar um tempo na montanha. Ela estava tratando Feyi com um pouco de frieza, mas Feyi não levou para o pessoal. Afinal de contas, ela era a convidada na casa deles, uma estranha que nem sequer era namorada de Nasir. Os limites eram meio vagos, e Feyi não podia culpar Lorraine por manter certa distância.

— Ele vai começar com a ladainha do pomar de novo? — perguntou Nasir, passando um jarro de água com pepino para a irmã. — Não dá ideia; da última vez que vim, ouvi tanto sobre erosão e irrigação que foi o suficiente para me informar pelo resto da vida.

— Não, ele só está falando em subir o maldito pico de novo — respondeu Lorraine.

— Meu Deus, quando foi que você viraram essas duas crianças de apartamento? — comentou Alim, segurando a xícara de café com as duas mãos.

Ele tinha preparado um banquete — ovos mexidos cremosos com cebolinha tostada, rabanada com pimenta-do-reino, pãezinhos doces com canela e tâmara, couve-galega com erva-doce, banana-da-terra frita e sumac. Agora, observava os três comerem com um sorriso bondoso enquanto se sentava à ponta da mesa, usando uma *jalabiya* anil, a seda da túnica egípcia acariciando seus ombros.

— Tipo um pico de montanha? — perguntou Feyi. — Parece maneiro.

Nasir deu risada.

— Tá vendo, *parece* maneiro, até você perceber que o meu pai tá falando de sair antes da porra do amanhecer e subir uma montanha por horas e horas só pra ver o sol nascer no meio das árvores.

— Quando foi a última vez que você subiu lá? — devolveu Alim. — Você nem lembra como é.

— Pai, ninguém quer subir uma montanha de madrugada só pra ver uma porcaria de um nascer do sol — disse Lorraine. — Não é *tão* maneiro assim.

— Feyi que decida por conta própria — falou Alim. — Talvez ela não seja inculta como vocês dois.

— Tipo, eu gostaria de ver — concluiu Feyi, passando os olhos pela mesa. — Pelo menos uma vez.

— Legal — reagiu Lorraine, dando um sorriso falso. — Deixa a *turista* ver.

Feyi ficou pensando se era a única a reparar nas alfinetadas por trás daquelas palavras. Nasir não pareceu notar.

— Não contem comigo — disse ele. — É cedo pra cacete. — Ele pôs um pouco de suco de laranja fresco no copo. — Mas vê, sim, Feyi, como você disse, nem que seja uma vez.

— É desse tipo de apoio que estou falando — disse Alim. — É de má vontade, mas existe.

— Ela vai se arrepender quando tiver que pular da cama às 4h30 para sair — provocou Lorraine. — Divirtam-se.

Nasir fez uma careta.

— É, vai ser uma merda. — Ele se levantou e levou seus pratos para a pia. — Preciso fazer uma ligação. Tudo bem, Feyi? O seu encontro com Rebecca é hoje?

— Não, depois de amanhã. Ela disse que eu posso ir pra começar a montagem no fim de semana.

— Bacana. Te vejo mais tarde?

— Sim, vou estar por aí, só procurar.

Assim que Nasir saiu, Lorraine se levantou e o seguiu, deixando Feyi e Alim sozinhos. Feyi deu uma olhada para Alim, que bebericava seu expresso e observava um beija-flor mergulhando por entre as trepadeiras de madressilva no pátio. Ela ficou pensando se devia dizer alguma coisa, puxar conversa, combater a culpa vaga, mas incômoda, que sentia sempre que Nasir os deixava a sós. A atração inicial por Alim no aeroporto tinha causado estrago suficiente, mas tinha se aprofundado e ganhado novos contornos desde aquela conversa no jardim noturno. Nasir percebeu quando ela começou a se afastar, deixando de beijá-lo do mesmo jeito que antes, mas eles tinham conversado sobre o assunto em uma das idas para a cidade.

— É só um pouco estranho estar entre a sua família — explicou Feyi na ocasião. — Tipo, se estou aqui como a sua amiga, então vamos ser amigos de verdade. Pelo menos por enquanto. Não me sinto à vontade dando escapadinhas pra ficar de pegação na casa do seu pai, saca?

Nasir apertou a mão dela e sorriu.

— A gente volta a se pegar lá no Brooklyn?

Boa pergunta. Feyi passou o polegar pelo lábio dele e se deixou imaginar por um instante que as coisas podiam voltar a ser como antes, como se ela nunca tivesse pisado nessa ilha ou sentido qualquer coisa pelo pai dele, como se os dois pudessem simplesmente retomar do ponto em que tinham parado.

— Lá a gente vai super se pegar — respondeu, forçando-se a acreditar no que dizia.

Agora estava sozinha com Alim, admirando a porcelana da xícara encostada em seus lábios, afundando a carne macia e escura. Era fácil demais se enredar nos detalhes do rosto dele, imaginar como seria a sensação da pele dele ao toque de seus dedos, imaginar a língua...

— Como está indo o trabalho? — acabou perguntando do nada, estremecendo ao se ouvir. — Tipo, sei que o restaurante está dando uma pausa e tal, mas fiquei pensando.

Alim baixou a xícara, e Feyi observou sua garganta engolir, distraída.

— Vai indo bem — respondeu. — É uma das minhas épocas favoritas do ano. Eu e a minha equipe temos a oportunidade de refletir, experimentar, descobrir ideias novas. É importante ter tempo e espaço pra isso.

— Será que eu posso ficar olhando um dia desses? Parece incrível.

Feyi ouviu a própria voz fazer aquela pergunta sem rodeios e ficou constrangida. Por que diabos pensar que alguém como Alim Blake ia querer que ela se metesse no caminho dele enquanto ele estivesse trabalhando? Era ridículo, mas ela já tinha soltado a sugestão, como uma idiota, e ali estava, flutuando no ar entre os dois.

Alim inclinou a cabeça.

— Você gostaria?

Feyi corou, procurando uma forma de dar para trás.

— Esquece, provavelmente eu ia só atrapalhar — começou, mas Alim a interrompeu.

— Adoraria ter você comigo — falou, e um leve quentinho fez a barriga de Feyi se retorcer, enquanto uma rápida fantasia cruzava sua mente. Alim em sua cama, olhando de cima para ela com aqueles olhos de torvelinho. *Adoraria ter você comigo*, e ela se ergueria em direção a ele, porque, sim, é lógico, mil vezes...

— Você gosta de cozinhar? — perguntou ele.

Feyi se recompôs e forçou uma risada.

— Não, eu amo comer. E ver outras pessoas cozinhando.

Alim riu, o som quente e grave se espalhando na cozinha.

— Então somos um par perfeito — concluiu.

Ah, os universos de possíveis insinuações. Feyi manteve o rosto impassível.

— Você não liga de ser observado? — perguntou, sentindo-se um pouco louca e ousada, mas Alim só pareceu pensativo.

— Às vezes — respondeu. — Minha cozinha nem sempre é séria. Um certo nível de alquimia e entretenimento pode ser útil. A presença de outra pessoa pode ajudar a criar esse ambiente.

— É, mas eu não entendo, tipo, *nada* de culinária no seu nível. Por favor, né!

O olhar de Alim era firme e gentil.

— Eu gosto de ensinar — retrucou. — E, se você ama comida, tenho certeza de que não detesta tanto cozinhar como está dizendo.

— Você e as suas estrelas Michelin estão me oferecendo uma aula?

Dessa vez, Alim deu uma gargalhada, que varreu os ossos de Feyi como uma maré.

— Estamos, Feyi. Se você quiser aprender.

Foi obscenamente delicioso ouvir seu nome na boca dele. Era hora de ir. Feyi empurrou a cadeira para trás.

— Mal posso esperar — falou, e os olhos de Alim a seguiram conforme ela se levantou.

— Nascer do sol amanhã? — indagou ele. — Para o pico. Bato à sua porta?

Imprudente. Ela sentia nas coxas, um aviso fervendo em fogo baixo. Alim estava só sendo educado, um bom anfitrião. Não havia um convite em seus olhos, e Feyi sabia que era a única ali correndo perigo. A fuga do jardim naquela noite não foi à toa, e agora era certo que fazer uma trilha de manhãzinha só com esse homem era uma ideia terrível. E, porque Feyi era Feyi e estava viva, não teve como dizer não.

— Às 4h30 — respondeu, com um maldito sorriso no rosto e um arrepio traidor queimando suas veias.

Quando o sol nasceu no dia seguinte, Feyi estava no pico da montanha, sua pele escura brilhando, úmida de suor. O céu se rompia em luz suave e cores pálidas, o ar estava carregado de orvalho e pássaros, e era como se ela e Alim fossem as duas únicas pessoas no mundo. Ele estava logo atrás dela, também observando o sol nascer, e ela conseguia sentir seu cheiro — o sal da caminhada, um toque de laranja que tinha percebido quando ele bateu à sua porta mais cedo. Acordar naquele horário tinha sido mais brutal do que esperava, como lutar com um cobertor de ar, e ela precisou reunir toda a força de vontade que tinha para se arrastar da casa, catar um pastelzinho de carne e pegar a trilha com Alim. Ainda bem que ele não tinha falado muito, apenas guiado o caminho que ela seguia. Ela tinha demorado uma meia hora até se sentir desperta e estava tão cansada que mal tinha energia para pensar em sua quedinha por ele. Naquela hora, nada parecia audacioso, apenas exaustivo.

Mas agora, com o ar frio envolvendo seus braços e com o corpo de Alim tão estrondoso e próximo, Feyi precisou recuar um passo, afastar-se o suficiente para não cair na tentação de se virar, puxar a cabeça de Alim e tascar um beijo nele. Ninguém veria além da montanha. Por dentro, ela amaldiçoava o otimismo de Joy com aquela historinha de que a atração ia passar ou até que tinha tudo a ver com Nasir, que claramente confiava tanto em Feyi que nem pensou duas vezes antes de mandá-la ver um nascer do sol deslumbrante e romântico pra caramba com aquele pai ofensivamente bonito. E por que ele desconfiaria? A maior parte das pessoas respeitaria os limites da imaginação, não deixaria fantasias corroerem as fronteiras que delimitavam o bom senso.

— Esse é um dos meus momentos preferidos — disse suavemente Alim, admirando. — Obrigado por compartilhá-lo comigo.

— Obrigada por me convidar — respondeu Feyi, jogando-se na grama e secando a testa. — Valeu a caminhada.

E tinha valido mesmo. A vista era um espetáculo, a luz do sol, rosinha e dourada, atravessando as colinas como um véu, enquanto nuvens azuis fluidas se penduravam no céu e uma camada de névoa esvoaçava sobre o verde profundo da floresta tropical.

— Nunca vi cores assim.

Alim se sentou ao lado dela e passou uma garrafa de água. Suas unhas estavam com um esmalte pérola iridescente.

— Quando eu era mais novo, tentava capturá-las com uma câmera. Era... em vão. — Ele riu. — Algumas coisas são feitas para existir apenas nos nossos olhos, acho.

Ela deu uma olhada para ele.

— Pois é.

Eles ficaram sentados ali por um bom tempo, e o sol foi subindo cada vez mais. Feyi respirava profunda e lentamente, sentindo o calor se espalhar pela pele ao ser atingida pela luz. Era uma bênção o vazio em sua mente, que se ocupava com os músculos doloridos. Alim sacou uma caneca térmica de chá de hibisco e fatias de bolo de abacaxi invertido enroladas em um pano fininho. Comeram juntos, em silêncio, passando a caneca um para o outro. A atração de Feyi por ele ainda estava lá, na forma de um zumbido baixo e consistente, mas sob controle. Quando Alim finalmente falou, ela levou um susto.

— Não fui sincero com você naquela noite — disse. — No jardim.

Feyi virou um pouco a cabeça, só o suficiente para ver o declive do nariz dele, a curva dos lábios, a pele úmida e escura, e esperou que continuasse.

— Você me perguntou se eu tinha amado alguém desde Marisol, e eu disse que não sabia.

Ela o viu torcer a boca de novo, como no jardim.

— Você amou alguém — disse, virando-se para encarar o rosto dele por inteiro.

Uma melancolia antiga cruzou os olhos de Alim, que travou o maxilar.

— Amei — respondeu, a palavra saindo num rangido enferrujado. Ele pigarreou e passou a mão pelo cabelo. — Muito tempo atrás.

Feyi não sabia por que ele estava lhe contando aquilo, mas parecia que era algo que precisava dizer e algo que ela queria ouvir — como foi se apaixonar de novo depois de ter o coração despedaçado. Dava para sentir a presença de Jonah no pico daquela montanha, gentil e curioso.

— O que aconteceu? — perguntou.

Alim cobriu a boca com a mão.

— Tive que fazer uma escolha — falou, e Feyi percebeu uma leve fratura em sua voz. Ele limpou novamente a garganta e a consertou. — Escolhi meus filhos.

Feyi não conseguiu refrear o impulso de pôr a mão no braço dele. Ele sempre parecia tão sozinho! E às vezes ela tinha vontade de mudar aquilo, nem que fosse por um instante. A pele dele era morna, salpicada de pelos.

— Por que você teve que escolher? — Pareceu errado ter que sacrificar aquilo, perder de novo, mas dessa vez por opção. — Por que não podia ter as duas coisas?

Alim olhou para ela, e Feyi conseguiu ver tempestades e cálculos passando pelo cinza dos olhos dele. Ele tomou sua mão, e o coração dela bateu em falso com aquele toque, mas o rosto se manteve impassível. Alim não a olhava com cara de quem sentia o mesmo — ele a olhava como se não conseguisse decidir se podia confiar nela, se podia contar a verdade. Feyi apertou com força a mão dele. Havia uma mágoa nele, e ela conseguia sentir suas arestas, o quanto cortavam afiado.

— Eu contei sobre Jonah — relembrou-lhe com delicadeza. — Você pode me contar qualquer coisa.

O ar que os cercava estava preenchido com o rumor de folhas e o canto de pássaros.

Alim suspirou e sorriu com tristeza para ela.

— Devon — falou. — Ele era pintor. Adorou conhecer aqui. — Ele balançou a cabeça, segurando as palavras. — Ele ainda é pintor, em algum lugar por aí.

Muitas pecinhas se juntaram de uma vez na cabeça de Feyi — a voz elevada de Nasir no aeroporto, sua insistência de que Alim não era gay, a menção aos tabloides, até mesmo a relutância de Alim em lhe contar sobre seu amor perdido. Ela não soltou a mão dele e olhou-o nos olhos, mostrando que não recuava nem um milímetro, que estava ouvindo.

— Nasir estava na faculdade — continuou Alim. — Ele veio passar o verão aqui, e eu apresentei Devon a ele e a Lorraine. Não... deu muito certo. — Seu maxilar tremeu com um espasmo muscular, e Feyi apertou os dedos em volta dos dele.

— Sinto muito — sussurrou.

— Pensei que eles soubessem — falou, uma sombra de confusão ressurgindo na memória. — Pensei que já soubessem de mim. Nunca escondi deles ou de Marisol quem eu sou. E talvez eles soubessem, mas... — Alim encolheu os ombros. — Eram muito novos. Foi difícil.

— E você teve que escolher.

A dor se espalhou como tentáculos de pigmento no branco de seus olhos.

— E tive que escolher. — Alim sorriu para ela, e foi um sorriso triste, mas terrivelmente sincero. — Escolhi bem. Eles são a luz da minha vida.

Sem ter tempo de pensar duas vezes, Feyi se inclinou e o abraçou, jogando os braços no pescoço dele.

— Você não devia ter que escolher — disse, com a voz embargada de emoção.

Que brutal ficar dividido entre essas duas pontas, que doloroso deve ter sido se rasgar dessa forma. Feyi mal se deu conta do que tinha feito até Alim suspirar e retribuir o gesto, passando os braços em volta dela, pressionando o corpo dela ao seu. Foi então que o alarme finalmente disparou, um tinido ensurdecedor, uma sirene berrando dentro da cabeça dela. A pele do pescoço dele estava a milímetros de sua boca, a uma distância insignificante, seus seios apertados contra o peito dele, as barras douradas dos mamilos enviando impulsos nervosos insistentes ao seu cérebro. Suas articulações derretiam.

— Feyi...

Quando ele disse seu nome, ela parou de respirar. Não conseguiu detectar o que havia naquela voz, só que estava pesada, surpresa e nítida com o choque de alguma revelação. Ele puxou o ar de modo entrecortado, e o instante pareceu ultrajante de tão longo, como se alguém tivesse pausado a montanha inteira. Feyi sentia o cheiro de suor do pescoço dele, sentia o cabelo áspero em seu punho, o músculo do ombro sob sua mão, as mãos dele queimando sua coluna, a respiração dele acariciando sua orelha.

— Alim — sussurrou, e foi como um pecado, como se admitisse a blasfêmia.

Ela deixou muitos segredos pousarem nas sílabas, um acidente bobo que trançava um fio de fome em sua voz, então Feyi não se surpreendeu quando ele expirou num sibilo e se afastou, levantando-se. Ela também se pôs de pé, vergonha e desejo emaranhados dentro dela.

— Desculpa — começou. — Eu...

— Não. — Alim não a olhou nos olhos, ficou encarando o chão e abrindo e fechando as mãos. Quando ergueu a cabeça, suas mãos estavam relaxadas e seus olhos eram novamente lagoas turvas, uma superfície que parecia jamais ter sido perturbada. — Eu que peço desculpa. Isso... isso não foi certo. Ignorei os limites que deviam ser claros; e-eu fui absurdamente irresponsável e um péssimo anfitrião. Por favor... — Ele fez um gesto pesaroso com a mão e sorriu para Feyi. — Me perdoe. Fiquei sentimental com a idade.

Ela quis dizer que ele estava errado, mas a forma como Alim impunha distância a fez pensar que não estava. Aquele era o *pai* de Nasir. Por que eles andaram falando sobre amores mortos e perdidos em jardins e montanhas, sob o luar e ao nascer do sol? Por que ela tinha sentido aquilo ao abraçá-lo, aquela vontade de receber um abraço também? O que ele quis dizer quando falou o nome dela?

Não importava. Feyi juntou seus caquinhos e devolveu o sorriso.

— Gosto de pensar que estamos ficando amigos — disse, com calma. — Fazia um tempão que não conseguia conversar com alguém sobre Jonah. Sei que cheguei há pouco tempo, mas ainda assim, é muito importante pra mim.

Ele inclinou a cabeça.

— E para mim, você ouvir as minhas divagações sobre Marisol e Devon.

Feyi começou a guardar as coisas, mantendo o tom de voz deliberadamente casual quando Alim foi ajudá-la.

— Acho que também me apaixonei por alguém, depois que Jonah morreu.

Ele ergueu a mochila no ombro.

— Ah, é?

Feyi fez uma careta.

— É, a minha melhor amiga, Joy. Ela é... incrível. A gente teve um lance rápido uns dois anos atrás.

Os dois olharam mais uma vez para a vista antes de pegarem a trilha para voltar.

— Mas? — Alim cutucou.

— Eu me convenci de que ela era autodestrutiva e não estava pronta para um relacionamento de verdade. — Feyi deu de ombros. — Era mais fácil de acreditar nisso do que encarar a verdade.

Alim tirou um galho do caminho dela.

— Qual era a verdade?

— Ah, que ela só não sentia o mesmo por mim. — Ela deu uma olhada para ele. — Pelo menos Devon te correspondia.

Alim zombou.

— O que não terminou bem para nenhum de nós. Essa Joy, ela ainda está na sua vida?

Feyi não segurou um sorriso.

— Sim, moramos juntas.

— Você acha que ela não te ama?

— Eu sei que me ama. E foi algo que aprendi com o passar dos anos, que existem muitas formas diferentes de amar, muitas formas de ter um compromisso com alguém, de ficar na vida de alguém mesmo sem ter um relacionamento, sabe? E nenhuma dessas formas é mais importante do que a outra.

Alim olhou para trás com um sorriso no rosto.

— Você é uma amiga sábia. Joy deu sorte por ter você.

Feyi corou um pouco.

— Ah, menos.

— É verdade. A minha vida podia ter sido diferente se eu tivesse aprendido isso quando tinha a sua idade.

Ela estremeceu à menção da diferença de idade, aliviada por ele não poder ver seu rosto enquanto liderava o caminho montanha abaixo. Talvez ele só estivesse comentando isso para aumentar a distância entre os dois depois daquele abraço, para lembrá-los de seus respectivos lugares. Ela agitou as tranças, prendendo-as de novo em um rabo de cavalo. Bom, ela tinha dito que eram amigos, e não foi da boca para fora.

— Posso só comentar — acrescentou ela — que essa foi *a* conversa mais bissexual que tive em anos?

Alim parou no meio do caminho e explodiu numa gargalhada, dobrando o corpo para a frente com as mãos apoiadas nos joelhos. Quando se endireitou e olhou para ela, não havia tempestades em seus olhos enrugados, não havia um controle cauteloso, apenas o riso.

— Você é um barato — disse, e Feyi ficou radiante, pois ele tinha falado como se estivesse tudo tranquilo entre os dois, como se eles fossem parceiros, e assim o ar ficou mais leve entre eles enquanto desciam a montanha.

Capítulo Onze

Feyi evitou Alim nos dias seguintes. O resto do caminho de volta para casa não tinha sido estranho, mas, quando ficou sozinha no quarto, sob a pressão pulsante do chuveiro, Feyi caiu no choro. Doeu o jeito como Alim tinha se afastado dela no alto da montanha, ficando todo fechado. Não tirava da cabeça a cena dele se levantando às pressas, como se ela fosse algo que ele não pudesse tocar, e, ainda que fosse tecnicamente verdade, Feyi se sentiu muito mal.

Ela então se jogou de cabeça no trabalho, preparando-se para a mostra coletiva, enquanto Nasir a levava para cima e para baixo de carro. A estreia da mostra seria em breve, então Feyi vestiu a persona de artista, como uma pele segura e paciente. Ela se encontrou com a equipe no Museu Nacional, obteve os materiais necessários e pensou nas melhores maneiras de instalar sua obra. Seu nome agora estava impresso em todos os materiais de divulgação do evento, sob o título da mostra — *Assombrados*. Aquele tema tinha caído como uma luva para o trabalho de Feyi, a forma como ele se aplicava tanto às emoções pessoais quanto às mais gerais da Diáspora Africana, conforme Rebecca tinha explicado quando elas conversaram pela primeira vez. A curadora tinha ficado encantada em conhecer Feyi pessoalmente.

— Que bom que Nasir apresentou você a nós — disse ela, enquanto caminhavam pelo espaço. Um cômodo pequeno e espelhado estava sendo construído para a obra de Feyi, um cubo de 2,5m. — Estou louca para ver o seu trabalho todo instalado. Tem certeza de que dois dias são suficientes?

— Mais do que suficientes — respondeu Feyi.

Rebecca era impressionante do alto dos seus quase 1,80m, com aquela pele de acácia e o penteado *finger waves* grudado ao crânio. Feyi tentou não pensar que a mulher formaria um belo casal com Alim. Talvez eles já tivessem ficado uma ou duas vezes, o corpo cor de berinjela dele contra o marrom avermelhado dela. A imagem partiu Feyi ao meio, e ela a afastou de sua mente. Era besta ou até mesmo imprudente se deixar levar por aquele tipo de masoquismo emocional, por quem? Por um velho na montanha? Que bobagem, o trabalho era só o que importava. O trabalho era só o que *podia* importar. Ela estava feliz que a proposta de Alim de um almoço com Rebecca nunca tivesse rolado; achava que não suportaria ver os dois juntos. De alguma forma, sabia que aqueles dois se divertiriam muito juntos.

— Excelente! — Rebecca parou na porta e sorriu para Feyi. Ela era muito mais calorosa do que Feyi esperava, chegando até a ser gentil. — Me avise se precisar de algo. Vejo você no ensaio antes da abertura exclusiva, ok?

— Beleza. E obrigada de verdade, Rebecca. Isso... isso é muito importante para mim.

— Não precisa agradecer. Você que fez a arte. Você conquistou seu lugar aqui.

Ela saiu da sala deixando um rastro de perfume para trás, e Feyi se virou para contemplar o espaço da exibição. Eles estavam separando as instalações em níveis para nenhum artista ficar no caminho do outro, e várias peças já estavam montadas, protegidas com cortinas. Fazer uma mostra de última hora deixava seus nervos à flor da pele, e, apesar do que Rebecca tinha dito, Feyi não conseguia deixar de pensar que estava ali só por um favor a Alim, e nem mesmo um favor direto, mas intermediado por Nasir. Ela tentou desabafar sobre a vergonha com Joy, mas a amiga a cortou.

— Aproveite as portas que te abrem; assim o seu trabalho pode fazer o que deve — disse Joy. — Alguém te ajudou, e daí? Você sabe quantos brancos estão por aí com a carreira feita no meio artístico só porque os pais arranjaram para eles? Acho bom você ir lá e arrasar, sua vaca! Nem dá pra acreditar que estou tendo que convencer justo uma nigeriana a fazer isso!

Joy estava certa, é claro, mas agora era noite de domingo, a abertura exclusiva da mostra era na quarta, e a geral, no dia seguinte. Feyi tinha separado todos os *looks*, Nasir estava sendo um querido e tudo devia estar perfeito. Ela continuava esperando o momento em que seus sentimentos se encaixariam nos lugares certos, mas, além da determinação absoluta de mostrar sua obra como devia ser, a única outra coisa que Feyi sentia era uma pontada de tristeza na qual não tinha tempo de se afundar. Era uma água muito escura por baixo do gelo fino, correntes antigas. Jonah teria ficado tão animado se estivesse ali! Ela cravou as unhas na palma das mãos e se forçou a respirar. Ele vivia com ela, mas não era mais sufocante como nos dois primeiros anos. Agora ela tinha um lugar para canalizar o luto infinito quando ele irrompia. Agora ela podia pôr tudo na arte.

Aquilo tinha que ser o suficiente.

Quando Nasir a buscou no museu, Feyi estava exausta de tentar organizar o pensamento em uma linha reta.

— Tem certeza de que não quer a minha ajuda? — perguntou Nasir ao pegar a estrada montanha acima. — Você anda toda cheia de segredos, demais para o seu próprio padrão.

Feyi fez carinho em seu antebraço.

— Quero que você veja quando estiver tudo pronto. E agora só faltam poucos dias.

— Tá bom, eu espero. Que nem todo mundo, né?

Ela deu risada.

— Você vai sobreviver, tenho certeza.

O perfil dele estava recortado pelo sol do entardecer, e Feyi sentiu uma ferroada de culpa por todo aquele apoio.

— Obrigada por me levar pra lá e pra cá — adicionou. — Eu alugaria um carro, mas esse lance de mão inglesa é demais pra minha cabeça.

— Não precisa me agradecer — respondeu Nasir, virando o rosto para lhe lançar um sorriso. — Aliás, estava conversando com Lorraine sobre a sua instalação. Por que você não dorme com a gente lá na casa da família amanhã? Só até montarem a sua obra. .

— Tá vendo? — Feyi afundou o rosto nas mãos. — Sabia que você estava cheio de dirigir!

— Não, não é por isso. Só quero que você conheça a casa.

Feyi olhou para ele e ergueu uma sobrancelha.

— A casa de Lorraine?

— Não é dela, é da família. — Por um momento, Nasir pareceu anos mais novo. — É a casa onde eu cresci. O meu pai já quis vendê-la, mas a gente não deixou.

— Por que não?

Nasir encolheu os ombros.

— Eu e Lorraine não temos muitas lembranças da nossa mãe. A casa nos ajuda a lembrar.

Puta merda! Feyi se endireitou no banco do carona e tentou não pensar em Alim.

— Claro, eu adoraria conhecer a casa, Nasir. Tem certeza de que tudo bem por Lorraine?

Ele franziu a testa.

— Você tá preocupada com Lorraine? O que foi?

— Nada, só acho que ela não vai muito com a minha cara.

— Ah, é isso. — Nasir balançou a cabeça enquanto fazia uma curva. — Ela sabe ser grossa, mas que se dane. É só a gente tomar umas que vocês ficam na boa rapidinho. Ela só precisa te conhecer.

Feyi não tinha tanta certeza, mas não disse nada. Seu estômago embrulhava de nervoso ao pensar em ver a casa onde Alim e Marisol tinham se amado e construído uma família juntos. Ela fez força para respirar fundo e deixar para lá. Todo mundo tinha um passado. Em algum lugar da névoa do passado, existia uma Feyi diferente — esposa de Jonah, um fantasma ambulante. E agora lá estava ela, observando o verde denso passar pela janela do carro, em uma ilha estranha, com um homem que a levava montanha acima para o pai dele. O mar lambia a terra lá embaixo, e Feyi fechou os olhos, por um instante vivendo apenas no sal da brisa.

No dia seguinte, Feyi e Nasir estavam prestes a sair, enquanto Alim andava pela entrada descalço e usando um roupão de linho por cima do pijama. Feyi jogou a mochila no carro e não olhou para ele. Desde que viram o sol nascer juntos, os dois tinham trocado apenas algumas palavras educadas, que Feyi se forçava a esboçar para responder aos cumprimentos. Ela ficou pensando se ele estaria surpreso com aquela nova reticência, mas provavelmente não estava nem aí. Era como ele tinha dito: havia limites, e ela estava só os respeitando. Sendo uma hóspede educada e coisas do tipo.

— Espero que você goste da casa da família — disse Alim para ela, com a xícara de café aninhada na mão.

— Nasir me falou muito de lá — respondeu, sem erguer os olhos para o rosto dele.

Era surpreendentemente fácil conter a atração que sentia por ele — bastando evitar aqueles olhos, o pigmento de seus lábios, o meio-sorriso que enrugava sua pele. Era só não olhar. Ela se ajeitou no banco do carona enquanto Nasir dava um abraço no pai.

— A gente te vê amanhã, né? — disse Nasir.

Alim fez que sim com a cabeça e deu um aceno gracioso, observando em silêncio Nasir dar partida no carro e sair pelo portão. Feyi deu uma espiada antes de Alim sumir de vista, e ele ainda estava parado lá, a bainha do roupão esvoaçando por entre suas pernas, seu rosto voltado para o céu. Atrás dele, o pavão albino abriu a cauda em um leque branco cintilante. Era uma cena que, se ela se permitisse, podia até acabar pintando. Feyi desviou o olhar e conferiu o celular.

— O que vamos comer de café da manhã? — perguntou ela.

Nasir fez careta.

— Lorraine disse que ia cozinhar.

— Tá... mas por que você fala como se fosse uma coisa ruim?

— Cara, eu vi aquela garota queimar um ovo cozido. Ainda bem que o meu pai deu umas aulas para ela depois, senão a gente ia ter que parar no caminho do museu pra pegar uns pastéis. — Ele desacelerou para deixar um carro passar num ponto apertado da estrada. — Mas estou doido pra você conhecer a casa. Não é tão chique quanto a do meu pai, mas eu e Lorraine tivemos uma infância incrível ali. Pelo menos, enquanto pudemos. — Um fio de tristeza se enroscou naquelas últimas palavras, e Feyi viu o pesar passando em uma onda lenta pelos olhos dele.

— Lorraine não sofre por morar lá? — perguntou. — Depois de Jonah, eu mal conseguia... Tive que mudar de apartamento.

Nasir pareceu pensativo.

— É que a gente passou muitos anos lá com o nosso pai, então nos acostumamos, sabe? E Lorraine não parece, mas é sentimental pra caramba. O meu pai diz que ela é viciada em sentir saudade. Mas claro, não, ela adora morar lá. Diz que a melhor coisa foi nós dois termos saído para ela ficar com o espaço só pra ela.

Feyi riu.

— Que frieza!

— Essa é Lorraine. Honestidade brutal, quer você queira ou não.

— Ela costuma se dar bem com os amigos que você traz de visita? Tipo, em algum momento?

Os olhos de Nasir cintilaram de culpa.

— Bom, sim, mas...

— Mas o quê?

Ele fez outra careta.

— Só trouxe amigos homens.

Levou um minuto para a ficha de Feyi cair.

— Espera, espera, espera. Você disse que o seu pai traz você e os seus amigos o tempo todo pra cá!

— Ele traz! Só que você é a... primeira garota que convido.

Feyi deu um tapa no braço dele.

— *Nasir*! Por que você não me falou?

— Ah, mano, não queria que você ficasse achando coisa.

— E tem coisa pra achar?

Ele lançou um olhar que era descarado, faminto e paciente ao mesmo tempo.

— Vamos deixar a sua mostra passar, aí a gente conversa — respondeu. — Somos amigos antes de tudo, né?

Feyi assentiu com a cabeça, tentando descobrir como aquela emoção enovelada que a fome dele despertava nela tinha se transformado de um desejo espelhado em uma inquietação doentia em questão de uma ou duas semanas. Eles não estavam fazendo nada e ainda parecia rápido demais, como se ela estivesse sendo asfixiada, como se precisasse se esconder.

— Sim, somos amigos — retrucou, a língua batendo estranho nos dentes. Será que uma amiga sentiria aquilo por Alim? Será que abraçaria o pai dele sob um nascer do sol particular e esconderia os segredos dele?

— Então tá tudo certo — continuou ele. — Só quero que você arrase nesse lance, que acabe com a raça de todo mundo!

— Vou dar o meu melhor.

Nasir deu uma olhada e sorriu para ela.

— Pode apostar que sim. Eles não estão preparados.

A confiança dele era doce. Eles seguiram de carro mais um pouco até virarem num terreno repleto de arbustos amarelos e vermelhos de hibiscos, o cascalho chocalhando sob os pneus. Um grande bangalô se esparramou diante deles, pintado de um verde bem clarinho, com um banco de balanço pendurado na varanda.

— Chegamos — anunciou Nasir, desligando o motor.

Feyi pegou a mochila, e Nasir abriu a casa com uma chave antiga do chaveiro. Ela franziu a testa.

— Você não carrega essa chave quando está em Nova York também?

Ele abriu um sorriso.

— Carrego. Gosto de sentir que levo um pedaço de casa o tempo todo comigo.

— Caramba, não sabia que você era tão piegas.

— Ah, vai me zoar agora, é?

Nasir tirou os sapatos, e Feyi fez igual. O saguão da casa verde era estreito e abarrotado de vasos de planta e tapetes de juta sobrepostos no chão. Nasir gritou pela irmã enquanto os dois iam entrando na casa, e Feyi tentou absorver com os olhos o máximo que pôde. Dava para vislumbrar a sala de estar por uma porta — mais plantas e um grande sofá modular, laranja-escuro, forrado de almofadas de cores vivas. Nasir a conduziu por um corredor até a cozinha, onde o céu se abria por uma claraboia. Lorraine estava virando uma panqueca, vestindo um roupão de linho quase idêntico ao que Alim andava usando. Seu cabelo estava amarrado em um lenço de seda e, para a surpresa de Feyi, ela estava com óculos de armação turquesa.

Lorraine empurrou os óculos para cima e sorriu para o irmão.

— Lógico que tu não se atrasa quando tem comida envolvida.

Nasir deu um beijo na bochecha dela e se jogou numa cadeira.

— Pra começar, é um milagre ter comida de verdade envolvida. Eu meio que estava esperando cereal.

Sua irmã revirou os olhou e fez um gesto para Feyi se sentar.

— Fica à vontade — disse.

Feyi obedeceu, desconfiada de Lorraine, que parecia tão relaxada e até mesmo simpática. Talvez porque agora estivessem no território dela, no seu reino, o lugar onde tinha passado a vida toda. Feyi olhou a cozinha, tentando imaginar Alim nela, tentando não o imaginar com Marisol. Havia panelas de cobre penduradas sobre o enorme fogão e prateleiras de madeira com pilhas de pratos e tigelas e copos. Temperos eram cultivados no parapeito da janela e uma porta francesa se abria para um quintal com um alto bambuzal tremulando ao longo da cerca.

Nasir se esticou para pegar um porta-retrato de uma prateleira e o passou a Feyi.

— Aqui é a gente com a nossa mãe — disse, com um orgulho que tingia sua voz.

Feyi pegou o porta-retrato, segurando com cuidado o osso esculpido da moldura. Ela estava nervosa por ter que olhar, sabendo que veria outra vida ali, outro tempo, outra versão de Nasir e Alim que podia ser real demais, desconfortável demais para os segredos que andava escondendo. Mas Nasir a observava com expectativa, então Feyi não teve escolha além de encarar o rosto deles na fotografia. Ela prendeu a respiração, mas não serviu para aliviar o impacto do rosto de Alim, anos e anos antes do grisalho e das rugas e da cratera de dor. Ele estava rindo na foto, com o braço em volta de uma mulher de tranças curtas e bem vermelhas enfeitadas com fios de cobre, uma mulher que tinha os dentes da frente separados e usava um vestido amarelo rodado nas coxas. Marisol. Ela estava sorrindo para a bebê que segurava sua perna, e Alim estava de mãos dadas com um menininho.

— É você? — perguntou a Nasir, que confirmou com a cabeça.

— Um fofinho do cacete, não é?

O menininho olhava diretamente para a câmera com uma carranca furiosa, a camiseta por dentro da bermuda cáqui.

— Carinha de quem só apronta — rebateu Feyi, balançando a cabeça.

— Como eu disse, um fofinho do cacete.

Feyi encarou a foto, o corpo de Marisol inclinado em direção ao de Alim.

— A sua mãe é muito linda — disse. — Você é muito parecida com ela, Lorraine.

Lorraine deu um meio sorriso olhando para trás.

— Obrigada — respondeu. — O meu pai também diz isso. — Ela se aproximou e pôs o prato com as panquecas e toranjas em frente a Feyi e Nasir. — Querem calda ou mel?

Nasir pegou um garfo.

— Os dois?

Lorraine olhou feio para ele.

— Caramba, que tal ficar com os dentes podres? — Mesmo assim, passou os dois frascos para ele e se sentou no balcão com suas panquecas, as pernas balançando do alto do banco. — Ansiosa para a sua mostra, Feyi.

Talvez aquela fosse a primeira vez que ela chamava Feyi pelo nome, o que a pegou de surpresa. Ela tossiu, engoliu o pedaço de panqueca que estava mastigando e depois sorriu.

— Obrigada, Lorraine. Aliás, as suas panquecas estão um arraso.

Nasir se meteu na conversa de boca cheia.

— É, quando foi que você aprendeu a fazer isso aqui? Pensei que você fosse igual à mãe, que não cozinhasse nem com uma arma apontada na cabeça.

Lorraine fez uma careta para ele.

— As pessoas aprendem, tu sabe!

— Cacete, o pai já experimentou a sua comida? Capaz de chorar de emoção quando souber que não é mais queimada.

Lorraine abriu um sorriso.

— E por que é que eu ia contar? Pra ele parar de cozinhar pra mim? Tu só pode estar doido.

Nasir se engasgou com uma risada.

— Caramba, a minha irmã é uma fraude.

— Valeu, valeu.

Feyi escutava a troca de farpas enquanto tomava o café da manhã, a foto antiga da família impondo sua presença em cima da mesa, ao lado de seu prato. Ela escolhia não formar mais imagens na cabeça, uma Marisol grávida pisando de leve nesse revestimento gasto de cerâmica com os pés descalços, Alim girando um bebê risonho sob a claraboia, um tempo em que ele era feliz e sua família era completa. Seria ridículo ter ciúme de um fantasma só porque ele a amava e a tocava sem se retrair. Ele também tinha gritado sobre o corpo frio da esposa em uma praia inclemente, tanto quanto Feyi tinha gritado naquela estrada escura. Aqueles momentos rompiam linhas do tempo e abriam cortes tão profundos e sangrentos que nunca mais conseguiam se fechar, que deixavam a vida de antes tão morta quanto a pessoa que foi perdida. Apenas memórias por trás de uma névoa de mágoa. Feyi sabia muito bem que não devia ser seletiva com fantasmas — para cada eco feliz de Alim e Marisol na casa, havia um homem destruído e duas criancinhas sem mãe, anos de um luto azul-escuro no ar, soluços e pesadelos e um pai ninando os filhos contra o peito, sozinho, sozinho, sozinho. Não havia do que ter ciúme. Feyi comeu a toranja e ignorou a foto pelo resto do café da manhã.

A casa tinha que ser o lar de um estranho, porque era. O Alim que ela conhecia morava no alto da montanha, não nesse bangalô cor de pistache. Feyi decidiu que era a casa de Lorraine, a decoração dela, porque não fazia sentido ser a de mais ninguém, não depois de todo esse tempo. Nasir a levou de carro para o museu depois do café da manhã, e Feyi passou o dia agradecidamente entregue ao trabalho, ao ouro e aos espelhos, música estourando nos fones de ouvido. As horas escorreram, evaporando como água, e ela só saiu quando já estava escuro lá fora e Denlis, o segurança, disse que dessa vez tinha que fechar mesmo.

— Tem um homem me esperando em casa, tu sabe. Ele tem paciência, mas nem *tanto*!

Feyi se desculpou e prometeu pagar uma bebida para ele, mas Denlis dispensou. Eles tinham sido amigáveis desde a primeira vez que ela tinha vindo, e ele estava sempre sorrindo, com sua barba cheia e um dente de ouro.

— Conheço vocês artistas, problema nenhum te dar um tempinho a mais. Me avisa se tu quer começar mais cedo amanhã. Tu tem o meu número, *oui*?

— Tá bom, aviso. Valeu, cara.

— Tá, tá. O namorado tá lá te esperando.

Feyi revirou os olhos enquanto os dois saíam.

— Já falei, ele não é o meu namorado.

— Aham. — Denlis piscou quando ela foi indo para o carro de Nasir. — Fica mentindo pra ti mesma, querida.

Feyi se sentou no banco do carona e abraçou Nasir, ignorando que sentia uma inquietação, que existia uma história entre eles rapidamente se tornando inevitável, como um nó que apertava. Ela se lembrou de que tinha escolha, que não precisava ficar com ele. Não precisava ficar com ninguém, por mais que a imagem fosse bonita para estranhos.

De volta ao bangalô, Lorraine pediu comida, e Feyi se aninhou num canto do sofá laranja e ficou vendo *BoJack Horseman* com eles e comendo frango defumado com torta de macarrão caribenha e banana-da-terra. Quando chegou a hora de ir para cama, Lorraine a levou até o quarto de hóspedes, de paredes azul-claras e uma cama que parecia uma nuvem.

— Dorme bem — disse, e Feyi estava tão cansada que nem se admirou com a recente simpatia de Lorraine e nem pensou sobre a quem esse quarto tinha pertencido em outra vida.

Colocou um camisetão, se arrastou para baixo dos lençóis e caiu no sono em minutos.

Feyi terminou a instalação tarde da noite no dia seguinte, com as mãos doendo de atar o que pareceram ser centenas de nós na fina linha de pesca, quase invisível aos olhos, mas bem perceptível pelos dedos em carne viva. A sala espelhada era como uma loucura contida, muitos reflexos, espaço insuficiente para fugir, o que indicava que ela tinha acertado. Feyi saiu e recuou uns passos para contemplá-la da sala maior.

— Prontinho — sussurrou sozinha. — Obrigada, Jonah.

Durante esse trabalho específico, parecia que ele tinha passado cada hora tediosa junto a ela, nó após nó, observando com paciência. Feyi se sentia oca, como se tivesse arrancado de si um naco fibroso, tal qual uma abóbora, e pendurado aquilo no meio dos espelhos. Ainda estava parada lá, quase grudada no lugar, quando Rebecca entrou e foi até ela. As duas mulheres ficaram lado a lado por um instante, então Rebecca pôs a mão no ombro de Feyi.

— Ficou ótimo — disse a curadora. — Vai descansar um pouco, você parece exausta. Vejo você amanhã à noite.

Feyi assentiu com a cabeça e respirou fundo.

— Obrigada, Rebecca. Sou muito grata.

Ela estava para sair do local, mas Rebecca a chamou.

— Feyi?

— Oi — respondeu, virando-se para trás.

Rebecca sorriu para ela.

— Parabéns, querida.

Por baixo de toda a fadiga, um quentinho despontou no peito de Feyi. Ela retribuiu o sorriso e saiu para encontrar Nasir, que a esperava no carro. Ele tinha algumas coisas para resolver do outro lado da cidade, então pôs Sizzla para tocar no caminho até a casa de Alim, a deixou lá com um beijo na bochecha e desceu a montanha novamente. Feyi entrou na casa e tirou a roupa no quarto, borrifando um pouco de óleo de eucalipto no chão de pedra antes de entrar no banho, deixando a água escaldante correr por horas, embaçando o vidro. Ela aceitou que o alívio de ter instalado a obra soltasse seus músculos e tentou não pensar na abertura que estava chegando, em todas as pessoas que iam passar pelo museu. Rebecca tinha gostado, essa era a parte importante. Feyi se vestiu, colocando um tubinho de linho abotoado até em cima, prendeu as tranças em um rabo de cavalo e saiu do quarto.

Ela foi vagando sem rumo pela casa, explorando os corredores e admirando a arte. Quando encontrou a biblioteca, vasculhou as prateleiras até achar uns livros de Helen Oyeyemi, que levou debaixo do braço. Fechou a porta sem fazer barulho e voltou a explorar. Alguns minutos mais tarde, chegou ao pé de uma escada desconhecida. Uma vaga melodia descia pelos degraus, e Feyi vacilou antes de seguir a música, a leve percussão e o piano. Era sutil, apenas um fantasma sonoro ao longe, mas parecia um feitiço, como cruzar um portal.

Nasir não tinha mostrado aquela parte da casa, então Feyi sabia muito bem que estava invadindo o território de Alim nesse instante, mesmo que tivesse conseguido evitá-lo com sucesso desde aquele nascer do sol. Porém, seguiu em frente, porque agora havia uma voz se dilatando no ar, acompanhando a música, rouca e profunda, cantando em espanhol, com um mar inteiro de saudade contido nas notas. Feyi se deteve no topo da escada, um abismo no estômago. A iluminação nessa ala da casa era baixa e quente, fervendo como brasa, e ela reconheceu a voz. *Concha Buika*. Ninguém mais tinha uma voz como aquela, crua e forte, transformando o ar que a carregava.

Feyi tomou ciência de seus sentidos — a textura do linho macio apertando seus quadris e flancos, o toque delicado de suas tranças pincelando as escápulas. Ela sabia que devia voltar. Nada de bom podia rolar quando se ia atrás de uma música como aquela, sabendo quem estava esperando do outro lado, mas porque Feyi era ela e estava viva, continuou avançando, guardando os livros como um segredo.

A música a fez dobrar um canto e dar de cara com uma porta dupla que se abria para uma cozinha grande banhada em luz. A voz de Buika ressoava como numa catedral, palmas rítmicas ao fundo e agora um violão flamenco ágil. Do outro lado de uma larga superfície de aço inoxidável, estava Alim, uma faca reluzindo na mão, picando grosseiramente um pedaço de açúcar de palma, o rosto tranquilo e tão lindo que Feyi estancou no lugar. O ar estava doce e pegajoso, carregado de café, coco e noz-moscada. Alim deu uma olhada para ela, e suas mãos pararam de trabalhar mesmo com a música ainda rolando, atingindo um clímax, agora com os metais rápidos acompanhando a bateria e o violão, e não havia espaço para conversa. Feyi o encarou, o suor se formando em sua lombar. Ele ia mandá-la embora? Ela devia simplesmente dar as costas e sair? Será que tinha sido muito invasivo aquilo de entrar na cozinha particular dele como se ela tivesse algum direito?

A música terminou, e outra emendou com vocais se amplificando. Alim sorriu e voltou a trabalhar com a faca, indicando com a cabeça um banquinho do outro lado da mesa. Ela foi até lá e se sentou rapidamente, aliviada por ser bem-vinda, enquanto Alim passava o açúcar de palma para uma tigela com a faca. Nenhum deles disse uma palavra; Buika dominava o ar.

Alim pegou um *decanter* de vidro e serviu uma bebida num copo pequeno, que entregou a Feyi. Ela agradeceu sorrindo e deu um golinho, então se engasgou com o gengibre descendo efervescente por sua garganta, borbulhante e doce com o toque de maracujá. Alim escondeu um sorriso e continuou trabalhando, tigelas pequenas girando à sua volta, panelas fervendo no fogão às suas costas, infinitas colheres mergulhadas em molhos variados. Ele continuou oferecendo pedacinhos para Feyi provar — um copinho de granita de café, um prato de bolo de mandioca com uma poça de ganache de chocolate e pimenta ao lado, uma colherada do molho de coco e limão que estava no fogo, sua mão em concha por baixo. Entre cada degustação, Feyi apoiava o cotovelo na mesa e o queixo na palma da mão com a cicatriz, observando o movimento dele e ouvindo a voz de Buika.

Alim se movia como líquido naquele espaço, totalmente à vontade, um pano de prato cor de mármore pendurado no ombro. Ele foi até uma geladeira grande, seu corpo num reflexo distorcido na superfície, e tirou um frasco de metal congelado, agitando-o antes de apertar uma alavanca. Uma espuma espessa, intensa e laranja jorrou, espirrando na beirada da tigela de metal no balcão. Conforme Alim estabilizava o fluxo, Feyi sentiu cheiro de manga, denso e doce e azedinho, no ar. Ele pôs o frasco na mesa e inclinou a tigela, pegando um pouco da espuma que escorria da borda com dois dedos e os oferecendo para ela provar, sem tirar os olhos da tigela, que girava com a outra mão para avaliar a consistência da espuma.

A voz rasgada de Buika ressoava no cômodo, e Feyi encarava os dedos de Alim a milímetros de sua boca. Faria mais sentido recolher a espuma da mão dele com os dedos, mas de alguma forma Feyi se pegou firmando o pulso dele e se inclinando para lamber a doce nuvem da ponta de seus dedos, a língua passando pelos sulcos sutis de sua pele. Ela não estava pensando. A tigela na outra mão de Alim caiu na mesa com um leve ruído, e o coração de Feyi bateu com violência contra suas costelas quando o gosto da manga explodiu em sua boca. Era como se ela pulasse de uma cachoeira, o clamor da corredeira de um rio em seus ouvidos.

Alim levantou a cabeça e olhou para ela, as pupilas dilatadas, a tinta enegrecendo seus olhos cinzentos, que se arregalavam com uma fome que ao mesmo tempo a apavorava e deleitava, eriçando os pelinhos finos de seu braço e da nuca.

Lá estava, aberto e à mostra, *finalmente.*

O desejo, tão profundo quanto a meia-noite, voraz como o mar, transformando o rosto dele, transformando tudo. Feyi soltou a mão dele, restos de espuma grudadas nos dedos úmidos, e Buika continuou a cantar como se nada tivesse acontecido.

Feyi não sabia bem que reação esperar de Alim, mas foi totalmente pega de surpresa quando ele levou os dedos à boca e provou o resto da espuma, sem jamais tirar os olhos dela. O sangue subiu para seu rosto, e ela pegou a bebida de gengibre, desviando o olhar. Ele tinha feito aquilo de propósito, para ser sugestivo? Ele se virou para o fogão de um jeito bem casual, e Feyi aproveitou para admirar sua nuca, o cabelo grisalho e curto se dissipando na pele. Ela teve vontade de beijar aquela nuca e, de repente, se sentiu muito sozinha do outro lado da mesa, como se houvesse um desfiladeiro entre os dois, uma vida inteira.

Você sempre quer o impossível, Jonah costumava dizer. Naquela época não importava, porque ele acreditava nela com tanta intensidade que tudo acabava se tornando possível.

Feyi sentiu a violência das lágrimas ameaçando cair, de bobeira e sem motivo. O que ela estava fazendo, brincando de faz de conta no universo desse homem? Ela não se encaixava ali. Sob o volume da música de Buika, ela recolheu os livros que tinha trazido da biblioteca e deslizou do banco em que estava sentada sem fazer barulho, os pés descalços aterrissando suavemente no chão frio de cimento queimado. Ela estava tentando ser silenciosa, mas Alim virou a cabeça mesmo assim, e Feyi se desculpou com um sorriso, acenando um tchau. Houve uma pausa brevíssima, e então Alim também levantou a mão para retribuir o aceno.

Feyi saiu da cozinha às pressas, tentando não pensar na imagem dele ali parado, cercado por coisas doces e tão absolutamente sozinho.

Capítulo Doze

Na noite da abertura, uma revoada de passarinhos pulsava enlouquecida nas veias de Feyi. Joy tinha aprovado seu *look*, um vestido de seda caindo em cascatas vermelho-escuras cintilantes, com uma abertura nas costas e um decote canoa. As tranças douradas de Feyi estavam presas em um coque alto, e pequenos rubis brilhavam em suas orelhas, um presente de formatura de seus pais e a única joia que estava usando naquele dia. A coluna imponente do vestido já bastava, a forma como deixava seus pulsos nus e se adensava nos pés. Ela tinha um leve pigmento carmim nos lábios, um delineado preto nos olhos e cílios alongados por uma grossa camada de rímel.

— Parece que você tá prestes a assassinar alguém — Joy tinha dito. — Você tá perfeita.

Quando Nasir a viu, ficou olhando de queixo caído por um instante, e aquela janela de tempo foi suficiente para escancarar em seus olhos tudo o que ele queria, um desejo ruidoso que Feyi preferia não ter flagrado. Até ele se dar conta e se recompor, já era tarde demais para esquecer, mas Feyi tentou deixar para lá a caminho do museu. Nasir era seu amigo, nada mais. Eles tinham decidido.

Ainda assim, foi um alívio ter que socializar, deixá-lo para trás na multidão e andar com Rebecca, trocando ideia com os outros artistas, muitos dos quais ela tietava em segredo. Katherine Agyemaa Agard estava lá, por exemplo, usando um lenço anil fluido, parada ao lado de um de seus quadros da série *Blue*. A tela se erguia por cima dela, e uma pequena multidão de pessoas se juntava em frente a ela, olhando para cima, deslumbradas. Katherine sorriu para Feyi quando Rebecca as apresentou, e um pedacinho de calcita laranja caiu da manga dela quando deram um aperto de mão. Feyi tropeçou nas palavras, tentando desesperadamente pagar de tranquila, e Rebecca riu de leve quando elas se afastaram.

— Respira — disse a Feyi. — O seu trabalho também está aqui, você sabe. Esses são os seus colegas.

— Nem diz uma coisa dessas. — Feyi deu risada. — Charmaine Bee está aqui, pelo amor de Deus! Acompanho o trabalho dela desde aquela mostra em Los Angeles, no *Craft Contemporary*.

— Todo mundo começa em algum lugar — respondeu Rebecca. — Não se diminua.

Ela ergueu a taça de champanhe a Feyi e desapareceu na multidão.

Feyi deu um gole de seu coquetel e soltou o ar, voltando à sua obra. Sempre tinha um intervalo pequeno de tempo em que ninguém que estava ali percebia que ela era a artista, e, assim, ela conseguia se infiltrar na fila das pessoas para entrar na sala espelhada como se fosse apenas outra visitante, vendo tudo pela primeira vez.

Quatrocentas e treze alianças de ouro pendiam do teto a alturas variadas, tilintando de leve quando se tocavam. A luz se refletia nelas e nos espelhos, refratando-se em pedacinhos sobre os visitantes da sala. Aquilo parecia o som da chuva, de sinos dos ventos e de campainhas de alarme. Seria uma maravilha se ninguém soubesse do que se tratava de verdade. Feyi passou lentamente entre elas. A pequena sala estava em silêncio, só cabiam umas três ou quatro pessoas por vez, e todos estavam tentando não encostar muito nas alianças. Era impossível, é claro, mas Feyi gostava do desconforto, da perturbação que sentiam. Em parte, era o objetivo. O que a maioria tentava fazer era ficar parada em um lugar e passar os olhos pelas alianças, tentando encontrar o epicentro, a aliança que deu início a tudo. Estava na descrição da obra, mas ela jamais daria um mapa com a localização dela, a aliança do acidente, suja de sangue seco que Feyi teve o cuidado de nunca limpar. Ela sempre a pendurava, junto com algumas outras, fora do alcance, para que não encostassem no rosto ou ombros de ninguém, e ela sempre sabia onde estava, por mais que a sala estivesse lotada de alianças.

Feyi deu uma olhada rápida para conferir e, como não podia deixar de ser, lá estava ela, girando com uma leve brisa, manchada de marrom. Tão pequena, mas tão pesada, tão ruidosa, tão presente em seu coração. Exibir seu trabalho dessa forma era um pouco como dar um grito em um espaço público, gritar e gritar até alguém entender a merda que tinha acontecido com ela, até ficar em silêncio porque não tinha nada que ninguém pudesse dizer para aplacar a dor. Feyi baixou o olhar, e seus olhos se cruzaram inesperadamente com os de Alim, o que roubou o ar de seus pulmões.

Ele estava parado do outro lado da sala espelhada, os olhos delineados com kajal, surpresos e molhados, com alianças flutuando em torno da cabeça. Feyi não conseguia respirar. O rosto dele estava consternado em meio ao ouro, açoitado pela emoção, e ela soube que ele tinha visto a aliança manchada de sangue, que ele entendia o significado de guardá-la, que entendia por que ela a estava mostrando dessa maneira, em uma floresta de promessas, a única que não se cumpriu. Enquanto Feyi o encarava, Alim levou a mão ao pescoço, seus dedos escuros contra a túnica branca. Feyi sabia o que ele tinha ali embaixo, encostado à garganta, aquela aliança de prata. Era dele ou de Marisol. Ela nunca tinha perguntado qual era, nem tinha sequer tocado no assunto. Era muito íntimo, algo assim. A menos que você fosse Feyi e estivesse viva, e, nesse caso, mostraria a estranhos, porque algo dentro de você nunca tinha parado de gritar.

Ela abriu a boca para dizer alguma coisa a Alim, mas Rebecca botou a cabeça para dentro da sala.

— Feyi, posso te roubar por um minutinho?

A curadora estava com o sorriso oficial estampado no rosto, ou seja, estava prestes a apresentá-la a mais alguém. Feyi deu uma última olhada para Alim ao sair da sala, os olhos enegrecidos dele a seguindo. Rebecca passou o braço pelo dela, acariciando a mão de Feyi.

— Gostaria de te apresentar a Pooja Chatterjee, que também faz parte da diretoria do museu. Pooja, esta é Feyi Adekola, a artista por trás dessa instalação impressionante.

Pooja era uma mulher grande e deslumbrante, com um cabelo preto brilhante cortado em um chanel de bico que emoldurava seu rosto delicado. Ela usava um sári cintilante e tinha um aperto de mão firme, um sorriso genuíno e uma voz com o poder de uma cachoeira.

— Senhorita Adekola, devo dizer, eu adoro essa obra. É inesquecível, essa é a palavra. Que memorial, que dor! Penso que é uma devastação para se contemplar. Que brilhante!

Rebecca disfarçou um sorriso enquanto Feyi quase derretia sob a força da admiração de Pooja.

— Vou deixar vocês duas conversando — disse a curadora, saindo de fininho ao mesmo tempo que Feyi adotava a expressão profissional.

Pooja tinha perguntas não só sobre essa obra, mas sobre todo o trabalho dela, onde era o estúdio, quanto tempo ela ficaria na cidade.

— Ainda não sei — respondeu Feyi. — Quem sabe mais uma semana?

Dizer aquilo em voz alta fez seu peito apertar. Mais uma semana e ela teria que voltar a Nova York, terminar com Nasir, nunca mais ver Alim de novo. Feyi não ousou olhar para trás para ver se ele ainda estava lá, chocado em meio ao ouro.

— Ah, você não reservou a passagem de volta? — indagou Pooja. — Talvez eu possa ter uma proposta de seu interesse, então.

Feyi voltou a prestar atenção na mulher, agora curiosa.

— Se você considerar estender a viagem para eu encomendar um trabalho seu — continuou Pooja —, eu ficaria muito honrada. Por minha conta, é claro, e só se não for atrapalhar a sua vida em Nova York.

Feyi a encarou, abismada, e Pooja soltou uma risada.

— Não se engane, é uma oferta egoísta da minha parte. Como colecionadora, sou um tanto… determinada. Impaciente também. Não posso arriscar as muitas interrupções que a vida, Nova York e uma carreira em ascensão como a sua provavelmente devem trazer se eu for esperar.

Feyi estava tentando pensar em uma resposta quando Pooja olhou por cima de seu ombro e abriu um sorriso largo.

— Alim! — chamou, acenando no ar. — Alim Blake, em público, será que vai chover? Perdi a previsão do tempo?

Feyi sentiu o ar ao seu redor se distorcer com a aproximação de Alim, que parou ao seu lado.

— Pooja, minha querida — disse, oferecendo um abraço afetuoso e beijando-a na bochecha. — Eu devia saber que você estaria aqui, é claro. Cadê Sanjeet?

— Ah, ele está de férias com a mãe em Tobago enquanto eu estou aqui, dando duro para convencer a senhorita Adekola aqui a ficar mais tempo na nossa ilha para que eu possa pedir uma obra comissionada dela. Talvez você possa apoiar a minha causa nobre? Senhorita Adekola, este é Alim Blake, um dos mais refinados chefes que essa ilha e o mundo têm para oferecer.

Feyi deu uma olhada para Alim, que agora estava com uma expressão satisfeita e divertida, o canto da boca fazendo uma curva para cima.

— A senhorita Adekola, na verdade, é a minha hóspede — falou — e é mais do que bem-vinda para ficar pelo tempo que quiser.

Ele sustentou o olhar por um instante a mais do que Feyi conseguia suportar, e ela logo baixou os olhos, tentando não dar na cara que estava tão abalada.

Pooja bateu palmas de contentamento.

— Bom, assim é *perfeito*! Mas, se você se cansar do isolamento lá em cima, por favor, é só dar um toque que a colocamos no Hilton do centro num piscar de olhos! — Ela passou seu cartão para Feyi e deu um amplo sorriso para os dois. — Hora de circular um pouco, mas vejo vocês mais tarde, certo? No jantar? E, quem sabe, senhorita Adekola, você possa pensar um pouco na minha proposta até lá? Foi um prazer!

Ela se afastou cantarolando sozinha, e Feyi ficou a sós com Alim, que olhava para ela com seus olhos profundos.

— Você está… um espetáculo — disse ele, em voz baixa.

Ele estava todo de branco, uma longa túnica bordada e calças justas, um toque de vermelho no lábio inferior, os olhos contornados de preto. Feyi ficou imaginando como os dois estariam lado a lado, o sangue intenso e a nuvem comprida, ambos enfeitados, ambos escuros como duas noites distintas.

— Você está bonito — respondeu com a voz suave, e Alim perdeu o controle por um breve segundo, a emoção violenta atravessando seu rosto como um relâmpago.

— Obrigado. — Ele limpou a garganta e olhou novamente para a instalação dela. — A sua obra…

Feyi o interrompeu com um toque no pulso.

— Aqui não — pediu. — Desculpa, é que e-eu acho que não consigo falar sobre isso aqui. Não com você.

Ela estava morrendo de medo de cair no choro, de que a máscara de artista que usava entre aquelas pessoas se partisse assim que ela se lembrasse que a aliança ensanguentada era real, não um mero símbolo ou um objeto que ocupa o lugar de outra coisa, como uma dor infinita.

Alim pôs os dedos sobre os dela.

— Entendo — respondeu. — É conversa para o jardim.

Feyi deu um sorrisinho rápido e aliviado para ele.

— Isso, exatamente. — O calor dos dedos dele em sua pele era mais forte que o champanhe, e era difícil pensar, manter a postura que devia ter em eventos como esse. — De que jantar Pooja estava falando? — perguntou, afastando a mão.

Alim pôs as mãos no bolso.

— Foi ideia de Nasir — disse. — Ele queria que fosse surpresa.

Feyi estreitou os olhos.

— Ele queria que *o que* fosse surpresa?

Alim deu risada.

— Relaxa, é só um jantar de comemoração em casa.

— Para mim?

Ele lançou um olhar afável demais para ser visto em público, e Feyi mordeu a bochecha por dentro.

— Sim, para você. Rebecca deve ter convidado Pooja, uma ideia excelente, e acredito que outros artistas também devam ir.

Feyi franziu a testa, tentando encaixar todas as peças.

— Quem tá cuidando do jantar?

Alim olhou bravo para ela.

— Feyi. Por acaso você pensa que vou deixar outra pessoa preparar um jantar na minha casa?

— Espera, espera. *Você* é que tá fazendo? Mas...

Alim ergueu uma sobrancelha.

— Mas o quê?

Mas você é Alim Blake, porra, ela teve vontade de dizer, *e eu sou só... eu.* Pareceu um excesso, mas ela não sabia como recusar. Todo mundo já tinha sido convidado, e Nasir tinha feito aquilo para ser fofo, e assim ficava ainda mais difícil pensar no que ela teria que dizer quando voltassem à cidade.

— Queria que vocês tivessem me perguntado — falou. — Já é ruim o bastante usar a sua casa como hotel, mas, poxa, um chefe com estrelas Michelin preparando um jantar para uma artista qualquer que acabou de surgir e de quem ninguém nem ouviu falar?

— Acho que é uma estratégia de marketing e tanto — rebateu Alim. — Agora com certeza eles vão saber quem você é, não?

Feyi o encarou, pasma por um instante, e Alim aproveitou o momento para se aproximar, segurando o cotovelo dela.

— Parabéns — murmurou ao seu ouvido. — Vejo você lá em casa.

Com uma piscada e uma lufada de capim-limão, ele partiu, deixando Feyi perturbada. Lar, ele dissera. Que Deus a ajudasse, mas parecia tão certo, como se pudesse viver em uma montanha com esse homem de amor tão ardente. Tudo era possível, até mesmo isso.

O JANTAR ACABOU SENDO MAIS UM *after-party*, com os carros parando no terreno, despejando convidados boquiabertos, maravilhados pela oportunidade de estar na casa de Alim Blake. Nasir bateu na porta de Feyi quando ela estava se trocando.

— Pátio em cinco minutos! — exigiu. — Estamos fazendo brindes pra você, então é melhor você ir descendo!

— Já vou! — gritou Feyi de volta, contorcendo-se para entrar num vestido de tafetá com franjas, curto e rosa-claro, leve como um sopro.

Ela mal teve tempo de mandar uma mensagem de áudio para Joy sobre a noite de abertura, mas tinha prometido atualizar a amiga assim que pudesse. Feyi tratou de passar óleo nas pernas e correu escada abaixo, pendurando longos brincos de ouro nas orelhas. Era como se sua pele estivesse zumbindo pelo sucesso da abertura do evento, pela proposta de trabalho, pela energia da festa — ou por um misto de tudo. Nada parecia impossível. Ela era capaz. Ela era capaz de ser brilhante e encantadora e agir como se pertencesse a esse lugar, entre essas pessoas, porque, afinal, não passavam de pessoas.

Feyi viu seu reflexo de relance em uma das janelas e soltou um suspiro irritado — ela tinha esquecido as tranças no coque, o que não combinava nadinha com o *look* atual. Parou diante do vidro e começou a arrancar os grampos, sacudindo as tranças que iam caindo até formarem uma nuvem dourada emoldurando seu rosto. Alim surgiu de um canto, e seus olhos se enrugaram num sorriso quando a viu.

— Bem quem eu estava procurando — falou. — Estamos prontos pra você.

Ele estendeu a mão para ela, mas em seguida baixou o braço, meio desajeitado.

Feyi apertou os grampos na mão, sentindo a pressão do metal na pele e uma pontada de mágoa repentina. O que ela estava esperando? Que eles entrassem de mãos dadas no pátio? Alim tinha oferecido a mão por instinto, ou hábito, e ela quase tinha dado a mão com a mesma naturalidade.

Enquanto o seguia, Feyi pensou se não seria melhor aceitar logo a oferta de Pooja de ficar no Hilton. Assim, Nasir ia poder voltar a Nova York sozinho e ela ficaria longe de Alim e dessa casa. Talvez fosse melhor do que permanecer ali com aquilo no ar entre os dois, algo que não podia se dar ao luxo de existir, algo que ela nem sabia bem se era real mesmo.

Talvez fosse só coisa de sua cabeça. A voz dele ao nascer do sol, os olhos naquela noite na cozinha. Talvez ela só estivesse vendo o que queria ver. Feyi grudou um sorriso no rosto ao entrar no pátio, e todos ergueram as taças de champanhe e brindaram. Nasir estava em pé no meio, com uma camisa de algodão cru e um sorrisão estampado no rosto. Dava para ver Rebecca atrás dele, em um terninho *off-white*, a boca tingida de púrpura. Ela e Alim pareciam ter combinado o visual, ambos altos e elegantes de branco. Feyi aceitou uma taça de um garçom, notando repentinamente a equipe que passava por entre os convidados, segurando bandejas com taças e petiscos. Ela imaginou o quanto aquilo tudo tinha custado. Agora Nasir estava dizendo coisas bonitas sobre o trabalho dela, mas as palavras pareciam sem cor e vazias para Feyi. O que ele sabia? Por acaso ouvia os gritos em meio ao ouro?

— A Feyi Adekola — concluiu ele, e o som das taças tilintando ressoou no pátio como um aplauso.

Feyi continuou sorrindo e assentindo com a cabeça, murmurando agradecimentos a pessoas que nunca tinha visto antes e vinham parabenizá-la. Mais à frente, perto das roseiras, ela se deparou com Katherine Agyemaa Agard em pé ao lado de Charmaine Bee, com as cabeças unidas, conversando baixinho. Que diabos *aquelas* duas estavam fazendo lá? Será que ela devia ir até elas para conversar, parabenizá-las pelas suas obras? Já tinha exaltado o trabalho delas no museu; talvez fosse forçado puxar esse assunto de novo. Feyi tomou um golinho de champanhe, depois entornou a taça. Foda-se. Ela não ia encarar isso tudo sóbria. Que pena que Joy não estava lá; ela sempre tinha umas gominhas de cannabis na bolsa. A lembrança jogou um balde de água fria na excitação de Feyi. Que pena que Joy não estava lá, *ponto-final*. Então Feyi se sentiu tão perdida, como se flutuasse à deriva, sozinha, sem ninguém para manter seus pés no chão, para lembrá-la do que era real. Ela chamou um garçom com um aceno.

— Você teria uma coisa mais forte que isso? — perguntou.

— É claro — respondeu ele. — É open bar. O que você gostaria?

— Tequila, pura.

Ele voltou com a bebida em três minutos, e Feyi virou-a de uma vez, fazendo uma careta com a queimação na garganta. Era idiota — ela conhecia muito bem a sensação, a tentativa de espantar a tristeza com um copo atrás do outro, e sabia que não funcionaria, não no final, mas Feyi não tinha mais para onde correr. Queria que Joy estivesse com ela. Queria estar na sala do Brooklyn com ela, comendo macarrão e assistindo a um programa de culinária. Queria estar em Cambridge comendo efo riro[1] e purê de inhame na mesa da cozinha de sua mãe. Queria ser alguém que conseguisse reconhecer.

Os convidados foram chamados para o jantar lá dentro, e Feyi decidiu ser totalmente outra, só por uma noite. Assim seria mais fácil. Ela pôs os ombros para trás, pediu outra tequila ao garçom e seguiu o pessoal que ia à sala de jantar.

. . . . .

[1] Prato da culinária nigeriana composto por espinafre refogado com molho de pimenta, geralmente acompanhado de carne ou peixe. (N. da T.)

Cabiam pelo menos vinte pessoas em volta da mesa de madeira, e Feyi foi acomodada entre Nasir e Rebecca. Alim só vinha para apresentar cada prato que seria servido, e Feyi tentava não olhar enquanto ele estava lá, mas, assim que ele saía, sentia falta de sua presença. Os convidados em volta dela falavam sobre a coleção de arte de Alim, o menu do jantar e a mostra que tinham acabado de ver, e Feyi ficou grata, pois assim conseguia ligar o piloto automático e ir levando a maior parte do papo. A sala silenciou logo que Alim apresentou o primeiro prato, e todos ficaram babando sobre a comida — ostras frescas em uma piscina de *bouillon* com tinta de lula, servidas em uma porcelana branquíssima com uma lasca de cebola curtida e uma tira brilhante de pimenta Scotch Bonnet por cima. Havia um pouquinho do *bouillon* negro dentro da ostra e uma florzinha comestível ao lado, delicada e branca. Feyi bebericou o drink que acompanhava o prato, um champanhe caro com sementes de romã. Rebecca estava conversando com ela sobre a mostra, e Feyi foi dando as respostas apropriadas, sua máscara se mexendo com vida própria. A noite parecia surreal como um sonho, e cada mordida reforçava mais aquela sensação. Ela não estava ali de verdade; ela estava vivendo na fantasia de outra pessoa, uma fantasia feita para ser linda, verdade seja dita. Tinha comida com estrela Michelin e pessoas maravilhosas e poderosas reunidas na casa de uma celebridade exclusiva em uma ilha tropical.

Veio o segundo prato — escaldado de camarão com *jicama* grelhada, manga e pimentão vermelho, um vinagrete de abacaxi e folhinhas de coentro salpicando a tigela de verde. Feyi foi ficando mais e mais emotiva conforme ia provando a comida, tentando não pensar que Alim tinha feito tudo aquilo para ela, o trabalho dele para homenagear o dela. Ela se convenceu de que aquilo era para os convidados dele, pela reputação dele, mas sempre que seus olhos se encontravam, parecia que o resto das pessoas da sala desparecia da face da Terra. Feyi desviou o olhar e mexeu o drink Lagoa azul que acompanhava o camarão. A essa altura, ela sabia muito bem que a tequila de antes tinha sido uma péssima ideia, mas já tinha decidido ser outra pessoa, uma pessoa decididamente nem um pouco sóbria, e com isso estava supercomprometida.

Quando o terceiro prato chegou, um ceviche de peixe-leão em um molho de coco e limão, decorado com coco tostado e folhas de combava, Alim deu uma olhada em direção a Feyi ao apresentá-lo.

— Desde que foi introduzido nas nossas águas, o peixe-leão passou a apresentar uma ameaça ecológica enorme à nossa vida marinha — foi dizendo. — Ele é o predador de mais de cinquenta espécies diferentes de peixe e não tem predadores nativos, então, francamente, todas as tendências assassinas são muito bem-vindas em relação a esse peixe.

Os convidados riram, e os olhos de Alim se enrugaram num sorriso enquanto passava os olhos pela mesa.

— Porém, o peixe-leão corresponde esse sentimento sendo muitíssimo venenoso para seres humanos.

Feyi se afastou do prato, e Nasir conteve uma risada ao lado dela.

— Não se preocupa — sussurrou ele.

— No entanto, o veneno só é encontrado nas espinhas, que estão bem longe dos seus pratos nesta noite.

Metade da mesa suspirou aliviada, e um ar espirituoso cruzou o rosto de Alim.

— A devastação que o peixe-leão provoca me faz lembrar do luto — disse, sua voz envolvendo a pele de Feyi. — O rastro de destruição que deixa no caminho. A extensão temporal desse veneno, as espinhas nos rasgando.

A mesa agora tinha caído em um silêncio quase deferente. Alguns dos convidados pareciam chocados por ouvir Alim falando de um jeito tão pessoal. Quando ele olhou diretamente para Feyi, ela não baixou o olhar, porque estava na cara que aquilo era para ela, era sobre ela. Alim curvou a cabeça em uma pequena reverência, e a respiração de Feyi ficou suspensa com o reconhecimento público.

— Nesta noite, estamos celebrando Feyi e a arte que ela faz, um trabalho que me lembra que o luto também pode ser ternura quando as espinhas são removidas, algo que traz alegria ao paladar, algo que pode encher a barriga. E por isso, Feyi, eu lhe agradeço.

Os convidados irromperam num aplauso suave, e Alim lançou a Feyi um sorriso ao mesmo tempo doce e triste, atado a jardins da meia-noite e aos seus corações enviuvados. Ela sentiu lágrimas se formando nos olhos e a mão de Nasir em seu cotovelo enquanto ele sussurrava mais um parabéns. Todo mundo a olhava e fazia elogios enquanto Alim saía da sala, e Feyi sofreu para manter a compostura. Foi golpe baixo aquilo de dizer tais coisas na frente das pessoas, coisas que pareciam tão inocentes quando não se sabia da ida ao pico da montanha no nascer do sol ou da doçura provada da ponta de seus dedos macios. Ela tentou comer, mas foi atingida por outra onda de emoção quando percebeu que o molho de coco e limão era o mesmo que Alim tinha aperfeiçoado na cozinha ao som de Buika.

— Essa margarita está fenomenal — exclamou Rebecca, experimentando o próximo drink. — Você tem que provar, Feyi, tem coco e jalapenho.

— É melhor eu pegar leve com o álcool — confessou Feyi.

A cada segundo que se passava, ela se sentia mais fora do controle e, com Nasir bem ao lado, não podia se dar ao luxo de transparecer nem um décimo do que estava sentindo por Alim. Qualquer coisa podia entregá--la — um olhar longo demais, um rosto vermelho, uma oscilação na voz.

— Perfeito — disse Nasir. — Vou pegar o seu então.

Ele abriu um sorrisão para ela, e Feyi retribuiu, recorrendo à sua máscara durante o resto do jantar, prato após prato. Frango recheado de goiaba com manga caramelizada e um molho picante de mojito de manga. Depois de Alim, comer manga nunca mais foi igual, mas sempre que Feyi se lembrava da expressão de choque e franqueza que o rosto dele assumia com o desejo, ela não tinha certeza se ligava tanto assim para a manga. Tinha barriga de porco com calda de capim-limão e abacaxi, polvo com especiarias de Zanzibar, melancia grelhada e defumada com cuscus e óleo de manjericão e, por fim, um *parfait* de creme de banana com biscoito de coco e abacaxi grelhado com caramelo *toffee* de macadâmia regado de calda de rum.

Quando o jantar terminou, todos se dirigiram à sala de estar com drinks frescos, e a música ficou mais alta, o ar pareceu mais quente. Feyi acabou indo parar num divã com Nasir, que, na surdina, fazia fofoca dos convidados, girando seu copinho de cristal cheio de rum e Coca-Cola.

— Então, dizem que o marido de Chatterjee tem uma amante em Trinidad e Tobago. Ninguém sabe se ela sabe, mas acho que não tem como não saber. Ia ser muito bizarro se ela não soubesse, tá ligada? — Ele puxou de leve uma das tranças de Feyi. — Você vai aceitar o comissionamento dela?

Ela encostou a cabeça no ombro dele, se sentindo cheia e um pouco bêbada.

— Ainda não sei. Pra terminar uma obra, posso levar de algumas semanas a alguns meses, tudo depende do que ela vai querer.

— O que *você* quer oferecer a ela? Essa é a pergunta. Foda-se o que ela quer. Você decide o que quer fazer, e é isso que ela vai ter.

Feyi deu risada.

— Você daria um bom empresário.

— É claro que daria. — Nasir sorriu para ela, e Feyi retribuiu.

— Só não quero abusar da hospitalidade — acrescentou ela. — Pooja ofereceu um quarto no Hilton. — Feyi pegou o copo de Nasir e tomou um gole de seu rum com Coca. — Quanto tempo você acha que vai ficar aqui até voltar pra cidade?

Nasir recostou o corpo e passou a mão pelo cabelo.

— Merda, esqueci de te contar. O meu chefe quer que eu vá para Antigua amanhã, pra cuidar de uns negócios lá.

Feyi se endireitou no assento, a cabeça girando um pouco.

— Você vai embora?

— É só por uma semana. A gente pode sair quando eu voltar. Estava pensando, que tal mais uma ou duas semanas em Nova York? Não sei se é o suficiente pra você terminar a encomenda.

— Posso dar um jeito. — Mais três semanas na ilha, longe de casa e de Joy. Mais três semanas perto de Alim, para depois nunca mais vê-lo. Mais três semanas fingindo para Nasir que as coisas estavam como eram no Brooklyn. — Posso pensar um pouco?

— À vontade.

Ele apoiou os braços esticados no encosto do divã, e Feyi contemplou o resto do cômodo. Começaram a tocar uma *kompa* haitiana, e Rebecca berrou, saltando da cadeira. Ela tinha passado a noite toda bebendo vinho tinto, sem derramar uma gotinha que fosse no terno branco, e sua boca púrpura e bonita se alargava enquanto vinha dançando até Feyi.

— Vamos, Feyi — cantarolou. — Sabe dançar isso aqui? — Ela pegou as mãos de Feyi, puxando-a do divã.

Feyi deu risada.

— Tá bom, me mostra — falou, arrumando a saia do vestido.

— Aqui.

Rebecca pôs a mão no meio das costas de Feyi e, seguindo o ritmo pulsante, conduziu-a até o centro da pista de dança. Feyi reprimiu um engasgo — Rebecca podia até estar meio altinha, mas ainda se sustentava com firmeza sobre os pés e era uma dançarina de primeira. Feyi sincronizou o passo, de mãos dadas com ela, o braço estendido. Era estranho estar tão perto de Rebecca, sentindo sua mão forte e firme na coluna, guiando os movimentos de Feyi.

Feyi foi se entregando à música e deixou os olhos semicerrados focados nos pés, só para não pisar nos pés de Rebecca, encobrindo o resto da sala. Ela tinha quase se esquecido do quanto amava isso; parecia que fazia séculos desde que tinha pisado pela última vez em uma pista de dança com Joy. Algo se acalmava no peito de Feyi quando ela reduzia o mundo a apenas seu corpo seguindo o de Rebecca, à bateria e à guitarra, aos vocais da música, à agitação em suas veias causada pelo álcool. Rebecca cantava suavemente em crioulo, e Feyi fez uma anotação mental para lhe perguntar mais tarde como tinha surgido aquele interesse em *kompa*. Era um lado inesperado da curadora.

Conforme a música foi baixando, Feyi se desvencilhou e se desculpou com um sorriso.

— Vou pegar uma bebida — disse, por mais que não precisasse de mais nenhuma.

Rebecca acariciou sua mão e se virou, apontando para Nasir.

— Você! Vem dançar comigo.

Feyi piscou para Nasir e foi saindo da sala de estar em direção ao pátio. Ela se jogou num banco, e o garçom de antes lhe passou um copo d'água com um sorriso astuto.

— Você dança bem — disse.

Feyi corou. Ela tinha se esquecido de que havia pessoas olhando.

— Valeu.

Ele assentiu com a cabeça e saiu ao mesmo tempo que Pooja entrou no pátio, exclamando de alegria ao vê-la.

— Aí está você! Estava te procurando. — Ela se sentou na outra ponta do banco, o tecido do seu sári se abrindo como uma galáxia sobre a madeira. — Qual é a sua decisão sobre a minha proposta?

Feyi inclinou a cabeça, encaixando de volta a máscara profissional no rosto.

— Sabe, estou até inclinada a aceitar, mas preciso te perguntar: qual é o orçamento para o comissionamento?

Ela não sabia se falar de dinheiro dessa forma tão direta seria um atentado à etiqueta, mas que se dane. Era uma festa, e ela estava bêbada e viva.

Pooja prendeu uma mecha do cabelo preto atrás da orelha, revelando o seu lindo pescoço.

— Bem, até onde eu sei, nenhuma obra em uma mostra com a curadoria de Rebecca sai por menos de 10 mil, então por que não?

Feyi mordeu as bochechas para impedir o queixo de cair. Se ela estivesse sóbria, provavelmente não teria dito o que disse em seguida, mas todo esse universo nem sequer era real, então para que se importar?

— Que tal quinze? — rebateu, e Pooja bateu palmas, soltando uma risada.

— Adoro os nigerianos — falou, esticando a mão. — Quinze, fechou.

Feyi apertou a mão dela, e Pooja se levantou e voltou para a casa ainda rindo.

— Tenho que falar com o meu pessoal. Vamos almoçar e discutir os detalhes em breve. É um prazer fazer negócio com você, senhorita Adekola.

— Igualmente, senhora Chatterjee.

Feyi esperou que ela saísse do pátio para agitar as pernas e dar gritinhos de empolgação. *Quinze mil dólares?!* E o que era preciso fazer? Era somente estar perto das pessoas certas que elas começavam a jogar dinheiro em cima de você? Ela apalpou os bolsos à procura do celular para mandar uma mensagem a Joy, mas não o encontrou. Devia ter deixado o aparelho no divã com Nasir. Feyi entornou o restante da água e voltou aos pulos para a casa, obrigando-se a desacelerar o passo assim que entrou.

A música haitiana ainda tocava na sala de estar. Feyi congelou onde estava ao ver Rebecca e Alim agarrados na pista de dança. Os dois estavam de olhos fechados, com os corpos grudados, os quadris movendo-se em círculos lentos, o joelho de Alim encaixado entre as coxas de Rebecca. Era quase insuportavelmente sensual a forma como a têmpora dele repousava na testa dela, os longos dedos dele pressionando a região entre as escápulas de Rebecca, os braços dela em volta do pescoço dele. Feyi sentiu enjoo.

Ninguém mais parecia reparar. Todos papeavam e bebiam, alguns se moviam no ritmo da música. A pintora Katherine estava sentada de pernas cruzadas em um tapete com cartas de tarô espalhadas à sua frente, o cabelo escuro caindo no rosto, e Nasir a observava com atenção enquanto ela falava com ele.

Feyi sentiu como se fosse a única a observar Alim e a curadora dançando juntinhos, como se estivessem sozinhos no escuro. Nem pareceu estranho; simplesmente fez sentido. Alim com Rebecca, duas pessoas que combinavam, que tinham chance de verdade. Feyi respirou fundo e passou por eles. Estava tudo bem. Ela almoçaria com Pooja enquanto Nasir estivesse fora e se arranjaria no Hilton antes de ele voltar. Ela podia trazer Joy para lá e as duas ficariam juntas, assim Feyi voltaria a fazer sentido para si mesma. Alim estaria fora do caminho, e Feyi falaria para Nasir voltar a Nova York sem esperá-la. Talvez até abrisse o jogo com ele, revelando que tinha sentimentos irracionais pelo pai dele. Esse seria um jeito infalível de matar qualquer coisa que ele pudesse sentir por ela, acabar com qualquer chance de ele tentar manter a amizade. Um término limpo.

Feyi afundou as mãos nas almofadas do divã, pescou o celular e subiu para o quarto, saindo de fininho da festa. Ela tinha pensado em ligar para Joy, mas, assim que fechou a porta e tirou o vestido de seda, descobriu que só queria mesmo era se jogar na cama em posição fetal e chorar. Nem sabia direito por que estava chorando, se por ver Alim e Rebecca enroscados, se por tudo estar se encaminhando maravilhosamente bem no trabalho, mas ter azedado tanto com Nasir em questão de semanas, se por estar longe de Joy, se por estar se escondendo lá em cima enquanto tinha uma festa em sua homenagem rolando lá embaixo, se por se sentir sozinha para cacete. Feyi abafou os soluços em um travesseiro e mergulhou numa névoa, emergindo somente ao som de alguém batendo à porta.

O ar parecia mais silencioso; a noite, mais pesada, como se tivessem passado horas. Ela não sabia se tinha adormecido. As batidas continuaram, e Feyi se arrastou para fora da cama.

— Quem é? — perguntou, engolindo um bocejo.

— Ei, é Nasir. Tá acordada?

Feyi abriu a porta e deu uma olhada nele, a cabeça latejando.

— Não, estou dormindo e falando.

Nasir passou por ela aos tropeços e se jogou na cama.

— Você perdeu metade da sua festa — reclamou. — Vem ficar comigo.

Feyi voltou para a cama, e Nasir se empurrou para cima até acomodar a cabeça no travesseiro ao lado do dela. Eles ficaram deitados de lado, se olhando, e Feyi deu uma risadinha.

— Acho que nunca te vi bêbado pra valer — comentou.

Nasir ergueu as sobrancelhas, mesmo com os olhos fechando sozinhos.

— Não estou bêbado — rebateu. — Só estou... com muito sono.

— Bom, pode dormir aqui se quiser. Duvido um pouco que você consiga encontrar o caminho do seu quarto agora.

— Hum... valeu. Mas, escuta, Feyi.

— Oi.

— Estou orgulhoso de você, pra cacete, viu. Você conseguiu, caramba.

Feyi sorriu e fez carinho na testa dele.

— Obrigada por tudo, Nasir. Mesmo.

Ele assentiu com a cabeça e se aconchegou mais ao travesseiro.

— Agora vou dormir — anunciou.

— Beleza. Vê se descansa.

— Ok. Te amo.

Feyi congelou, rezando para ter ouvido errado. Depois de alguns minutos, quando Nasir começou a roncar de leve, ela xingou baixinho e escondeu o rosto nas mãos, o pavor se adensando em volta de seu coração.

Capítulo Treze

— Essa é a pior ideia que eu já ouvi em toda a minha vida — disse Joy, com a voz falhando pela conexão do celular, sua carranca desfeita em pixels. Era cedinho, e Feyi ainda estava deitada, conversando com Joy, de fone. Nasir tinha pulado da cama uma hora antes, bocejando ao sair do quarto sem fazer barulho, enquanto Feyi fingia que dormia.

— A ideia não é *minha* — retrucou. — É Nasir que vai viajar, e ele tem que ir, porque é a trabalho. Além disso, é só por uma semana.

— Então vai com ele! Tudo menos ficar sozinha debaixo do mesmo teto que o pai gostosão dele, de quem você andou *lambendo os dedos cheios de espuma de manga*! Juro por Deus. — Joy apertou o nariz e balançou a cabeça. — É exatamente assim que começa a putaria em família.

— Ele não me convidou! Ele perguntou se por mim tudo bem ficar aqui sozinha por uma semana, e eu disse claro. Aí eu posso começar a pensar naquela encomenda, quem sabe até pôr a mão na massa.

— Tá bom, amorzinho, você quer desgraçar a minha cabeça, né? Primeiro! — Joy esticou o dedo com esmalte transparente de glitter para começar a contar. — Você não vai ficar sozinha na casa. O Sr. Papaizinho Sexy Gênio da

147

Cozinha também vai estar aí, porra. E segundo, você não vai adiantar o "trabalho", você vai pegar o pa-pai dele!

Ela reforçou as sílabas da palavra com duas palmas e ficou esperando Feyi rebater e alegar inocência, mas quando Feyi só suspirou e baixou os olhos, a voz de Joy ficou preocupada.

— Meu bem — disse —, fala comigo.

— Olha, eu vou para o Hilton assim que der, mas, mandando a real, não quero ir com Nasir. — A voz de Feyi rachou por um segundo. Ela se sentiu frágil e de ressaca. — O que quero mesmo é ficar aqui e fazer o meu trabalho, mesmo sabendo que isso significa estar perto de Alim, e eu sei que o que sinto é idiota, errado e cagado de mil jeitos, e que o cara tem idade suficiente pra ser o meu pai, literalmente, mas e-eu gosto da sensação de estar perto dele, e a gente é meio que amigo e, sim, eu entendo que nunca vai dar pra passar disso. Entendo que ele e Rebecca combinam mais, entendo que nada disso é real, que não conta como vida real, é só um paraíso na montanha que ele construiu para si mesmo, mas tem sido bom estar aqui, saca? Tirando toda essa besteira de atração, estou me sentindo melhor do que há um bom tempo, agora que tenho outro amigo com quem posso falar de Jonah...

— Epa, espera. Você falou sobre Jonah com o pai dele?

Feyi deu de ombros.

— Ele também perdeu alguém, ele sabe como é. — Ela secou os olhos com descuido. — Olha, eu sei que você não aprova, e talvez você não entenda como é estar sozinha de um jeito específico, quando a pessoa com quem você pensou que ia passar o resto da vida se vai, tipo, pra sempre. Mas eu sempre me sinto sozinha, Joy, e sei que Alim também, e estar aqui é como... é como encontrar alguém para compartilhar essa solidão, nem que seja por um tempinho. Não estou tentando nada com ele. Só quero aproveitar os últimos dias ou sei lá quanto tempo antes de ir embora e literalmente nunca mais vê-lo. — Ela pressionou o rosto com as mãos. — Ok, pode brigar comigo agora, sei que é coisa de doido.

— Pra começar, sua vaca, isso é capacitista, não fala assim. — Feyi deu risada e baixou as mãos, vendo o sorriso de Joy. — Pra terminar, faz todo o sentido, e eu nunca vou te julgar, meu bem. Você fez um novo amigo e, tudo bem, você tem uma quedinha desastrosa por ele e, se rolar alguma coisa entre vocês, é capaz dessa família ser destruída, então é uma parada platônica bem trágica, mas também não deixa de ser um amigo que entende um pouco do que você está passando. Então, que se foda. Viva a sua vida, amor. — Joy encolheu os ombros e estourou a bola de chiclete. — Ninguém vai morrer, cacete.

— É um bom argumento.

Feyi não contou o que Nasir tinha dito antes de cair no sono na noite anterior, nem mesmo que ele tinha dormido no seu quarto. Não tinha por quê. Depois que ele saiu, ela decidiu que ele só falou como amigo, nada mais. Joy ia ver pelo em ovo.

— Você tem sorte de me ter como amiga — disse ela. — A voz da razão e da sabedoria. Quando Nasir dá o fora?

Feyi tirou a touca.

— Hoje à noite, acho.

— Caramba, que rápido! Acho que nem ia dar tempo de você ir junto.

— Pois é, parece um lance de última hora, mas é um voo rápido pra Antígua, então...

— Então tecnicamente ainda dava pra você pegar o avião com ele?

Feyi olhou feio para a melhor amiga, e Joy jogou as mãos para cima, recuando.

— Tá bom, tá bom. Só estou tentando botar um pouco de atrito nessa ladeira escorregadia do cacete.

Feyi abriu um sorriso largo.

— Foi o que ela disse.

— Cara, tchau. — Joy revirou os olhos. — E parabéns pela obra comissionada, porra! Me liga mais tarde!

Ela encerrou a chamada, e Feyi saiu rolando da cama para ajudar Nasir a fazer as malas. Desde que se mantivesse em movimento, não sobraria tempo para pensar e, se mergulhasse no trabalho, melhor ainda. Nada tinha que ser tão complicado como Joy estava pintando. A casa era enorme, não havia motivo para ficar perto de Alim além do absolutamente necessário. Tudo ia ficar bem.

A porta do quarto de Nasir estava entreaberta, e Feyi deu uma batidinha leve antes de entrar. Para sua surpresa, Nasir já estava vestido e com a mala de viagem na mão.

— Ei — falou. — Estava indo falar com você.

— Pensei que o seu voo só fosse mais tarde — respondeu ela, franzindo a testa enquanto ele a abraçava com o braço livre.

— O chefe me mandou uma mensagem umas 5 horas me pedindo para ir mais cedo. — Nasir revirou os olhos. — Chato pra cacete. Estou indo pra cidade. — Ele parou de falar e pegou a mão dela. — Certeza que você vai ficar bem enquanto eu estiver fora?

— Claro, nada de se preocupar comigo. Vou entrar de cabeça no trabalho para bolar alguma coisa pra encomenda.

Ele soltou um assobio.

— Caramba, tinha esquecido. Ontem foi pesado!

— Nem me fala. — Ela não mencionou a ida dele ao seu quarto. Certas coisas deviam morrer na noite passada.

— Mas você tá feliz? Todo mundo achou a sua obra insana, viu? E Rebecca te adora. Tá na cara.

Feyi sorriu para ele.

— Estou, tipo, me coçando para criar. É a melhor sensação.

— Tá bom, então. Vou arrasar lá e você arrasa aqui. A gente retoma essas férias quando eu voltar. Combinado?

— Fechou.

Ela desceu a escada atrás dele e o seguiu até lá fora, onde os carros ficavam estacionados ao lado das buganvílias que tremulavam ao sol. Nasir jogou a bagagem no porta-malas de seu carro.

— Tenho que achar o meu pai. Acho que ele tá mexendo na terra hoje. — Ele abriu os braços para ela. — Você, chega aqui.

Feyi mergulhou no abraço dele, e Nasir a apertou com força.

— Sei que é só uma semana, mas vou ficar com saudade. Espero que essa viagem esteja correspondendo às suas expectativas.

Feyi retribuiu o abraço, tentando engolir a culpa.

— É mais do que eu podia esperar — conseguiu dizer. — Mas você fala como se já tivesse terminado, puta merda!

Nasir deu risada e a soltou.

— Nada, a gente ainda tem tempo. Vai lá relaxar. Mando mensagem do avião, ok?

Ela fez que sim com a cabeça e acenou enquanto ele saiu atrás de Alim. Feyi voltou para a casa, que agora reinava no vazio, magnífica em seu abandono. Feyi ficou parada por uns minutos na luz que invadia a sala de estar, de olhos fechados, tentando sentir a solidão de estar ali sem mais ninguém. Ela foi interrompida por uma voz que quebrou o silêncio.

— Tudo certo?

Feyi abriu os olhos de repente e viu Lorraine a encarando com cara de espanto.

— Ah, não sabia que você estava aqui — falou Feyi, assustada.

Lorraine inclinou a cabeça.

— É a casa do meu pai, você sabe.

Era como se ela não conseguisse evitar a cretinice assim que colocava os pés no alto da montanha, como se algo na casa a transformasse.

— Claro, eu só quis dizer... — Feyi balançou a cabeça. — Deixa pra lá. Bom dia.

— Bom dia. — Lorraine olhou por cima do ombro de Feyi. — Cadê Nasir? Ele tentou bater à porta do meu quarto num horário de corno.

— Ele foi procurar Alim... o seu pai. Ele adiantou o voo.

— Ah, então ele está indo agora pra cidade? Perfeito. — Lorraine pegou a bolsa em uma mesinha de canto. — Fala pro meu pai que eu ligo depois e que aproveitei a carona de Nasir pra cidade.

Ela deu um sorrisinho para Feyi e saiu da casa em uma lufada de lavanda, batendo a porta.

F<small>EYI VOLTOU PARA CAMA DEPOIS</small> de entornar uns cinco litros de água, ou assim pareceu, e quando acordou, por volta do meio-dia, sua cabeça já não estava mais latejando. Ela botou um biquíni e foi nadar, flutuando e contemplando o céu por um tempão. A água batia em seu rosto em ondas frescas e constantes, e a montanha era só pássaros, sol e árvores, a vista se estendendo como um universo. A afobação queimava sob sua pele como uma corrente subterrânea — e se Alim aparecesse ali enquanto ela estava seminua na água, usando nada além de tiras amarelas que, como

Joy tinha a convencido, contavam como biquíni? E se ele arrancasse a camisa e entrasse na piscina com ela? Ela não tirava da cabeça a imagem do rosto dele entre as alianças de ouro, a imagem dele a olhando no meio do jantar. Agora ela só tinha alguns dias até nunca mais vê-lo de novo, o que começava a parecer um argumento a favor de algum tipo de explosão. Feyi resmungou sozinha e expulsou a imagem, irritada. Era ele que tinha andado por aí se esfregando nas coxas de Rebecca. Ela que tratasse de cuidar da própria vida até voltar para Nova York, em vez de ficar imaginando coisas desnecessárias.

Feyi saiu da piscina e voltou ao quarto, tomando uma ducha rápida antes de se trocar e descer para a cozinha. Ela pegou uma goiaba grande da fruteira e se acomodou no cantinho do café com seu caderno de desenho. O sol brilhava alto acima das montanhas quando Alim entrou, sua presença se impondo no cômodo, arqueando o ar. Feyi parou com os rabiscos para encará-lo e, no instante em que seus olhos se cruzaram, ela tomou a consciência terrível do quanto estavam sós naquela montanha, sem ninguém para interrompê-los por dias, ninguém para ouvir nenhum dos sons que ele podia arrancar dela com tanta facilidade.

Porra, ela pensou. *Joy estava certa.*

Ela se recompôs.

— Olá — disse. — Pensei que hoje você estivesse mexendo na terra.

Alim pôs as mãos no bolso.

— Terminei cedo — respondeu.

— Ah, legal. Conseguiu ver Nasir antes de ele ir? Ele estava te procurando.

— Sim, ele me achou no pomar. Você viu Lorraine?

Feyi esboçou algumas linhas para evitar o pântano dos olhos dele.

— Ela foi pra cidade de carona com Nasir. Disse que te liga mais tarde.

Alim balançou a cabeça.

— Ela não suporta mesmo ficar aqui sem ele, aquela criança. Sempre fugindo pra cidade. — Ele se sentou em frente a ela na mesa. — Como está a sua insônia? Não te vi mais no jardim desde aquela noite — falou como se sentisse falta dela.

Feyi não se atreveu a olhar para ele agora, não com tanta proximidade. Não podia arriscar que ele flagrasse todo o desejo que se derramava de seus olhos. Era muito perigoso, igualzinho ao maldito jardim, e ela não sabia por que ele estava tocando naquele assunto agora. Tudo aquilo fazia parte da categoria "pico da montanha ao nascer do sol", momentos que os dois tinham vivido e que ela tentava com muito afinco esquecer.

— Estou dormindo bem — respondeu, fechando o caderno.

Seria grosseiro continuar fazendo desenhos aleatórios com ele sentado ali, tentando puxar conversa. Feyi sentia o cheiro da pele dele, aquele maldito capim-limão de novo.

— Você comeu? — perguntou ele.

Ela mostrou a polpa da goiaba, rosada com sementinhas.

— Comi um pouco de fruta, mas posso fazer algo pra você, se quiser.

Assim que disse aquilo, Feyi ficou vermelha como um pimentão. *Você não cozinha, e o cara tem duas estrelas Michelin*, repreendeu-se. *Meu Deus, que idiota que sou*. Ela não estava raciocinando, só acabou falando porque pensou que devia ajudar mais agora que Nasir não estava mais ali para ser o mediador, agora que ela era hóspede direta dele.

Alim ergueu uma sobrancelha.

— Se você queria me tirar da jogada, existem outras opções — falou, com a voz arrastada. — Intoxicação alimentar parece um pouco drástico.

Feyi se engasgou e jogou o caderno de desenho na mesa, fingindo indignação.

— Como você ousa?

Ele riu, e ela xingou baixinho, sentindo o entusiasmo percorrer seu corpo. A noite anterior devia ter posto uma pedra em cima de tudo aquilo, mas lá estava ela, lutando contra a vontade de tocar o rosto dele, nem que fosse uma vez. Só para saber como era a sensação da pele dele sob a palma de sua mão, quem sabe ver seus olhos amolecendo enquanto ele descansava a cabeça em sua mão. Ou talvez ele se afastasse? Não, ela não podia fingir que aquela noite na cozinha dele com a espuma de manga não tinha acontecido. Feyi conhecia a cara do desejo e tinha visto seu estrondo nos olhos dele, ensopando o ar entre os dois. Aquilo, a forma como sua obra tinha revelado alguma coisa no rosto dele, aquele olhar desnudo que ela tinha flagrado e não tinha conseguido relevar. Era bem mais fácil resistir quando ela pensava que ele não a queria, quando ela se sentia patética e sozinha com aquele sentimento. Mas agora? Agora havia uma possibilidade *real*, que estava sentada diante dela, estava presa a sós com ela nessa absurda casa dos sonhos.

— Que tal eu preparar alguma coisa? — Alim foi dizendo, levantando-se da mesa. — Uma goiaba não conta como refeição.

Feyi pulou do banco.

— Só se você deixar eu te ajudar. — Ele olhou feio para ela, e ela riu. — Poxa vida! Não posso nem picar umas coisas?

Alim fez cara de dúvida.

— Será que *pode*?

— Ah, você faz piadinhas. — Feyi o seguiu até a cozinha e encostou o corpo no balcão de azulejos marroquinos. — O que aconteceu com aquela história de você me ensinar?

— Ah! — Ele abriu a geladeira e deu uma olhada nas prateleiras. — Você tem um bom argumento.

— Tá vendo? — Feyi cruzou os braços. — Então me ensina.

Quando Alim se calou, de costas para ela, Feyi ficou pensando se o desafio tinha soado tão sugestivo quanto parecia ao escapulir de sua boca. Havia tantas lições que ela adoraria aprender das mãos dele! Um momento tenso passou até que ele tirou algumas cenouras e folhas de beterraba da geladeira e entregou-lhe junto com um pedaço de gengibre.

— Vamos começar pelo básico — disse. — Descasque o gengibre e depois fatie a cenoura pra mim.

— Certo! — Feyi pegou uma tábua e fez movimentos dramáticos com os braços. — *MasterChef*, aqui vou eu!

— Meu Deus! — Alim deu risada ao passar uma colher para ela. — Pega leve.

Ele estava reunindo temperos e ovos de codorna e colocando uma panela no fogão, onde despejou sementes de cominho, de volta ao ritmo que ela agora associava a ele sempre que estava na cozinha, descontraído e fluido.

— Hum... O que faço com isso? — perguntou Feyi, segurando a colher para o alto com cara de confusa.

Alim deu uma risada suave.

— Raspe a casca do gengibre com ela, meu bem.

Caramba, ele a chamou de *meu bem*. Uma palavra de carinho casual e Feyi já ficou molhada, pelo amor de Deus! Ela respirou fundo e voltou a atenção para a tarefa que tinha em mãos, tentando se concentrar. O amarelo intenso do gengibre se relevava conforme ela ia passando a colher, a casca marrom se enrolando em tiras ao lado. Alim agitou a panela, tostando o cominho e enchendo o ar de um aroma apurado e quente. Feyi reservou o gengibre e pegou as cenouras. Elas eram delgadas e tinham um tom vivo de laranja em contraste com a tábua de bambu, muito mais lindas do que qualquer coisa que ela podia achar num mercado de Nova York. Com um clique, Alim apagou o fogo, e Feyi tentou não dar bandeira o seguindo com os olhos enquanto ele ia para lá e para cá na cozinha. Um raio de sol iluminou seu maxilar, se derramando pela boca, e Feyi mordeu os lábios com mais um tranco de desejo.

A coisa estava ficando ridícula. Ela começou a picar as cenouras com um pouco mais de entusiasmo que o necessário, então parou, em dúvida.

— Espera, estou fazendo certo?

Alim quebrava os ovos de codorna em uma tigela, as cascas delicadas se desfazendo entre seus longos dedos.

— É só fazer um corte Julienne rápido — respondeu.

Feyi o encarou.

— Cara. Não sei nem o que isso *quer dizer*.

Alim explodiu numa risada, pondo os ovos de lado. Ele se aproximou e balançou a cabeça ao ver as fatias que ela já tinha cortado.

— Eu te deixo por conta própria por dois minutos e você retalha os meus pobres legumes — falou. — Aqui, deixa eu te mostrar.

Ele ficou atrás de Feyi e passou os braços em volta do corpo dela, colocando as mãos de leve sobre as dela.

— Então você corta desse jeito primeiro, depois segura a faca assim... isso, bem assim. É tudo questão de um ou dois milímetros, o que não deve significar nada pra vocês, americanos, mas olha... fino desse jeito... e a faca também...

Feyi tentava escutar, mas Alim estava perto demais, e ela mal podia *acreditar* que ele tinha se colocado a uma distância tão arriscada dela, como se não fosse nada. Não era só a sua voz na orelha dela, mas seu hálito, seu corpo quase pressionado contra o dela. O clima que estavam tentando cultivar com essa aulinha de culinária, fosse qual fosse, se evaporou ao mesmo tempo que o ar no peito de Feyi ficou viscoso e incômodo. Ela puxou as mãos das dele com uma força quase excessiva, e a faca caiu na tábua, o ruído ecoando pela cozinha.

Alim emudeceu e ficou parado, baixando as mãos na bancada, as unhas ovais sobre o azulejo cor de esmeralda, o corpo ainda prendendo o dela no lugar.

Feyi não conseguia falar. Ela mal respirava. A boca dele estava tão perto de sua pele, a lenta expiração fazendo vento em sua orelha esquerda. O tempo desacelerou e começou a se rastejar quando Alim ergueu uma mão para prender as tranças de Feyi atrás da orelha, revelando a lateral do pescoço dela. A eletricidade percorreu a espinha de Feyi, que puxou o ar tremendo, sentindo o frio liso de uma rodela de cenoura perdida sob sua mão. Ela estava petrificada, enfeitiçada no lugar, certamente alucinando conforme a respiração de Alim ia chegando mais e mais perto. Isso não podia estar acontecendo.

Uma vida inteira passou sem pressa até Feyi sentir os lábios dele roçando seu pescoço, e ela não conseguiu conter o gemido que soltou, tão alto na cozinha silenciosa, tão rasgado de desejo. Alim puxou o ar ruidosamente e pressionou todo o calor de sua boca na pele dela, incendiando-a inteira. Feyi deu um passo atrás, mergulhando nele, as mãos caindo da bancada, derrubando rodelas de cenoura pelo chão, e Alim passou um braço pela barriga dela e a puxou para perto do corpo, seus dentes marcando o pescoço dela. Ele gemeu na pele dela, e Feyi soltou a cabeça no ombro dele, abrindo a garganta para ele. Alim a virou, uma mão segurando seu maxilar para poder beijar suas clavículas, a garganta e depois a boca, e Feyi parou de ligar para tudo que não fosse ele, a sensação de ser finalmente tocada por ele, agora que os dedos dela afundavam no cabelo dele, segurando a cabeça dele, e retribuindo o beijo, até que enfim, até que enfim.

No fundo de sua cabeça, alarmes soavam vagamente, mas ela não deu bola. Que se danasse toda a encrenca que isso traria, ela estava viva. Ela estava *viva*, porra, e Feyi sabia que, naquele momento, podia botar fogo em qualquer coisa, em tudo, no mundo todo, só para se agarrar àquela sensação.

O ar, que era melaço escorrendo devagar, passou a uma corredeira agitada em questão de segundos. A língua de Feyi deslizava na de Alim, gemidos desesperados emergindo do fundo da garganta. Ele empurrou para o lado tudo que estava na bancada, tábua e faca caindo na pia, uma tigela azul se espatifando no chão, espalhando as rodelas de cenoura em discos vibrantes de néon. Alim ignorou tudo e pegou Feyi pela parte de trás das coxas, erguendo-a na bancada e empurrando os quadris entre as pernas abertas que ela usava para abraçá-lo. Ela vestia um macacão de algodão que subiu até seus quadris conforme ele foi passando as mãos na pele dela, puxando-a para perto até ela sentir na parte de dentro da coxa o quanto ele estava duro. Feyi se engasgou e recuou, parando o beijo no meio quando levou um choque de realidade.

— Alim — disse, meio sem fôlego. — Alim, devagar.

Ele parou na hora, a respiração rápida e irregular, os olhos procurando os dela e o cérebro se dando conta do que eles estavam fazendo.

— Ah, merda, Feyi, desculpa. — Ele descansou a testa na dela e fechou os olhos. — Mil desculpas, meu bem, e-eu não devia ter feito isso.

Feyi apertou as pernas em volta dele caso ele tivesse a ideia horrível de se afastar. O peito dela estava apertado — ele tinha dito *meu bem* de novo e, caramba, não tinha nada de casual dessa vez. Encaixava certinho na boca dele.

— Não falei pra parar — explicou ela —, só para ir devagar.

Alim voltou a encará-la, o rosto estampado com todos os tipos de doçura e confusão e desejo e culpa. Feyi levou as mãos até a camisa dele e o puxou para perto para poder beijá-lo, sem pressa, deliberadamente, com um mundo de escolha contido no ato.

— Não para — sussurrou na boca dele.

— Feyi...

— A gente conversa depois... a não ser... — Ela recuou. — A não ser que você *queira* parar. Meu Deus, desculpa, eu...

— Não. — Alim pôs a mão atrás da cabeça dela, suas tranças se enroscando nos dedos dele, e puxou os lábios dela de volta para os dele. — Não quero parar.

Capítulo Catorze

Foi como um incêndio, a sensação do corpo dele junto ao dela, a forma como se alastrava e consumia, até mesmo — conforme os alarmes ignorados no cérebro de Feyi a alertavam — o modo como destruiria. Mas essa coisa entre eles não deixava espaço para pensar além do desejo imediato, e Feyi pôs as mãos na bainha da camisa de Alim, arrancando-a pela cabeça e jogando-a para o lado, suas mãos encontrando o peito, os braços, as costas dele, enquanto ele beijava seu rosto, sua boca e seu pescoço. Dessa vez, quem se afastou foi ele, ofegante.

— Feyi, eu... — Alim deu risada, um som selvagem que se disseminou. — Ah, cacete!

Ela nunca tinha ouvido ele falar palavrão. Foi delicioso.

— Tudo bem? — perguntou, a mente dispersa e gritando de vontade.

— Estou ótimo, meu bem. É só que... está bem difícil não rasgar em vários outros pedacinhos esse pedacinho de pano que você está usando, e fiquei pensando: talvez não na cozinha. Tem facas aqui, e tenho quase certeza de que quebramos alguma coisa.

Os dois olharam para a tigela despedaçada no chão, depois se olharam por um instante e caíram na gargalhada.

— Ai, Deus! — Feyi se engasgou. — Isso é tão típico. Não acredito que estamos nos beijando na sua cozinha.

— Não me distraia — ralhou. — Estou tentando me concentrar no remanejamento. — Aqui, passe os braços em volta do meu pescoço... isso.

Alim encaixou um braço sob os joelhos dela e o outro atrás das costas, erguendo-a da bancada e desviando dos caquinhos azuis no chão até chegarem na entrada.

— Tudo limpo — disse Feyi. — Pode me pôr no chão agora.

— Hum, ainda não. — Ele se inclinou e deu um beijo na ponta do nariz dela. — Um pequeno passeio antes.

Ela deu gritinhos quando ele virou e começou a subir a escada.

— Aonde você tá me levando?

— Só para o meu quarto — respondeu.

O coração de Feyi acelerou.

— Certeza?

Alim sorriu para ela, parecendo mil vezes mais calmo do que ela estava.

— Feyi, com as coisas que quero fazer com você, tanto faz o lugar da casa.

— Você tem um lance com essa cozinha — provocou ela, tentando disfarçar o imenso nervosismo.

— Só é permitido brincar com facas em situações controladas. E não é o caso dessa.

Feyi sufocou um sorriso, escondendo o rosto no ombro dele. Ele tinha um cheiro tão bom com a pele nua e quente encostada à dela! Se ela pudesse falar com Joy, se Alim fosse qualquer outro cara, ela encheria o celular da amiga de mensagens enviadas do banheiro — *Cara, ele é pervertido!* E Joy ia dar um berro, porque, sinceramente, que sorte!

Alim abriu a porta do quarto com um chute e atravessou um tapete, colocando Feyi na cama enorme, no meio do cômodo. Feyi riu assim que encostou no edredom, afogando-se numa nuvem branca, de onde emergiu para dar uma olhada no cômodo. Ela tentava imaginar como era o espaço dele desde que tinha pisado na casa.

Era árido e agradável ao mesmo tempo — roupas de cama monocromáticas, uma televisão grande se alargando em vidro preto pela parede, esculturas de metal. A parede oposta era toda de vidro e dava para a montanha, com árvores e mata a perder de vista. Era — como a maioria das vistas da casa dele — magnífica, e Feyi saltou da cama para admirar mais de perto, cruzando o chão frio e apertando as mãos no vidro.

— É maravilhoso — disse, voltando a olhar para Alim.

Ele a encarava com uma expressão estranha no rosto, ainda sem camisa, os braços firmes, o tronco esculpido.

— O que foi? — perguntou ela. — Você tá olhando.

Alim baixou a cabeça e limpou a garganta.

— Estou só... Estava só divagando.

Ele caminhou até ela e passou os braços pela sua cintura. Feyi retribuiu o abraço, encantada por poder tê-lo nos braços, por tê-lo nos braços nesse instante.

— Você não faz ideia de quantas vezes fiquei deitado naquela cama — disse ele, com a voz abafada nas tranças — te imaginando bem nesse lugar onde você está agora.

Feyi aconchegou o rosto no pescoço dele e inspirou fundo, sentindo o aroma de cítricos, de terra, dele.

— Não acredito que você está *aqui* — falou Alim, e uma lasquinha se desprendeu da voz dele na última palavra, um fragmento se rompendo.

Feyi apertou o abraço, piscando muito para conter lágrimas inesperadas. Ela sabia exatamente o que ele queria dizer. *Aqui*, nos braços dele, no quarto dele, com ele, sem a distância cuidadosa que eles tinham tentado construir desde aquela primeira noite em que ficaram sozinhos no jardim. A voz dele transmitia a mesma sensação que ela tinha no peito, um encanto tão grande que doía um pouco.

Quando ele se afastou, não olhou para ela por um instante.

— Talvez fosse melhor a gente conversar agora.

Feyi não sabia o que fazer com as mãos quando elas se separaram dele. Uma ela enfiou no bolso do macacão, tentando não olhar para as costas dele ou imaginar seus dentes cravados no ombro dele. Antes que ela tivesse tempo de se preocupar se ele estava se retraindo, Alim se virou e pegou a mão livre dela, puxando-a para se sentar ao seu lado na cama.

— Então — começou ele. — Aconteceu.

Uma risada escapou dela, ainda que estivesse começando a entrar um pouco em pânico. Não era para eles estarem conversando ou pensando. Era perigoso demais.

— É, desculpa — respondeu. — Sei que eu não devia ter...

— Não se desculpe — interrompeu ele, levando a mão dela até a boca e dando um beijo na palma. O contato da boca dele com a cicatriz gerou uma onda de ansiedade que a varreu, como se o fantasma de Nasir tivesse acabado de passar pelo quarto. — Você não fez nada errado. Além disso, eu te beijei primeiro.

Aquilo estava ficando pé no chão muito rápido e começava a cheirar a arrependimentos e erros.

— Você queria voltar atrás?

— Hum. — Alim fez carinho no pulso dela com o polegar e sorriu, os olhos enrugando. — Não sei se devia ter te beijado, mas, ao mesmo tempo, no fundo queria ter te beijado antes. — O coração dela deu um pulo. — Na manhã em que assistimos ao nascer do sol, talvez — emendou ele.

— Você queria naquele dia?

Era difícil imaginar que ele andava pensando as mesmas coisas que ela, que os dois tinham caminhado lado a lado, calando as vontades espelhadas que rufavam dentro do peito.

— Demais — respondeu Alim, com a voz suave. — Você estava tão linda naquela luz, e, quando me abraçou, pensei que eu fosse derreter.

— Você se esquivou. — Ela o lembrou, sem conseguir evitar. A simples recordação ainda doía.

O sorriso dele se contorceu.

— Meu bem, eu não podia... Estava dando um duro enorme pra me conter. Não quero magoar Na...

Feyi tapou a boca de Alim com a mão antes de ele terminar a frase.

— Ainda não — sussurrou, sentindo que podia chorar. Era muito cedo para pôr esse sonho a perder. — Só mais uns minutinhos.

Ela nunca tinha visto a cara dele tão de perto, nem olhado com tanta sinceridade, pelo tempo que desejava. Dava para tocar com a mão a barba grisalha que crescia pelo seu maxilar e lembrar da sensação daquela barba espetando sua garganta. Foi o que ela fez, passou a mão pelo rosto dele. Se fossem só os dois, nada e ninguém tinha que ser real nem interferir.

— Cuidado — alertou Alim, os olhos nebulosos. — A gente não vai chegar nem perto de conversar se você continuar me olhando desse jeito.

Feyi riu e escondeu o rosto no ombro dele.

— Tenho medo — admitiu. A bem da verdade, ela estava a dois passos de entrar em pânico, mas não achou que fosse uma boa compartilhar aquela informação. — Será que a gente não pode só pular a parte de falar?

Alim beijou seu cocuruto.

— Eu sei, benzinho. Mas sempre vai estar aqui, não é?

— Ai, tá bom. — Ela se sentou e empurrou o braço dele. — Mas você começa, eu não.

Era de partir o coração ver o olhar dele ficando sóbrio.

— Deixa eu colocar uma camisa — disse.

Feyi o observou ir até o armário e entrelaçou os dedos, apertando-os com força para acalmar os nervos. Alim pegou uma camiseta cinza de algodão e voltou a se acomodar ao lado dela.

— Então — começou. — Precisamos falar sobre Nasir.

Mesmo sabendo que iam chegar naquele assunto, que era aonde tinham que chegar, Feyi sentiu um solavanco na barriga. Não era para ter se envolvido tanto, ela tinha todo um plano para sair sã e salva.

— Foi só um beijo — emendou, depressa demais. — Você *quer* contar a ele?

Alim franziu a testa.

— *Foi* só um beijo? — perguntou, e algo em sua voz ficou tenso. — Talvez a gente precise esclarecer isso antes.

Feyi torceu as mãos sobre o colo com nervosismo, sem saber o que ele queria ouvir. Podia ter sido só um beijo se assim ele quisesse, mas agora ela não sabia o que tinha sido ou o que poderia ter sido se ela não tivesse pedido para ele ir devagar, se não tivesse ficado distraída com o quarto, se tivesse puxado Alim para cima dela, sem dar tempo para nenhum dos dois pensar. Ela devia ter ouvido Joy. Devia ter ido com Nasir. Devia ter pedido para Pooja a colocar no Hilton imediatamente, inventado alguma desculpa.

— Feyi?

Ela levou os olhos lentamente até os dele.

— Não sei, Alim. O que você quer que seja?

— Você está fugindo. Foi só um beijo para você? — Assim que ela começou a responder, ele ergueu uma mão para impedir. — E, por favor, só estou perguntando uma coisa; não minta pra mim. Vou levar qualquer coisa que você me disser muito a sério, então que seja verdade. Por favor.

Feyi assentiu com a cabeça.

— Ok — respondeu. — Só me dá um minuto.

— É claro.

Feyi se levantou e andou até a janela, abraçando o próprio corpo. Jogando o medo para escanteio, ela já sabia a resposta — sabia desde a conversa com Joy, quando caiu a ficha de que queria ficar aqui, com Alim, mesmo que o mundo dele fosse uma fuga. Foi por isso que primeiro quis ir embora, antes que fosse totalmente capturada pelo feitiço, antes que cometesse o erro de pensar que uma fuga podia ser a vida real. Talvez o atrativo disso tudo fosse *justamente* o fato de ser uma fuga, o que não seria mais em um piscar de olhos se eles continuassem a seguir em frente pelo caminho que tinham tomado.

Se Nasir e Lorraine descobrissem que tinha um lance rolando entre ela e o pai deles, seria como jogar merda no ventilador. Quanto tempo a fantasia duraria então? Mesmo que eles conseguissem lidar com essa questão, por quanto tempo levariam aquilo adiante, fosse o que fosse? Até ela dar o fora da ilha? Como contaria aos seus pais que estava namorando Alim? Mas será que Alim queria *namorará-la*? Era uma montanha de perguntas, e Feyi sabia que a única forma de atravessá-la era respondendo uma por uma. Ela se virou e viu que Alim a observava da cama, as mãos apertadas frouxamente entre os joelhos.

Demorou um pouco para escolher as palavras. Todas as frases pareciam nocauteadas pela desesperança antes mesmo de saírem de sua boca. Ela pensou em Jonah, em como o mundo com ele sempre parecia ao mesmo tempo um sonho e a coisa mais real que já tinha visto. Ela pensou na pessoa que ele a ensinou a ser.

— Tudo que eu quero parece impossível — confessou Feyi, por fim. — E não sei o que fazer com isso, então me convenci de que não podia ter. Não sei *como* dizer o que quero porque parece loucura. Parece totalmente fora da casinha e, tipo, milhares de pessoas ficam gritando comigo na minha cabeça, me jogando na cara o quanto tudo isso é idiota e imprudente e errado.

— Eu sei — respondeu baixinho Alim.

Ela ergueu as mãos.

— Alim, ele é o seu *filho*, porra!

Uma dor profunda encheu suas íris cinzentas e se dispersou pelos olhos turvos.

— Eu sei — repetiu, e sua voz era como um amontoado de milhares de caquinhos afiados de vidro.

— Tipo, a gente não está namorando, eu e Nasir, e a gente nunca dormiu junto, e eu não... não correspondo o sentimento dele.

Alim não tirou os olhos dela.

— Eu sei.

Feyi ficou andando para lá e para cá ao lado da janela.

— Merda! Fiz tanto esforço para evitar isso, sabe? Cheguei tão perto. — Ela balançou a cabeça e apertou o rosto com as mãos. — Todo esse tempo me senti muito errada por ter esse sentimento e ainda pior por não conseguir parar. Agora estou morrendo de medo de dizer algo e você me olhar como se eu tivesse perdido o juízo, tipo, como é que eu pude chegar a pensar uma coisa dessas, que dirá falar em voz alta, e eu vou ter cometido um erro terrível e me sentir uma merda ambulante.

— Eu também — disse ele. — Estou com você.

Feyi parou, surpresa com a confissão. Alim não tinha se mexido, não tinha desviado o olhar, e vê-lo como estava era de cortar o coração. Ela nem sabia direito se eles seriam felizes. Era como se o que aconteceu agorinha mesmo tivesse rompido uma linha do tempo e a Feyi da antiga linha do tempo não tivesse como lidar e precisasse se transformar na Feyi da nova linha do tempo. A Feyi que tinha beijado Alim Blake na cozinha dele e espalhado cenouras pelo chão. A Feyi que ele tinha abraçado como se quase a tivesse perdido. A Feyi que ele olhava como se fosse só um homem, um homem à mercê dela.

— Tá legal, então que se dane — disse, jogando pelos ares o cuidado, o bom senso e a retidão. — *Não foi* só um beijo. Não foi "só" coisa nenhuma. Não sinto isso por ninguém desde... desde Jonah. Sei que só faz algumas semanas. Sei que tenho um lance para resolver com Nasir e não tenho, *nem de perto*, nenhuma resposta ou solução de qualquer tipo, mas estava conversando com Joy hoje de manhã, que parece que foi em outra vida, aliás, e estava dizendo a ela o quanto adoro estar aqui. Com você. Tipo, mesmo ainda me sentindo sozinha, pelo menos é como estar sozinha ao lado da sua solidão, como se as nossas solidões pudessem andar juntas. E você... — Feyi passou a mão pelo rosto — Ah, porra! Com você é como se depois de um bom tempo eu pudesse voltar a sonhar com a possibilidade de não me sentir só. — Ela cruzou os braços, o pânico ainda pairando como uma ameaça constante dentro dela. — Então. A sua vez.

Alim estava a encarando, mas Feyi não conseguia mais interpretar sua expressão.

— Foi só um beijo? — insistiu ela, endurecendo a voz, pois era a única forma de manter a coragem. — O que você *quer* com tudo isso? Vale a pena foder toda a sua família? Porque, só pra você saber, é obviamente o que vai acontecer.

Alim endireitou os ombros e se levantou da cama.

— Jamais poderia ser só um beijo com você, Feyi. — Ele avançou um passo em direção a ela, depois mais outro. — E mesmo que a gente não tivesse parado, nunca poderia ser só aquilo ou só uma noite ou só uma semana ou um mês.

Toda a bravura de Feyi se reduziu a nada conforme ele foi chegando cada vez mais perto.

— Muitas pessoas já vieram a esta montanha — continuou ele. — Você é a primeira que eu não quero deixar descer.

— Vou ter que ir pra casa em *algum* momento.

Alim enrugou os olhos.

— Eu iria com você.

— O seu restaurante é aqui — rebateu Feyi, voltando a apelar para a lógica automática para evitar o peso do que ele tinha acabado de dizer.

Alim deu de ombros.

— Eu sou eu. Posso cozinhar em qualquer lugar do mundo que quiser. — Ele parou diante dela e abriu um sorriso cheio e radiante. — Eu cozinharia em qualquer parte do mundo pra você.

Ele fazia parecer muito fácil, muito doce. Não tinha sentido. Aquilo não estava acontecendo.

— Por que hoje? — perguntou Feyi. — O que fez você não ligar se magoava Nasir justo hoje? — Não era uma pergunta justa, mas eles eram do mesmo sangue, ela não.

Alim não vacilou, mas a dor voltou aos seus olhos.

— Não quero magoar o meu filho — respondeu depois de um tempo.

— Você vai. *Nós* vamos. Caramba, Alim, nós já magoamos!

Ele suspirou e se aproximou para segurar o rosto dela entre as mãos. Feyi deu seu melhor para não sentir o desespero agarrando seus tornozelos e a puxando para o fundo.

— Eu não planejei nada — disse ele, e Feyi envolveu os pulsos dele com os dedos, sentindo os ossos, a carne macia que pulsava entre eles, procurando as profundezas dele com os olhos.

— Nem eu — afirmou. — Eu ia embora, sabe? Eu ia pedir para Pooja me colocar em um hotel, assim eu podia sair da vida de vocês dois antes até de ele voltar. — Agora com certeza ela estava com vontade de chorar. — Por que você tinha que ter me beijado?

A boca de Alim se curvou em um ensaio de sorriso.

— Eu fiz uma escolha — admitiu. — Você estava nos meus braços, na minha casa, e eu estava lutando contra isso há semanas, Feyi. Mal, talvez, mas ainda assim lutando. — Ele fez carinho na maçã do rosto dela com os polegares. — Eu estava aqui, cuidando da minha vida, sabe, um recluso bem-sucedido, e então essa mulher vivaz e linda entra na minha casa, no meu jardim, me acompanha ao nascer do sol e me pega totalmente desprevenido. Você tem um coração tão generoso! Você foi como a luz. Eu não tinha como não virar o rosto para você se quisesse continuar a viver.

Ficou difícil respirar.

— Qual foi a escolha? — Ela quis saber. — O que fez você decidir que hoje era diferente?

Alim soltou o rosto dela e pegou suas mãos.

— Um momento de iluminação — respondeu. — Com você tão perto. — Ele soltou longamente o ar. — Quando perdi Marisol... quando perdemos Marisol, eu tratei de ser tudo para Nasir e Lorraine. — Ele a olhou de cima, e Feyi viu tristezas novas e antigas se entrelaçando em seu rosto. — Por vinte anos, dei a eles tudo que tinha, coloquei os dois acima de todo o resto. Todo o meu trabalho foi para conquistar um lugar no mundo para eles. Não me arrependo nem por um segundo, eles são os meus amores, partes minhas e de Marisol neste mundo. Mas agora...

Feyi sentiu um arrepio percorrer os braços e as coxas quando Alim afundou a mão em suas tranças, chegando até sua nuca, enquanto a olhava com muita atenção.

— Deus me perdoe por esse egoísmo — disse, com a voz áspera. — Sei que vou partir o coração de Nasir. Mas vi o jeito que você me olha...

— Eu lambi espuma de manga do seu dedo.

Alim deu uma risada estrondosa.

— Você acabou comigo. Eu já imaginava antes, mas não tinha certeza.

Feyi corou.

— Ainda não acredito que fiz aquilo — murmurou.

Ele sorriu para ela.

— Ainda bem que fez. E aí hoje, eu pisco e você está nos meus braços. Só consegui pensar que tinha perdido tempo demais tentando mudar o que sentia, sem sucesso. Estou tão cansado de me privar, Feyi. Nem pelos meus filhos. Não depois de abrir mão de Devon. Não se vive dessa forma por tanto tempo, então, sim, vou magoar o meu filho, mas eu quero você. Quero você pra mim, e aí está, foi por *isso* que eu te beijei.

Feyi voltou a sentir a sensação de estar alucinando.

— Pra começar — disse, tentando puxar o freio —, você não me conhece de verdade. Eu não te conheço de verdade, então o que estamos dizendo?

— Nunca se conhece ninguém de verdade — respondeu Alim, dando de ombros. — E eu quero passar uma quantia obscena de tempo te descobrindo. Sinceramente, é boa parte da graça.

Ela não deu risada.

— Alim... não vai ter graça. Eles vão odiar a gente.

A dor era como um peso do qual ele tentava se livrar, mas que não parava de voltar, cavando rugas no seu rosto.

— Eu sei — reconheceu. — Vai ser difícil, custoso e provavelmente uma das conversas mais dolorosas que já tive com os meus filhos desde que a mãe deles morreu. Mas sabe do que mais, Feyi?

Era ridículo o quanto ela amava ver o sorriso dele, mesmo em meio ao peso que ele carregava.

— Acho que pode valer a pena, só de tentar.

Ela não tinha certeza se acreditava nele.

— Mesmo se não der em nada?

— Acho impossível. — Alim deu um beijo na bochecha dela. — Estou dizendo que você faz com que eu não me sinta sozinho, Feyi. Acho que você não entende o quanto vou lutar por isso. Há quanto tempo não me sinto assim?

— Vinte anos, quatro meses, três semanas?

Ele ergueu uma sobrancelha.

— Ah, é assim?

Feyi encolheu os ombros, tentando manter a voz calma.

— Cálculo rápido.

Alim a puxou para perto.

— Estou dentro, meu benzinho. Desde que você esteja aqui comigo, desde que também queira.

Feyi passou os braços em volta do pescoço dele, entrelaçando as mãos atrás de sua cabeça. Deus, era tão bom tocá-lo, tão pleno. Seria tão fácil acreditar nele.

— Tudo o que você quer ainda parece impossível? — indagou ele.

— Nem tanto — admitiu Feyi. Só se acreditasse nele.

Ele assentiu com a cabeça, procurando os olhos dela.

— Vamos?

— O que, botar fogo na nossa vida? — Ela sorriu com um dos cantos da boca. — Ideia incrível.

Alim a abraçou.

— Eu queimo com você — murmurou, e Feyi o apertou contra si o mais forte que pôde. As montanhas deram um riso verde para lá do vidro, um novo mundo intacto e frágil, por enquanto.

Capítulo Quinze

Quando Feyi acordou no dia seguinte, a luz invadia as janelas, e as costas de Alim estavam ao seu lado, uma vastidão montanhosa de pele marrom. Feyi piscou e combateu a vontade de tocá-lo, de pousar a bochecha na escápula dele, de beijar sua coluna. Ela ficou olhando o corpo dele, observando suas costelas subindo e descendo. Na noite anterior, Alim tinha voltado à cozinha e preparado um jantar — uma *shakshuka* com folhas de beterraba e coentro — e levado a refeição até o quarto.

A conversa sobre Nasir e as camadas intricadas da situação deles tinha amputado o que havia começado em cima das rodelas de cenoura, mas em seu lugar havia algo novo e terno. A decisão de seguir em frente significava que o sentimento deles era profundo a ponto de revirar vidas, e saber aquilo já era o suficiente. Nenhum dos dois queria continuar falando e processando mais coisas — só de estarem juntos já parecia suficiente. Alim tinha dado a Feyi uma de suas camisetas e uma calça listrada de pijama, e eles ficaram abraçadinhos na cama vendo desenho animado até ela cair no sono. Quando despertou brevemente no meio da noite, viu Alim dormindo com o braço por cima da barriga dela, a boca um pouquinho aberta. Feyi passou o dedo no cabelo dele e ficou contemplando-o por um tempo, até ser vencida pelo sono.

— Dá pra sentir você olhando, sabe. — Alim se virou na cama e espremeu os olhos para ela, a voz rouca. — Por que você já está acordada?

Feyi conseguia sentir o calor irradiando do corpo dele. O pelo em seu peito era manchado de prata, crespo e rente à pele. Ela tentou ignorar toda aquela proximidade.

— Como você consegue dormir com essa claridade? — reclamou. — Devia ter trazido a minha venda pro quarto.

Alim se alongou à luz do sol como um gato e se sentou na cama.

— Desculpa — disse. — Eu posso pegá-la para você dormir mais.

— Não, estava só enchendo o saco. — Feyi tirou as tranças do rosto. — Quer dizer, na real eu não sei como é que você consegue dormir com esse tanto de luz, mas tudo bem. Eu dormi o suficiente.

Ela sorriu para mostrar que estava falando sério e sentiu-se subitamente estranha ao perceber que estava na cama *dele*, usando as roupas *dele*. De Alim Blake, cacete! Joy ia matá-la, mas, ainda assim, era inacreditável — literalmente inacreditável — que a noite anterior tivesse acontecido de verdade, que ele estivesse sem camisa *na cama* ao seu lado. E tudo o que tinham dito um ao outro! Tinham perdido o juízo? Ele tinha se deixado levar e só? E ela, também? Porque era impossível que tivessem concordado com isso só pela possibilidade de um relacionamento. Eles nem sequer tinham a desculpa de estarem comprometidos, porque seria ridículo, mas estavam prestes a arruinar a família dele só para poderem *ficar juntos*? E ver onde ia dar? Do nada, a garganta de Feyi secou e se encheu de pavor. Era um erro. Só podia ser um erro. Era o *pai* de Nasir.

— Ei. — Alim se inclinou em direção a ela, preocupado. — Feyi, tudo bem? Aonde você foi?

Ela estava na cama com o *pai* de Nasir. E ele estava sem camisa. Ela tinha beijado Alim na cozinha, tinha sentido na coxa quando ele ficou duro, pressionando o corpo ao ela. E se eles não tivessem parado? E se tivessem continuado quando ele a trouxe para o quarto? Que *porra* ela ia ter que dizer a Nasir?

— Feyi. — Alim se aproximou e segurou o queixo dela com os dedos, virando o rosto dela em direção ao seu. — Olha pra mim, meu bem.

Ela quase se encolheu com aquele carinho. Ele não a conhecia. Ela não valia o problema que estava trazendo a essa casa; ela só estava curtindo por aí, primeiro com Milan, depois com Nasir, e nada daquilo era para ter ficado tão sério. Ele buscaria nela algo que valesse os vinte anos que passou sozinho, mas não encontraria nada além de uma viúva acabada marcando a sangue seu luto, sem parar. Não bastaria, era impossível que ela conseguisse ser suficiente. Feyi sentiu o fundo do nariz arder com as lágrimas.

— Olha pra mim — disse Alim, mas ela não conseguia, não para aqueles olhos cinzentos dele. Foi assim que tudo aquilo começou. Olhando para lugares onde não devia olhar, querendo o que não tinha nada que querer.

Ela fixou os olhos no lençol branco até a vista começar a borrar, seu corpo pesado e inerte. Alim a pegou nos braços e tentou abraçá-la.

— Vem cá comigo — sussurrou. — Está tudo bem.

Mas não era verdade, não podia ser, nada estava bem. Eles não tinham feito nada, eles tinham feito demais, e mesmo toda culpada, Feyi não conseguia conter o arrepio cru que corria na pele quando ficava perto dele. Ela ainda queria beijá-lo, sentir a língua dele de novo, as mãos dele segurando sua cabeça, sua garganta, suas pernas.

Feyi se desvencilhou e saiu da cama, o frio do chão atingindo as solas de seus pés como se fosse e única coisa real do quarto. Ela olhou para Alim bem a tempo de ver um lampejo de mágoa deslizar pelo seu rosto. Ele se recompôs com tanta rapidez que ela ficou inclinada a fingir que não tinha visto, mas sua culpa brotava em todas as direções.

— Desculpa — disse, sem deixar de se afastar da cama, do homem maravilhoso ajoelhado entre nuvens brancas amarrotadas, das coisas atrozes e belíssimas que ele tinha dito a ela. Que podia ir a qualquer lugar com ela, que ela era luz, tudo poesia. Nada real.

— Desculpa — repetiu. — Eu só... — Feyi ergueu os braços, depois largou-os, moles, contra as coxas, tamanho era o desamparo que sentia. — Que *porra* estamos fazendo, Alim?

Um véu de emoção que ela não conseguiu interpretar encobriu o rosto dele, mas Feyi sentiu o efeito instantâneo no ar. Algo frio e distante pairou entre eles.

Alim saltou da cama e pôs um roupão de linho, fechando-o com o cinto.

— Pensei que tivéssemos conversado sobre isso ontem — falou. A voz dele era baixa e uniforme, mas ele não a olhava direito. — Pensei que você tivesse topado.

— Eu? — Feyi encarou-o boquiaberta. — Não esquenta *comigo*; é a sua família que vai implodir com isso! Não é… Eu não valho a pena. Eles são tudo o que você tem.

Alim se sentou em uma poltrona de couro e cruzou as pernas. Suas unhas do pé estavam pintadas de vermelho da cor de sangue oxigenado.

— Você não vale a pena? — repetiu, finalmente a olhando nos olhos. — Está falando sério?

Feyi se deteve, confusa.

— O quê?

Ele passou a mão pelo ar, com cara de cansaço.

— Você fala sério? Se está me dizendo que não vale a pena, vou te dar ouvidos, Feyi. Não tenho nenhum interesse em substituir a versão que você sabe que é pela versão que imagino de você. Não é sustentável com o passar do tempo, então, se você está me dizendo quem você é agora, me dizendo para não perder tempo, então seja clara.

Atingida, ela ficou olhando para ele por alguns segundos, pensando se devia se sentir insultada ou se ela é que tinha acabado de se insultar. Alim suspirou com a expressão dela e descruzou as pernas, jogando o corpo para a frente e apoiando os cotovelos nos joelhos.

— Não falo por mal — explicou, as mãos abertas à frente. — Mas não posso te convencer a fazer nada, Feyi. Não vou fazer isso. Tem que ser uma escolha sua, você tem que entrar nessa por vontade própria, entende?

Ela balançou a cabeça.

— Cara, *você* tem noção de onde tá se metendo?

Um músculo tremeu de espasmo no maxilar de Alim.

— O que você *acha*, Feyi? — soltou, com a voz elevada. Ela recuou, e ele se recostou na poltrona, passando as mãos pelo rosto.

— Desculpe — falou ele, a voz abafada. — Só não entendo o que mudou de ontem pra hoje. Parece que nem estou falando com a mesma pessoa.

— Alim baixou as mãos e a encarou, o rosto ferido de mágoa e confusão.
— Você mudou de ideia? É só me falar. Podemos parar, se você quiser. Basta dizer.

A oferta fez a espinha de Feyi gelar. Ele disse aquilo de um jeito tão casual, como se os dois pudessem pegar as últimas dezoito horas e lhes cortar a garganta, observando as memórias recentes escorrendo pela grama, alagando o solo. E então o que, eles iam voltar a ser como antes? Educados, distantes e cheios de desejo?

Feyi olhou para Alim e sentiu o coração se retorcer. Ele tinha dado um beijo nela. Tinha grudado sua boca ao pescoço dela e quebrado a distância entre eles, tinha feito uma escolha, e agora ela jogava coisas na cara dele como se ele não soubesse o que tinha feito ou o preço de seu ato. Ele tinha a tocado e a desejado e agora não sabia se ela o queria no fim das contas, agora estava jurando que tudo bem pôr um ponto-final em tudo, rebobinar e apagar tudo, porque parecia ser o que ela queria ou desejava para ele. *Sua idiota do caralho*, pensou. *Vê se cresce, criancinha.* Ela dominou o medo e o manteve sob controle. Alim a olhava, esperando uma resposta, um leve tormento nas linhas de seu rosto. Feyi soltou o ar e afundou no chão, sentando-se de pernas cruzadas e pousando as mãos nos tornozelos. Ela respirou fundo mais algumas vezes antes de falar.

— Você não tá com medo? — perguntou, encarando Alim.

Ele se levantou da poltrona e foi se sentar no chão em frente a ela, imitando a pose.

— Feyi, tenho vergonha de admitir, mas estou morrendo de medo, porra!

O nó no peito dela se afrouxou um pouco.

— De quê?

Alim deu uma risada curta que pareceu mais triste do que outra coisa.

— De partir o coração do meu filho. De você decidir que é demais pra cabeça ou que... só entrou na onda, talvez. De perceber que nada disso é real.

Ele não tinha direito de ser tão legal e gentil. Ficava muito difícil para Feyi imaginar um mundo fora disso e dele.

— Como podemos saber se é real? — Ela se afligiu, com a voz enrolada. — Tenho medo de que você acorde desse sonho e olhe pra mim, tipo: *que merda eu estava aprontando?* Entende? Tenho medo de que você acorde e eu ainda esteja sonhando.

— Ah, Feyi. — Os olhos de Alim ficaram impossivelmente marejados. — Me diga quando você tiver medo. Me diga tudo o que você estiver sentindo. Eu encaro qualquer coisa que esteja pesando em seus ombros e me repelindo.

— É só que… parece coisa demais. Tipo, não é só enrolado, é um nó de outra dimensão.

Alim deu uma risada suave e olhou pela janela. Uma arara passou voando, as penas vermelhas e azuis espalhadas no ar.

— Sabe, ontem eu fiquei pensando no que Marisol diria.

— Caramba! Como ia ser?

— Ah, ela ia ficar furiosa comigo. Soltando fogo pelas ventas. Não por causa do que sinto por você, mas pela minha forma de agir. — Alim olhou para trás, encarando Feyi e sorrindo com o canto da boca. — Eu fui mais imprudente do que devia. Marisol sempre me chamou de impetuoso; ela era a cuidadosa.

— Ela ia tomar o partido de Nasir?

Alim franziu o nariz.

— Marisol não era de tomar partido, não desse jeito. Não se fosse tão complicado. Ela… ela queria que as pessoas agissem da melhor forma possível, mesmo fazendo coisas difíceis. — Ele suspirou e balançou a cabeça. — A melhor forma possível de agir provavelmente seria falar com você primeiro, depois ter uma conversa com Nasir e só então dar o próximo passo.

— Puxa… parece super-responsável.

— O que Jonah ia pensar?

A pergunta não devia pegá-la de surpresa como pegou, a estranheza de ouvir o nome de Jonah saindo da boca de Alim. Feyi visualizou o rosto de Jonah com a facilidade de sempre, seus olhos se enrugando quando ele explodia numa gargalhada, os dreads caindo pelos ombros. A saudade foi como um soco no peito. Ela tentou conter as lágrimas.

— Ele ia achar hilário — respondeu. — Ele adorava todas essas burradas que as pessoas fazem e dizia que a graça de ser gente é superar um desastre e transformá-lo numa história pra contar. — Feyi mordeu o lábio, sentindo a mistura bizarra de raiva e amor que às vezes surgia quando pensava em Jonah. — Eu fiquei tão puta depois que ele morreu porque sabia que ele ia pensar que aquilo ia virar parte da minha história, um desastre que eu superei, e eu ficava possessa, porque não *queria* superar. Não queria continuar tendo uma história. Queria que as nossas histórias seguissem juntas e acabassem ao mesmo tempo, aí nenhum de nós ia ter que ficar sozinho. Eu me casei jurando que isso ia acontecer, mas aí ele literalmente morreu antes da nossa primeira boda. — Feyi secou as lágrimas dos olhos com o dorso da mão. — Então, é, ele ia achar a situação engraçada, eu apaixonada por outra pessoa, e agora estou puta de verdade com isso.

Alim descruzou as pernas e chegou mais perto, ficando ao alcance dela, mas preservando um espaço para ela ficar sozinha, os olhos cinzentos fixos no rosto dela, o sol destacando a silhueta escura da sua pele.

— O que fez você seguir em frente? — perguntou.

— Ah. — Feyi jogou a cabeça para trás e piscou até o resto das lágrimas escorrer. — Sinceramente, por um bom tempo, acho que não segui. Acho que só... parei. Foi... — Ela soltou o ar num sibilo forte. — Não quero voltar para aquele lugar. É como se ele pudesse me comer viva se eu parasse ali, nem que fosse por um instante, só de falar no assunto.

— Eu conheço o lugar. — Alim a olhava com um sorriso sóbrio e triste. — Sem meus filhos, eu nunca teria saído de lá. Nunca. Acabaria no meio do mar, esperando a corrente de Marisol me levar também.

— É... Eu não conseguia dirigir depois do acidente, ainda não dirijo. Por muito tempo, o que pensei foi, tipo: talvez, se acontecer de novo, se eu tentar mais uma vez, não serei o erro que sobreviveu.

Alim passou a mão pelo cabelo, soltando um longo suspiro.

— Nem me lembro de quantos anos passei olhando para Nasir e Lorraine e pensando que aqueles dois tinham perdido a pessoa errada.

Feyi olhou para ele.

— A gente pode esperar, sabe? Se for melhor assim.

Alim franziu a testa, e ela continuou.

— Tipo, como você falou, que seria melhor conversar com Nasir primeiro. A gente pode dar um tempo com tudo e fazer isso se você quiser, se achar que vai facilitar as coisas entre vocês dois.

Alim deu uma risada curta e sufocada.

— Meu bem, nada vai facilitar as coisas a essa altura. Se você visse o jeito que o meu menino te olha quando você não está prestando atenção... Não sei se ele vai conseguir me perdoar pelo que já fiz, mesmo se a gente parasse agora.

Não havia muita graça em seu riso nem em suas palavras — era como se estivessem condenados.

— Você faz parecer ainda pior — resmungou Feyi, escondendo o rosto entre as mãos. — Que tal me lembrar mais uma vez de que nada disso se salva? — Ela ficou com o rosto coberto, e Alim se arrastou até chegar ao seu lado, passando o braço pelos seus ombros.

— Me diz o que você sente por mim — falou no ouvido dela, e seu hálito fez a pele dela arrepiar.

Feyi baixou as mãos e viu o rosto de Alim a centímetros do seu, o ângulo brusco do nariz, os olhos pantanosos, a boca deliciosamente larga. Era surreal vê-lo assim tão de perto, o mesmo homem que tinha distorcido o ar em frente ao aeroporto quando ela o viu pela primeira vez, agora a olhando com um ar travesso e gentil, os cantos dos olhos borrados de lápis preto.

— Você só quer ouvir coisas legais a seu respeito — retrucou Feyi, porque, se não fizesse piada, ela voltaria a se sentir esmagada pelo peso. — Você não acha que a gente devia parar? Esperar pra resolver as coisas com Nasir? Que frieza, cara! — Ela manteve um tom de voz leve, mas ao mesmo tempo estava curiosa. Ele não se importava com os sentimentos do filho?

Alim não tirou o braço dos ombros dela.

— Acho que precisa haver uma conversa antes de seguirmos adiante, sim, mas o que você entende por parar? Quais são esses limites?

Feyi suspirou.

— Não quero ficar esfregando nada na sua cara, mas ele é o *seu* filho, Alim. Quero saber o que você acha aceitável e o que pensa sobre o assunto. A minha relação com Nasir é recente, nem passa perto do que você tem com ele, e, falando a real, se for pra ele se sentir traído por alguém, vai ser por você, muito mais do que por mim, saca?

Ele tirou o braço dos ombros dela, mas não saiu do lugar. O sol subia no céu e, do outro lado do vidro, tudo estava lindo como sempre foi, um mundo imaculado, intocado por esse arroubo de drama humano. Feyi sentiu como se estivesse em uma caixa de vidro, com todos os sentimentos presos lá dentro junto aos dois, pesando sobre o chão polido, fazendo pressão contra o teto de madeira, empurrando o extenso vidro. Era disso que o mundo era feito? Milhões de caixas cheias de pessoas e sentimentos? Alim puxou os joelhos junto ao corpo e os abraçou, falando devagar ao escolher as palavras.

— Não acho que vai dar pra resolver as coisas com Nasir tão cedo, então vincular o nosso tempo ao tempo do coração dele não me parece... sábio. Acho que é preciso encontrar um ritmo, mas eu quero muito respeitar seu coração também, e é por isso que pergunto os limites que seriam confortáveis pra você. Passar a noite na minha cama foi demais? E se eu a beijasse de novo?

O mero pensamento de um beijo fez o coração de Feyi disparar, mas ela não transpareceu no rosto enquanto o ouvia falar. Alim olhava para as próprias mãos, juntando a separando os dedos devagar.

— Quando penso nas formas que quero te tocar, não sobra espaço pra mais nada. Sou consumido, inteiramente. Quando ficamos sozinhos na minha cozinha, e você fez aquilo com a espuma, eu tive a certeza de perder a cabeça. Precisei juntar todas as forças para não te beijar naquela hora e estou precisando juntar quase todas as forças para não te beijar agora.

Ele virou a cabeça para encará-la, e Feyi percebeu que sua respiração tinha parado em algum ponto do peito e não saía.

— Mas você quer saber como eu encaixo Nasir nisso, se nós devíamos parar, e, por mais terrível que pareça, quando penso em nós dois... *não* encaixo o meu filho. O que a gente decidir fazer é da nossa conta, se você assim quiser. Vou me resolver com você, não com Nasir, porque é simples para ele. Estamos envolvidos ou não? O grau não vai importar, nem a especificidade. E, pra terminar, como medir essas coisas?

— Ele ia se importar se a gente transasse! — Feyi não segurou. — Eu transei com o amigo dele, Milan, depois saí com Nasir e era pra gente ir com calma. Que imagem ia passar se eu transasse tão rápido com o pai dele, entende?

Os olhos de Alim se escureceram com as pupilas dilatando.

— Você falando de transar comigo vai fazer essa conversa terminar muito antes do nosso plano, Feyi.

Ela o empurrou e deu risada, mas ele não estava errado. Seria fácil demais chegar nele e parar de falar, beijá-lo de novo, tirar o maldito roupão, se livrar do pijama e mergulhar na cama dele, na pele dele, na boca dele. Alim a encarava, fixando os olhos em seus lábios, e o ar se enchia de mel. Feyi se afastou e se levantou desajeitada do chão, com a garganta secando enquanto se aproximava da janela. Eles não podiam se jogar de cabeça nisso tudo; ainda havia muita coisa para discutir.

— Eu sei que qualquer coisa que a gente faça vai magoar Nasir, tirando não fazer nada — disse ela, grudando os olhos nas montanhas, no verde-escuro ondulante. — Mas acho que podemos tentar não piorar ainda mais as coisas, pelo menos por enquanto.

Do canto do olho, viu Alim se levantar e esticar os braços para cima, depois jogar o corpo para a frente até tocar os dedos dos pés.

— Concordo — respondeu ele, endireitando o corpo. — E se a gente adiar um pouco os nossos planos até ter a oportunidade de falar com ele?

Feyi se virou, o alívio tomando conta de sua voz.

— Na boa, assim me sinto muito melhor. Tipo, sei que não estou namorando ele, mas não quero começar, tipo, a namorar você pelas costas dele, sabe? — Ela se ouviu, e um lampejo de preocupação a invadiu. E se estivesse sendo presunçosa? Claro, Alim tinha falado em ficar com ela, mas nunca tinha usado a palavra *namorar*, e, de alguma forma, aquele verbo deixava as coisas mais palpáveis, oficiais, sem a ambiguidade confusa que tinha com Nasir. Talvez fosse melhor deixar Alim nomear as coisas primeiro. — Quer dizer, não que a gente esteja namorando, acho que depende...

Feyi foi baixando o tom de voz, e Alim abriu um grande sorriso.

— Adoro ouvir "namorar você", ainda mais que "transar com você" — declarou, aproximando-se dela. — Tem mais alguma coisa que você gostaria de adiar?

Ele se movia com a lentidão do mel, um sorriso preso no cantinho da boca e, quando parou diante dela, Feyi reviu num flash todos os pequenos momentos que tinham vivido juntos, desde aquela primeira noite no jardim, quando suas mãos se tocaram, até o nascer do sol, os olhos dele contornados de preto a encarando em meio a uma floresta de aros dourados, e ela não era mais a garota que tinha arrastado Milan para um banheiro ou feito acordos com Nasir. Ela era a garota que se sentava sob o luar com um pesar antigo e um marido morto, ao lado desse estranho que tinha um pesar ainda mais antigo e uma esposa afogada, e algo que tinha ficado trancafiado em Feyi desde aquele dia na estrada escura ia rachando com uma lasquinha aos poucos, mas o suficiente para apavorá-la.

Ela pôs a mão no peito de Alim e esperou ouvir seu coração bater sob o linho, reconfortante e estável.

— Não consigo ir rápido — afirmou, com a voz sóbria. — Quer dizer, até conseguiria, mas o tiro ia sair pela culatra, e não é o que quero. Não com isso... não com a gente.

Ele colocou a mão por cima da dela e ficou sério na hora.

— Estava só brincando, Feyi. Quero que a gente leve o tempo que for preciso, que acredite que *há* tempo para nós. — Alim se achegou, encostando a testa na dela. — Meu bem, sou seu pelo tempo que você quiser, pouco ou muito, o tanto que quiser. Não vou a lugar nenhum.

Feyi engoliu um soluço.

— Não é pra gente fazer planos.

— Não é um plano. É uma promessa. — Ele a puxou contra o peito, e Feyi o abraçou. — Você ainda vai descobrir, mas eu cumpro todas as minhas promessas. Então não precisa acreditar em mim agora, mas vou estar aqui. Com você.

— Como você pode dizer isso? — perguntou, com a voz abafada pelo corpo dele.

— Bem, em primeiro lugar — Alim deu um beijo nas tranças dela —, você me preenche com tanta luz que eu fico por um triz de explodir, então tem isso. Um sentimento que quero preservar.

— Conveniente. E o que vem depois?

As mãos dele estavam espalmadas em suas costas, e Feyi sentia o queixo dele descansando de leve em sua cabeça.

— Ah vá, você não descobriu até agora? — provocou ele.

Ela tentou olhar para cima.

— O quê?

Alim se afastou um pouco para vê-la melhor.

— Você é minha amiga — disse, como se fosse óbvio, e Feyi o olhou nos olhos, horrorizada por descobrir que não só acreditava nele, mas também sentia uma verdade muito maior em suas palavras do que em todas que Nasir tinha usado para dizer a mesma coisa, porque, enquanto ele estava tentando conquistar a amizade da gostosa que tinha conhecido no bar, Alim tinha se esgueirado para dentro de seu coração e encontrado a pessoa que ela tinha guardado por anos, a pessoa que ela pensou que nunca mais voltaria a ver depois da estrada e de todo aquele vidro.

Você está superando um desastre, pensou, mas com a voz de Jonah, e ficou irritada de novo com a ideia de que ele adoraria vê-la sendo essa pessoa com outro, particularmente com um outro tão gentil, alguém que conseguia enxergá-la em todas as suas pecinhas moídas e encantadoras. Ela ficou com os olhos cheios de lágrimas e abaixou a cabeça para enxugá-las.

— Você é um mala — reclamou, e nem sabia se estava falando com o cara à sua frente ou com o que a tinha abandonado cedo demais.

Feyi encostou o corpo ao de Alim, e os dois ficaram parados sob a luz da manhã, um novo dia se desenrolando diante deles.

— Sou. — Ele riu e deu outro beijo na cabeça dela. — Eu sei.

Capítulo Dezesseis

Feyi observava Alim bater os ovos e cortar um pouco de queijo — Boursin com pimenta, ele tinha dito — para fazer uma omelete. Ele tinha preparado para ela um suco de laranja vermelha, toranja e manjericão, que ela segurava nas mãos, o vermelho intenso lambendo as bordas do copo. A lembrança de Alim dançando com Rebecca naquela noite voltou à superfície de sua mente, e Feyi falou sem pensar:

— Você já transou com Rebecca?

Alim parou o que estava fazendo, olhando surpreso para ela.

— Como?

Feyi deu de ombros.

— É uma pergunta simples.

Ela não achou sem noção perguntar — Nasir tinha contado que Rebecca era caidinha pelo pai dele, e os dois tinham se esfregado na frente de todo mundo na festa.

Alim soltou o batedor e encostou o quadril no balcão, com uma expressão levemente divertida.

— Se tivesse transado, importaria?

Algo azedo ferveu no peito de Feyi. Então ele *tinha* transado com ela.

— Um dia você fica de agarração com ela, no dia seguinte me beija e depois pergunta se importa?

O azedume se acentuava no fundo de sua garganta. Como ele podia fazer piada com isso? Ele tinha dormido com Rebecca depois da festa, na cama dele? Foi nesses mesmos lençóis que ela dormiu?

Feyi se pôs de pé.

— Preciso de um minuto.

Alim contornou o balcão, secando as mãos no avental.

— Feyi. Meu bem. Nunca fiz nada com Rebecca. Eu teria contado.

Feyi o encarou, o azedume se confundindo com a incerteza.

— Então por que você não respondeu à pergunta e pronto?

— Estava fazendo graça. — Ele deu um sorriso torto. — Rebecca só dorme com mulheres, você sabe. Ela insiste em ser chamada de lésbica, não de *queer* ou outra coisa. Lorraine me diz que é ultrapassado, mas o que eu sei?

O queixo de Feyi caiu.

— Mas Nasir disse que ela tem uma queda por você!

Alim revirou os olhos.

— Nasir tem certa dificuldade em processar a afeição platônica. Quando muito, quem ela queria naquela noite era você, Feyi. Não eu.

— Mas o jeito que vocês dançaram... — Feyi sentiu que começava a se confundir.

— É *kompa* — disse Alim, como se aquilo explicasse tudo. — É bom dançar *kompa* com uma pessoa de confiança. Quando não é nada além de uma dança.

— Ah! — Feyi estremeceu. *Caramba!* — Acho que passei do ponto. Desculpa.

— Ok, estou aprendendo a não te provocar. — Alim pôs a cabeça para a frente e pousou a testa na dela. — Esse sentimento, eu conheço bem. Aconteceu tanto comigo e com Devon que perdi a conta. Não quero que você se sinta assim se eu puder evitar.

Feyi soltou o ar com a pressão da pele dele na dela.

— Obrigada — falou. O azedume foi sumindo, desvanecendo em seu corpo.

Alim abriu um sorriso para ela.

— Me beija — sussurrou. — Que saudade dos seus lábios.

A facilidade com que aquela frase saiu da boca dele fez o coração de Feyi acelerar de leve. Um dia antes, ela não conseguiria fazer isso, tocar o rosto dele e aproximar a boca dele da sua, sentir a força contida de seus lábios, de sua língua, ouvi-lo gemer baixinho enquanto apertava o corpo ao dele. Tanta coisa podia mudar em tão pouco tempo!

Alim interrompeu o beijo, quase sem fôlego.

— Tem certeza de que você quer essa omelete? — perguntou. — Porque eu posso lavar as mãos e fazer outras coisas com elas, se você preferir.

Feyi riu e o empurrou de leve até o balcão.

— Estou morrendo de fome.

Alim olhou o corpo dela de cima a baixo.

— Sim — respondeu. — É o que estou tentando te dizer; eu também. — Ele riu ao ver Feyi ficar um pimentão e deu uma trégua. — Tá bem, vou alimentar você primeiro.

Feyi se acomodou no cantinho do café, e ele voltou a cozinhar. Esse novo mundo no qual os dois mergulhavam tão depressa ainda era assustador, mas, por outro lado, não era a primeira vez que a vida de Feyi dava uma guinada em um piscar de olhos, então a incerteza era ao mesmo tempo familiar e desconfortável.

Em Nova York, ela tinha acabado de se adaptar a uma vida que podia chamar de sua. Anos se passaram até conseguir encontrar um ritmo que não incluísse os passos de Jonah se trançando aos seus, que não incluísse tropeçar no luto sempre que percebesse que ele tinha partido. O que aconteceria agora, se esse lance com Alim fosse real? Os dois tinham se preocupado tanto com ele e com os filhos dele que Feyi mal tinha pensado em como *sua* vida mudaria.

Eles namorariam a distância, separados por uma faixa de mar? Meu Deus, a mãe dela ficaria furiosa! Um homem mais velho e com filhos não era nada do que ela tinha sonhado para Feyi. E se Alim quisesse ter mais filhos? Feyi tinha presumido que não, mas eles nunca tinham conversado a respeito. Ela não tinha irmãos, então será que seus pais nunca seriam avós? Ela sabia que eles não viam a hora de que Feyi e Jonah adotassem uma criança, mesmo preferindo um filho biológico, e nunca mais tiveram a cara dura de trazer o assunto à tona depois que ele morreu. Mas a presença de Alim ressuscitaria certas conversas que Feyi desejava nunca mais ter. Caramba, nenhum deles tinha sequer dito se *queria* se casar de novo! Porra, imagina acabar virando *madrasta* de Nasir e Lorraine? Uma risadinha de desespero atravessou Feyi, que teve que tapar a boca para reprimi-la.

Alim olhou para ela.

— Tudo bem?

— Uhum. Que cheiro maravilhoso. — Ela que não ia falar dessas coisas com Alim. Ainda não. — Tenho que botar o papo em dia com Joy depois do café. Tem alguma coisa que você prefere que eu não conte?

Alim foi por trás dela, trazendo uma omelete cor de manteiga dobrada em um prato com um fio de molho laranja por cima. Dava para sentir o aroma de manga e pimenta *Scotch bonnet* do molho. Ele prendeu uma trança solta atrás da orelha dela enquanto colocava o prato à sua frente.

— Você pode falar o que quiser, benzinho.

Feyi jogou a cabeça para trás para olhar para ele.

— Certeza? Não quero, tipo, invadir a sua privacidade.

— Por favor. Entendo que vocês duas têm intimidade. Não se preocupe. — Ele voltou ao fogão para virar sua omelete em outra panela. — Se quiser, pode dizer a ela que tenho outras coisas grandes. Quer dizer, além da conta bancária.

Feyi se engasgou com o suco e pegou um guardanapo, gaguejando.

— O quê?!

Alim soltou uma risada travessa que pareceu anos mais nova do que ele.

— Pelo que ouvi de Joy, já tinha uma chance bastante alta de ela fazer essa pergunta.

Ele estava coberto de razão, mas ainda assim.

— Quando um cara fala que é bem dotado, dizem, geralmente é o contrário, você tá ligado, né? — Aquela imagem tomava toda sua mente! Feyi se pegou imaginando se conseguiria fechar a mão em volta dele, se seus dedos se tocariam. Ela afastou o pensamento, mesmo com os lampejos da noite anterior, no balcão da cozinha, a pressão do corpo dele no seu. — É bom você esperar e me deixar descobrir por conta própria!

— Essas são circunstâncias atenuantes, Feyi. Confie em mim, você já teria descoberto por conta própria se não fosse assim. — Ele olhou para trás com um sorrisão e mudou de assunto, ainda bem. — Tenho que resolver alguns pepinos hoje à tarde, mas vejo você à noite. Precisa de alguma coisa da cidade?

— Não, acho que estou tranquila. Vou falar com Joy, depois devo dar um pulo na piscina e aí começo a pensar na obra para Pooja.

— Sabe que ela vai adorar qualquer coisa que você fizer, né?

Por um instante sinistro, Alim falou igualzinho a Nasir, e Feyi teve que conter a pontada de culpa que a dominou. Nasir não estava ali. Nasir podia esperar. Porém, ela não olhava o celular havia horas e teria que continuar trocando mensagens com ele como se estivesse tudo normal. Isso contava como mentira? Ela se forçou a esvaziar a cabeça quando Alim trouxe os pratos dele para a mesa e se juntou a ela, sorrindo como se a vida dos dois não estivesse em curto-circuito. Nesse momento, olhando nos olhos dele, ficava fácil acreditar que tudo daria certo.

A conversa com Joy foi difícil, por falta de descrição melhor. Uma coisa era manter tudo entre ela e Alim; outra bem diferente era dizer em voz alta o que tinha acontecido. Parecia que Feyi estava com vários parafusos a menos. Ela nem conseguia fazer piada com a situação.

— Ainda não falei com Nasir, mas, claro, é o que vai rolar. — Feyi deu uma olhada para a tela do celular, preparando-se psicologicamente.

Joy apertava a boca com as duas mãos, os olhos arregalados de espanto.

— Você tá falando sério agora? Tipo, você tá tirando com a minha cara. Você só pode estar tirando com a minha cara.

Feyi olhou feio para ela, sentindo um cansaço.

— *Parece* que eu estou de zoeira?

— Puta merda, cara, você *tem* que estar de zoeira, porque não é possível me dizer que você e o pai de Nasir estão planejando fugir rumo ao pôr do sol montados num cavalo. Isso depois do quê? Vinte e quatro horas?

— Sei que parece ridículo...

— Nem é o que estou dizendo. Só estou tentando entender. Você tá aí há umas duas semanas; pensei que fosse só uma paixonite. Quando foi que todo o resto aconteceu?

— Não... não sei como explicar, Joy. A gente andou conversando, só isso. Sobre coisas sérias. Acho que aconteceu em algum ponto daí.

Joy passou a mão pelo rosto, puxando a pele para baixo.

— Mas você tá bem? Tipo, é coisa demais, amor. Como você vai contar a Nasir? *O que* vai dizer a ele?

— Não faço a mínima ideia.

As duas garotas se encararam pela tela por um instante, e Joy se aproximou.

— Você sabe que pode voltar pra casa a qualquer momento, né? Tipo, foda-se, pega um avião e chega aqui em poucas horas. Deixa eles se resolverem sem ficar no meio. Não acho que aquela mulher Pooja ia se importar se você remarcasse a obra comissionada, não se tá disposta a investir tanta grana nisso. — Seus olhos se encheram de preocupação. — Você pode voltar, Feyi. Se Alim estiver falando sério, ele vem atrás de você. Não precisa ficar aí vendo tudo desmoronar.

Era tentador, e Joy estava certa. Feyi podia cair fora e no mesmo dia chegar ao prédio de tijolinhos. Não tinha que ficar por Nasir nem por Alim, não tinha que ficar e pronto. Parecia tão fácil quando Joy falava daquela forma — só questão de admitir a derrota e voltar ao mundo que conhecia. Mas, ainda assim, como Joy também tinha dito, só haviam se passado 24 horas.

— Deixa eu pensar melhor — respondeu. — Pelo menos, sei que o que sinto por Alim é real, saca?

Joy franziu a testa.

— E você pode dizer o mesmo sobre o que ele sente?

Aquilo nem tinha passado pela cabeça de Feyi.

— Acha que ele tá mentindo?

— Não estou dizendo isso. Só... — Joy suspirou. — Só não quero que você se machuque, Feyi. É o primeiro lance sério desde Jonah, mas parece que vem junto com um pacote de problemas. Tipo, um *monte* de tretas. Merda, eu só... queria uma coisa menos complicada pra você.

— Mas não era você que ficava me falando pra dar uma chance pra coisas novas e sérias?

— Mana, eu também fui bem clara quando falei pra não se meter com o pai de Nasir, desde o primeiro dia; nem vem com essa pra cima de mim.

— Me poupa. Mas é Alim Blake. — Feyi abriu um sorriso para a melhor amiga.

Joy fez cara de brava.

— Não posso com você.

— O Alim Blake.

— O que é, você quer biscoito por pegar um mano com duas estrelas Michelin?

— Na verdade, quero. *Gostaria* de um biscoito, porra! Quais eram as chances, caramba?

Joy fez cara feia por alguns segundos, mas logo desistiu, cedendo ao riso.

— Mano, você é uma doida do cacete. Nem acredito que estou apoiando uma coisa dessas. O cara é rico, tem uma mansão, é famoso e *ainda por cima* está prestes a detonar a família toda por uma buceta que ainda nem comeu? Puta merda! — Ela pegou um isqueiro e acendeu o baseado que estava enrolando enquanto conversavam. — Eu amo você, mas me passa a pipoca, porque vai *dar merda*.

Feyi suspirou.

— Nem me fala.

Joy soprou uma nuvem de fumaça e observou Feyi através dela.

— É por isso que você quer ficar, talvez — sugeriu.

— Porque vai dar merda?

— É. O que Jonah falava mesmo, sobre as pessoas e as encrencas em que se metiam? E o seu lance de querer se sentir viva? O que é mais vivo do que isso?

Feyi refletiu por um instante.

— Lembra quando a gente leu as memórias de Grace Jones para o clube do livro?

— Lógico. Aquela merda foi transformadora.

— É mais como aquilo. Tipo, quando você olha pra trás depois de uma vida inteira, percebe que as coisas que antes te deixavam de cabelo em pé param de importar em uns, tipo, trinta anos. Acho que é por isso que estou nervosa, mas, ao mesmo tempo, acho que, no fim, tudo pode dar certo. Antes eu pensava que nunca ia sobreviver à perda de Jonah, mas aqui estamos, e, sim, acho que doida e viva é uma boa forma de descrever. — Ela balançou a cabeça e sorriu, mesmo sem achar graça. — Nada dessa merda importa mesmo, sabe?

Joy suspirou.

— Caramba, quando você lança todo esse papo existencial, não importa mesmo. Por que não transar com o ricaço e emputecer os filhos dele?

Feyi explodiu numa gargalhada, e Joy se juntou a ela. Por alguns minutos, tudo pareceu ser como sempre tinha sido, e foi como se, enquanto estivessem juntas, elas fossem ficar bem.

NA HORA EM QUE ALIM VOLTOU, Feyi tinha acabado de sair da piscina e de tomar banho. Ela estava sentada na beira da cama com a porta aberta, cortando as unhas do pé, quando ele bateu à porta e pôs a cabeça para dentro.

— Ei, linda — disse. — Que tal dar uma voltinha?

Feyi olhou para ele e sorriu.

— Adoraria. Desde que não seja pra subir a montanha e ver o pôr do sol ou alguma merda assim.

Alim riu, e a luz do fim da tarde cintilou em seus dentes.

— Não é longe. Tenho uma coisinha pra te mostrar.

Ele esticou a mão, como tinha feito na noite da festa, no corredor, mas dessa vez Feyi segurou a mão dele porque podia, porque ele não voltou atrás, porque não havia mais ninguém ali para ver ou impedir.

De mãos dadas e conduzidos por Alim, eles saíram da casa descendo um caminho que contornava o pomar de cítricos, passava por uma hortinha que Feyi nunca tinha visto antes e subia até uma casa pequena de madeira e vidro com portas francesas e hibiscos circundando as paredes.

Feyi olhou para Alim.

— O que é isso?

Ele subiu e escancarou as portas, dando um passo para o lado para deixar Feyi entrar.

— É um estúdio. O *seu* estúdio, se quiser.

Ela olhou de esguelha para ele e entrou na sala grande e iluminada, assimilando a mesa de trabalho, as prateleiras, o sofá-cama posicionado sob aves-do-paraíso que pendiam do alto. O ar fresco rodopiou ao seu redor, e Feyi afastou as tranças do rosto.

— Como assim meu estúdio?

Alim ergueu as mãos.

— Só se você quiser. Sei que as coisas estão absurdamente complicadas e que criar em meio ao caos deve ser difícil. Não a culparia se você ainda quisesse ir embora. — Ele deu alguns passos em direção a ela, e Feyi se perguntou quando é que ia parar de se abalar tanto com a visão daquele rosto. — Saiba que o que sinto por você não vai mudar, quer você fique ou vá. Mas, se decidir ficar, queria que tivesse um espaço só seu, onde pudesse fazer o seu trabalho.

Feyi girou devagar, absorvendo tudo.

— Você não construiu isso agora, né?

— Não. — Ele riu. — Já estava aqui antes. A gente só esvaziou e arrumou pra você.

— Espera, foi isso que você ficou fazendo o dia todo?

Alim encolheu os ombros.

— Queria que você se sentisse bem-vinda.

— Você transformou esse espaço em um estúdio em o quê? Uma tarde? Impressionante!

O sorriso dele se desfez de leve.

— Não é. Você ficaria espantada se soubesse como as coisas ficam mais simples quando se injeta dinheiro nelas. — Havia algo oculto naquela voz, mas Alim deixou para lá e virou um sorriso radiante para Feyi. — Mas você gostou?

Ela foi até ele e segurou o rosto dele entre as mãos.

— Alim, é perfeito. Que coisa mais querida!

Os olhos dele se encheram de alívio, e ele encostou o maxilar na palma da mão dela, encarando-a com doçura.

— Quero que você fique. — A voz dele era próxima, suave e íntima. — Também quero que escolha o que for melhor, mas, se você estava em dúvida da minha posição ou do que eu queria, é você. Aqui, comigo.

Feyi passou o polegar pela barba dele.

— Por quanto tempo? — provocou. — Ainda tenho uma vida em Nova York, sabe.

— Tá certo, retiro o que disse. Só quero você, onde você quiser estar.

Ele era tão bonito; não fazia sentido.

— E se eu quiser ficar aqui? Pelo menos por enquanto?

Alim passou os braços em volta dela.

— Tem certeza?

Feyi fez que sim com a cabeça e baixou as mãos para o peito dele, sentindo seu coração bater sob os ossos. O sol se punha lá fora, e o quarto ia ficando dourado.

— Obrigada por tudo — falou, olhando em volta.

Ele a puxou mais para perto, acomodando a cabeça dela sob o queixo, abraçando-a com força.

— Por você, Feyi? Qualquer coisa.

Bem que Feyi queria poder mostrar aquele momento a Joy, a forma como a luz os envolvia, a forma como seus corpos se encaixavam, a tranquilidade na voz de Alim. *O que ele sente é real*, diria a Joy, *você devia ter ouvido. Dá pra construir uma casa com a solidez da certeza na voz dele — uma casa que nunca cairia.* E Joy daria risada, mas seria verdade, Feyi sabia que seria verdade.

Capítulo Dezessete

No fim, ela acabou contando para Joy alguns dias depois, aninhada numa poltrona da biblioteca, mas Joy tinha outras dúvidas mais urgentes.

— A pergunta que não quer calar é: vocês já transaram?

— Já disse que eu ia esperar!

— Tá, tá, eu sei o que você *disse*, mas o cara forra o seu estômago com pratos Michelin, te arranja um estúdio do cacete... — Joy parou de falar do nada e se engasgou. — Meu Deus, mano, você tem um *sugar daddy*!

— Ele *não* é meu *sugar daddy*!

— É só que, se anda como um pato, fala como um pato, preciso saber se também trepa como um pato.

Feyi caiu na gargalhada.

— Isso nem faz sentido!

— Não precisa fazer sentido. Só precisa te deixar sem conseguir andar. — Joy abriu um sorriso para ela. — Mas, na real, vocês ficam abraçadinhos toda noite, mas nenhum pinto assanhado dá uma escapulida? O que tá rolando? Você não tá mais a fim?

Feyi puxou os joelhos para perto do peito.

-— Só não quero partir para os finalmentes ainda. Tem muita coisa no ar. Além de tudo, é legal ficar conversando e mais nada.

— Então vocês... falam de transar mas não transam?

— A gente fala de outras paradas! Sabe... família, arte, histórico médico...

— Uau, parece *incrível*.

— Faz parte quando você quer conhecer alguém, se for um lance sério. Ontem à noite ele estava me contando de quando fez vasectomia...

— Espera, ele fez vasectomia? — Joy estreitou os olhos. — Que safados, vocês dois!

— Quero muito saber como foi que você chegou a essa conclusão a partir de um histórico médico.

— Ah, tá achando que esqueci de você e Milan no banheiro? Uma vasectomia é tipo um passe livre para transar com o pinto desencapado. Vai passando, anda logo com isso!

Feyi ficou vermelha só de pensar em fazer aquilo com Alim, ver a expressão dele ao entrar nela.

— Não é nada disso.

Joy zombou.

— Que seja, cara. Depois me conta como foi essa safadeza.

— Cansei de você. O que tá pegando com a sua mina casada? Justina, né?

O rosto de Joy ficou encoberto.

— Ah, ela saiu do armário e contou pro marido. Não... deu certo.

— Ah, amor. Sinto muito. — Dava para ver Joy pegando toda sua dor e se preparando para escondê-la, como sempre, debaixo do tapete. — Vocês ainda se falam?

— Não, ela me bloqueou.

— O quê? Por quê?

Joy encolheu os ombros.

— Ela não explicou. Só deixou uma mensagem de voz chorosa dizendo que a conversa tinha ido de mal a pior. Quando tentei responder, assim que acordei, ela já tinha me bloqueado.

— Que droga, mano!

— É o que é. — Joy forçou um sorriso. — Vou superar.

Feyi mordeu a língua. Ela teve vontade de dizer a Joy que não tinha que ser assim, que ela não tinha que continuar escolhendo pessoas indisponíveis, mas não queria passar o sermão da montanha — Joy não precisava disso. Além de tudo, não que Feyi estivesse em condições de dar bronca em alguém quando o assunto eram escolhas românticas, não com toda a confusão em que tinha se metido. Joy podia ter dito milhares de coisas, coisas que Feyi repetia a si mesma todo dia, mas não disse. Ela tinha dado todo apoio, e o mínimo que Feyi podia fazer era retribuir.

— Estou aqui se você quiser conversar, amiga.

— Tudo bem. Ei, te contei que trombei com Milan na semana passada? Em um karaokê em Greenwich Village.

— Ah, caramba! Como ele tá?

— Pareceu ok. Fiquei me *mordendo* de vontade de perguntar o que ele achava de você com Nasir, porque ele disse que vocês tinham viajado juntos, mas não quis passar do ponto.

Feyi ouviu o leve clique de uma porta se abrindo na casa e virou a cabeça. Alim tinha saído para correr, mas geralmente demorava mais. Talvez tivesse abreviado a corrida.

— É, pode crer, foi melhor não perguntar — respondeu. A porta fez outro clique ao se fechar. — Espera, acho que Alim voltou da corrida.

— Já? Caramba, velhote!

— Pois é, né? Depois te ligo.

— Beleza, tranquilo. Amo você.

— Amo você.

Feyi desligou a chamada e jogou o celular no sofá que ficava embaixo da janela, baixando as pernas e saindo em direção ao corredor.

— Alim? — chamou, abrindo a porta da biblioteca. — Já de volta?

No momento em que saiu pela porta, Nasir virou no corredor.

Os dois pararam, e Feyi sentiu uma onda de terror passar pelo corpo.

— Nasir... o que você tá fazendo aqui?

Nasir tinha uma expressão calma e a voz controlada.

— Eu moro aqui, Feyi — disse, com toda serenidade. — Já esqueceu?

— Não, claro que não, é só que... Quando você voltou? Não vi o seu carro estacionado.

— Vim pela estrada dos fundos... O serviço terminou antes. — Ele inclinou a cabeça, os olhos fixos nela, como pérolas negras. — Não vai vir me cumprimentar, me dar um beijo?

Alarmes berravam na cabeça de Feyi. Havia alguma coisa errada, muito errada, na expressão dele e no modo como se dirigia a ela. Como se soubesse, mas não podia ser. Era impossível que ele soubesse.

— Tá tudo bem? — perguntou, dando um passo imperceptível para trás, para longe da estranheza que ele irradiava.

— Você parece assustada — falou Nasir. — Qual é o motivo? Eu nunca fiz nada para te magoar, fiz? Só fui um poço de paciência e tentei... Só Deus sabe como tentei te tratar da forma que você precisava. Certo?

Ele sabia. Ela não fazia ideia de como, mas ele *sabia*.

— Certo, Feyi? — Ele deu um passo em direção a ela, e Feyi recuou por instinto. Nasir congelou no lugar, um lampejo de mágoa cruzando seu rosto como uma tempestade, perturbando a máscara de tranquilidade que estava usando. — Uau, que bizarro!

— Desculpa, Nasir, eu... não estou entendendo o que está acontecendo...

— Você se afastando como se eu fosse o malvado aqui? Como se eu fosse fazer alguma coisa contra você?

— Nasir...

— Cadê o meu pai? — Dava para sentir o que ele expelia em ondas inflamadas agora. Era fúria. Fúria pura e cega. — Você estava chamando ele agorinha, não estava?

— Ele... ele foi correr.

— Hum. Então estamos a sós.

Feyi não se lembrava da última vez que tinha sentido tanto medo. Nasir parecia outra pessoa. Enquanto ela o olhava, ele apertava e relaxava a mão, fechando-a em um punho intermitente.

Meu Deus, Alim, por favor, volta logo, pensava.

— Nasir, me diz o que está havendo.

Ele endureceu o maxilar, o músculo pulando sob a pele escura.

— É verdade?

Feyi sentiu o frio da parede atrás de si, batendo a panturrilha em um vaso de planta.

— O que é verdade?

— Sabe do que mais? — A voz de Nasir ficou suave. — Deixa eu contar uma historinha.

O coração de Feyi continuou batendo forte no peito, sem se enganar com aquela nova máscara que Nasir colocava. Ela ficou olhando, e ele se encostou na parede oposta, cruzando os braços.

— Voltei antes, né? Aí pensei, por que não passar um ou dois dias na cidade, dar uns rolês com Lorraine e depois vir pra cá de surpresa? Estive pensando em você por dias, ansioso pra te ver de novo. Feyi, presa lá na montanha, me esperando voltar. — Ele riu, um som curto e vazio. — Então tá bom, estou lá na casa de Lorraine e o Sr. Phillip chega.

Nasir parou de falar.

— Conhece o Sr. Phillip? Que nada, duvido. Ok, então, Sr. Phillip é, tipo, um peso-pesado, um fodão da horticultura. Ele projetou os jardins do meu pai aqui, fez os enxertos nas árvores e toda essa merda. Lorraine queria saber quantas frutas dá para enxertar em uma árvore cítrica lá na casa da família e estava precisando de uma muda de toranja. Agora, sabe onde tem os melhores pés de toranja? Adivinha. — Ele estalou os dedos e apontou para fora. — Bem aqui, na montanha, no pomar do meu pai.

Feyi pôs as mãos na barriga, como se pudesse impedir que seu estômago despencasse vertiginosamente. Os olhos de Nasir eram uma lâmina cortante, prontos para picá-la em pedacinhos.

— Então Sr. Phillip dá um pulo aqui, ele não mora muito longe, e decide dar um alô para o meu pai. Sobe pelos fundos e aí que porra ele vê? O meu pai no jardim com uma moça. — Os lábios de Nasir se curvaram em um sorriso torto. — Foi o que Sr. Phillip disse quando contou para mim e para Lorraine. *O seu pai, lá fora, aos beijos com uma moça*. Ele achou engraçado, tá ligada? Que o meu pai tivesse uma amante secreta e que ele não soubesse. Ele nunca te viu antes. Não sabia que você estava na casa. Só queria saber quem era a "novinha" que o meu pai estava pegando. Eles são amigos há décadas.

Feyi não ousou tirar os olhos de Nasir, que a flechava contra a parede com aquelas palavras, como se prendesse uma borboleta num painel com alfinetes.

— Primeiro, pensei que fosse outra pessoa. Tipo, só podia ser. Era impossível. Então a gente perguntou como essa moça era. — Nasir balançou a cabeça, tentando controlar lágrimas furiosas. — E sabe o que ele disse, Feyi? Disse que ela era linda. Que tinha tranças douradas que brilhavam sob o sol. Que tinha aquele tipo de pele escura e profunda que sempre é perfeita, como uma deusa. Alim é um homem de sorte, ele falou, por encontrar uma coisinha sexy daquelas. — Nasir olhou Feyi de cima a baixo, e a pele dela se encolheu. — Não sei bem quais partes estão certas.

Feyi tentou dizer alguma coisa, mas as palavras murcharam em sua garganta, sob o olhar acusador dele. Não tinha nada a ser dito, ela percebeu. Ele não tinha vindo para perguntar se era verdade; ele já sabia. A visão dela se embaçou com lágrimas, que ela secou apressada.

— Ah, agora você chora. Que gracinha, Feyi. Que hilário, porra! — Nasir se ergueu e avançou, a palma da mão aberta na parede atrás da cabeça dela. — Que *porra* você achou que estava fazendo? Você vai lá e trepa com o meu pai pelas minhas costas? Justo com o meu *pai*, porra?

— Eu...

— Cala a boca. — O veneno na voz dele amputou suas palavras, e Feyi o encarou de olhos arregalados, vendo-o pôr de novo a máscara leve e simpática que não passava de uma farsa. — Sabe do que eu lembrei? De quando te vi pela primeira vez. Porque não foi no bar, sabia? Que nada, foi na festa no *rooftop*, quando você conheceu Milan. Você nem reparou em mim. Só sumiu de lá de cima com ele e eu nunca perguntei pra ele o que houve. Pensei que não fosse da minha conta. Mas agora não posso deixar de imaginar, Feyi, o que você *fez* com ele naquela primeira noite? Chupou ele no canto de um quarto? Foi o que você fez com o meu pai? Tipo, uma marca registrada que eu não tive a chance de experimentar porque fui o otário que falou pra ir com calma?

— Nasir...

— Não, nem pensar. Tira o meu nome dessa sua boca. — Ele abaixou a cabeça e falou diretamente no ouvido dela, a voz envenenada. — Você é um lixo, tá ouvindo? Queria nunca ter te conhecido. — Nasir bateu a mão na parede, e Feyi se esquivou, agachando e cobrindo a boca para conter os soluços. Ele recuou e olhou para ela com uma expressão fria. — Vai pegar as suas merdas e dá o fora da minha casa.

A cabeça de Feyi estava imersa em pânico cego. *Implore*, o medo dela falava. *Talvez ele volte atrás.*

— Nasir, para, por favor. Você tá me assustando.

Nasir rugiu para ela.

— Feyi, juro por Deus, se você não vazar, eu te boto pra fora com as minhas próprias mãos.

Feyi escorregou pela parede, afundando uma das mãos no vaso ao tentar se apoiar, os dedos mergulhando na terra úmida. Ela não conseguia se mexer, não conseguia parar de chorar, mesmo sabendo que assim o deixava mais irritado.

— Desculpa, Nasir. Não queria que nada disso tivesse acontecido.

Ele estalou a língua.

— Sabe do que mais. Foda-se essa merda.

Ele se virou e partiu em direção à escada.

Feyi se pôs de pé e correu atrás dele assim que percebeu que ele estava indo para seu quarto, agarrando a manga dele na escada.

— Nasir, espera!

Ele se desvencilhou e correu pelos degraus restantes, escancarando a porta do quarto. Feyi tentou puxá-lo, mas Nasir se virou para ela, com os dentes à mostra.

— Tira as mãos de mim — grunhiu.

Ela se retraiu e se afastou. Ele passou os olhos pelo quarto e abriu as portas do closet, pegando a mala dela.

— Nasir, por favor, não faz isso. Por favor, me escuta.

Ele arrancou as roupas dela dos cabides e as jogou na mala.

— Escutar o que, Feyi? — Os sapatos dela aterrissaram em cima das roupas. Ele varreu a mesinha de cabeceira com o braço, despejando frascos de perfume e brincos na mala e no chão. — Eu te tratei bem, viu? Eu sabia que você tinha a sua bagagem, sabia que você era toda cagada da cabeça, mas não liguei. Pensei que você fosse *especial.*

Ele parou de falar e entrou no banheiro, juntando todas as coisas dela que estavam na bancada e jogando-as em direção à mala. Feyi se engasgou e se desviou bem a tempo de um frasco quebrar, derramando óleo e espalhando caquinhos de vidro por todo o chão.

Vidro quebrado, uma estrada escura, o barulho dos estilhaços. Feyi saiu do feitiço e olhou para Nasir, de verdade.

— Que porra você tá fazendo? — gritou, o pânico se transformando em redemoinhos quentes de outra coisa.

— Pondo o lixo pra fora. — Ele fez um gesto indicando a mala. — Junta as suas merdas e vaza daqui.

— Não, vai se foder, Nasir. — Ela ainda chorava, mas era o seu *limite*. — Você não vai me forçar a isso.

— Vai se foder quem? *Eu?* — Ele deu um passo em direção a ela, e Feyi encarou-o com raiva.

— Não mereço essa merda — sibilou Feyi, a voz tensa.

Nasir colou o rosto ao de Feyi, sua respiração dando rasantes na pele dela.

— Você merece cada pedacinho dessa merda — sussurrou. — Não inverte a situação.

Uma porta bateu, e a voz de Alim ressoou no andar de baixo.

— Feyi? Nasir? É o seu carro lá fora?

O rosto de Nasir se contorceu.

— Olha só. O papai chegou.

Ele pegou a alça da mala de Feyi e começou a arrastá-la para fora do quarto.

Ela agarrou a outra alça e tentou puxar a mala das mãos dele, suas roupas se espalhando pelo chão.

— Para com isso agora, Nasir!

Nasir deu um puxão brusco na mala, arrancando-a das mãos de Feyi e arremessando-a no corredor, lançando mais roupas e sapatos pelos ares. Ele saiu do quarto para chutar a mala, e Feyi segurou seu braço.

— Eu falei pra parar!

Nasir girou e foi para cima dela tão rápido que Feyi tropeçou para trás e cambaleou de volta para o quarto, tentando fugir de sua ira.

— Você não tem que falar nada! — berrou ele. — Você trepou com o meu *pai*, Feyi! Pega as suas merdas e *fora*!

Você Fez a Morte de Tola com Sua Beleza **199**

O rosto dele estava bem perto do dela, perdigotos voando de sua boca, seus olhos em chamas, a pele molhada. Então, o braço de Alim passou pelo seu peito, puxando-o para trás. Nasir se debateu enquanto Alim o fazia sair do quarto.

— Não encosta em mim!

— Chega, Nasir. Espere lá fora.

— Eu não vou...

— Eu falei para *esperar lá fora*. — A voz de Alim era como um chicote, cortando o ar. Nasir ficou em silêncio, os olhos vermelhos e ressentidos. Alim foi até Feyi, tocando seu rosto com mãos suaves, olhando para ela. — Você está bem? — perguntou, com a voz macia. — Ele te machucou?

Feyi balançou a cabeça, a garganta em carne viva.

— Estou bem — respondeu.

Alim inspecionou rapidamente seus braços, mãos, pescoço.

— Estou bem, Alim.

Ele passou os olhos pelo quarto.

— Tem vidro.

— Eu sei. Um frasco quebrou.

Feyi se sentia precária, como se tivesse sido reduzida a um fiapo que qualquer sopro pudesse partir em milhares de pedaços afiados.

Ela sentia a preocupação de Alim a envolver em tentáculos de cuidado, protetores e reconfortantes, e teve vontade de chorar. A blusa dele estava molhada de suor, e ele tinha cheiro de grama e de sol, mas Nasir estava parado bem na entrada do quarto, vociferando em silêncio. Alim precisava parar de tocá-la. Ele ia deixar Nasir ainda mais enfurecido. Dava para ver os olhos dele lampejando, absorvendo cada toque do pai na pele de Feyi, a intimidade fácil. Dava para ver sua boca começando a se contorcer, e Feyi quis se afastar de Alim, mas ele estava secando as lágrimas de sua face, os polegares firmes em suas maçãs do rosto.

— Sinto tanto por isso, meu bem — falou. — Mesmo. Isso... — Ele olhou em volta, e seu rosto se inundou de raiva. — Isso nunca devia ter acontecido.

Feyi balançou a cabeça, segurando os pulsos dele para tirar suas mãos de perto.

— Não é culpa sua — sussurrou. — Mas, Alim, você precisa se afastar um pouco. Vai piorar as coisas. Ele tá olhando. Por favor.

Sua boca tremeu, e ele baixou as mãos.

— Me dá um minuto com ele — falou.

Feyi confirmou com a cabeça, e Alim se voltou para a porta, onde seu filho turbulento se detinha.

— Para baixo — ordenou.

Nasir olhou para ele, cheio de amargura pela traição.

— Você tá falando sério?

Alim pegou o cotovelo dele e o levou para a escada.

— Pra baixo. Agora.

Nasir puxou o cotovelo com raiva, mas obedeceu, as costas eretas de fúria. Alim foi atrás, e Feyi saiu do quarto, afundando no chão do corredor, as costas contra a parede, a mala toda desfeita ao seu lado. Seu quarto estava revirado, e a voz de Nasir não saía de sua cabeça, dizendo-a para dar o fora, cheia de um ódio mordaz. Uma dor aguda atravessou seu coração, a lembrança fresca se repetindo em sua mente. Feyi pôs as mãos no rosto e soluçou baixinho, seu corpo tremendo ao tentar abafar os sons. As vozes de Nasir e de Alim eram trazidas pelas paredes, fracas, mas nítidas.

— Você não pode se comportar desse jeito, Nasir. Não é aceitável. Nem agora nem nunca.

— Pai... — Por um instante, Nasir pareceu um menino, hesitante e inseguro. — Por quê? Por que você fez isso?

Alim se deteve.

— Eu sei, a gente vai conversar a respeito, prometo. Mas primeiro temos que falar sobre o que acabou de acontecer. Nunca, *nunca mesmo*, levante a voz nem trate alguém dessa forma. Cristo, Nasir, não eduquei você pra isso.

Nasir deu uma risada oca.

— É sério que você tá dando sermão sobre o jeito que eu falo com a garota que basicamente acabou de roubar de mim? Jura, pai?

— Nasir. As roupas dela estão no chão. Eu chego lá e tem cacos de vidro por toda parte, a garota está chorando, e você parece estar *por um fio* de cometer violência doméstica. É inaceitável. Não me importam os seus motivos, isso não se faz, você sabe muito bem. O que você teria feito se eu não tivesse chegado? Ia arrastá-la pelos cabelos?

— Não quero ela nessa casa, pai. Ela não pode ficar aqui. Não pode, porra!

— Olha a boca.

— Que se *foda*! Eu *trouxe* ela aqui! Eu a convidei para a minha casa e, assim que dou as costas, ela trepa com *você*? — A voz de Nasir ressoou pelos vidros da casa, deformada e feia. — Não, que se foda essa merda, pai, aqui ela não fica.

A voz de Alim esfriou como o gelo, como se um estranho falasse pela sua boca.

— Garoto, esta casa é *minha*.

Nasir ficou mudo de espanto, e a tensão se enrolou como uma raiz grossa pelo ar. Quando ele voltou a falar, sua voz era firme.

— Saquei. Eu vou, então.

— Nasir... — A voz de Alim foi interrompida pelo som da porta batendo.

Houve uma pausa antes de Feyi ouvir Alim subindo as escadas. Ela secou as lágrimas às pressas e ficou de joelhos para recolher suas coisas e enfiá-las na mala. Alim dobrou o corredor ao fim da escada e estalou a língua quando a viu.

— Feyi, deixa isso. — Ele se agachou ao lado dela, tentando erguê-la do chão pelos ombros. — Eu pego depois, agora deixa.

Feyi se desvencilhou dele.

— Não, tudo bem. São as minhas coisas. Eu posso guardar. — Suas mãos tremiam ao pegar uma camisa e dobrá-la sem coordenação. — São todas as minhas coisas; ele jogou todas as minhas coisas.

Ela se engasgou e perdeu a voz enquanto falava, e todos os pedacinhos de si mesma que lutava para manter unidos desde que Nasir tinha entrado na casa desintegraram. Ele tinha tratado Feyi da forma como a via, como lixo, como alguém que não importava de todas as piores maneiras. Eles eram amigos. Feyi se desmanchou em lágrimas quando a camisa caiu de suas mãos.

— Ele jogou todas as minhas coisas — falou entre soluços, e Alim a puxou para seus braços.

— Eu sei — murmurou no cabelo dela, com a voz grossa. — Sinto muito, meu bem. Sinto muito por não estar aqui.

Feyi agarrou a blusa dele, soluços roucos irrompendo de sua garganta, lágrimas e ranho se acumulando no peito dele. Alim a apertou junto ao seu corpo e a ninou, os dois no chão, os fragmentos da vida dela espalhados em volta deles.

Capítulo Dezoito

Alim insistiu que Feyi ficasse no quarto dele enquanto ele limpava a bagunça que Nasir tinha feito. Ela tentou dormir, torcendo para, assim, apagar tudo o que tinha acontecido, para conseguir tirar aqueles sentimentos que a vestiam como roupas e acordar com outros trajes. Os lençóis de Alim cheiravam à laranja doce, fresquinhos na pele, e os travesseiros envolviam sua cabeça como nuvens. Ela não pertencia àquele lugar. Era uma intrusa, e talvez Nasir tivesse razão, talvez Joy também tivesse razão — ela devia voltar para casa, isso sim. Não era para tudo ter desmoronado daquele jeito. Feyi fechou os olhos e cobriu a cabeça com o lençol, fechando-se em um casulo até o oxigênio acabar e ela precisar sair para respirar.

Alim acabava de voltar ao quarto, ainda com as roupas de corrida. Ele se sentou na cama e se debruçou sobre ela, o tronco numa curva graciosa, apoiando-se no cotovelo.

— Como você está se sentindo, benzinho?

Feyi quis sorrir para tranquilizá-lo, mas não conseguiu.

— Um pouco melhor — respondeu. — Não precisava ter limpado tudo, eu podia ter feito isso.

Alim fez carinho em sua bochecha, um gesto que já se tornava familiar e que fez seu coração ficar apertado com um misto de sentimentos. Era surreal que ele estivesse ali, bem ali, acariciando-a e olhando-a com aqueles olhos. O que ele enxergava e como podia ser tão diferente do que Nasir via? Então ela era essas duas pessoas, aquela de quem Alim estava gostando, a que Nasir agora odiava? A culpa era toda dela. Só de pensar, teve que lutar contra as lágrimas.

— Ei, ei. — Alim ergueu seu queixo quando ela baixou a cabeça, tentando esconder o rosto. — Fala comigo.

Feyi balançou a cabeça, afastando-se e abraçando os joelhos junto ao peito.

Alim hesitou.

— Você quer... ir pra casa?

Para seu espanto, havia um pingo de incerteza na voz de Alim. Ela o olhou através das lágrimas, mas a expressão dele mudava tão rápido de emoção em emoção que não dava para tirar nenhuma conclusão.

— Depois de hoje — continuou —, entendo se você mudar de ideia, se quiser ir embora. Ou se não quiser mais nada disso. Foi... irracional o que houve.

Um canto da boca de Feyi se curvou.

— Acho que muita gente ia discordar de você. Na real, acho que um monte de gente ia dizer bem feito.

— Feyi...

— Tem certeza de que você me *quer* aqui? — Ela falou baixo para que o medo escondido sob sua língua não transparecesse. — E preciso que você pense nisso, de verdade. Porque é sério, Alim. Não era pra Nasir descobrir tudo desse jeito. É literalmente o pior que podia ter acontecido, mas as coisas ainda vão desandar muito.

Ela explicou a ele que tinha sido o Sr. Phillip quem deu a notícia aos filhos.

As sobrancelhas de Alim se juntaram.

— Eu levo a sério desde o começo, Feyi. Já falamos a respeito.

— Só estou dando um toque.

Feyi não sabia por que estava sendo tão ríspida com ele. Ele não tinha feito nada além de botar fogo na própria vida por ela, sem nem um pedido sequer.

— Quero você aqui. Mas quero que você fique bem, acima de tudo, Feyi. Me diz do que você precisa.

— Não sou eu! — gritou Feyi e, do nada, voltou a chorar. — Foi você que ficou agindo como se não fosse nada demais, como se fosse uma boa ideia eu ficar aqui, e agora fica me empurrando goela abaixo essa opção de ir embora, tipo, pra quê? Pra ser escolha minha? É só me pedir pra ir. Tudo bem! Saquei.

Alim chegou mais perto dela na cama.

— Feyi, do que é que você está falando, por Deus?

Ela balançou a cabeça, secando as lágrimas do rosto.

— Tudo bem. Não precisa continuar fingindo.

— Não estou fingindo. Eu... — Ele a segurou pelos ombros, pedindo para ela olhar em seu rosto. — Estou *aqui*, Feyi. Estou aqui. Por que você está tentando me afastar?

— Por que você fica me perguntando se quero ir embora?

— Porque não sei se você vai querer ficar, se ainda se sente bem aqui. O meu filho foi... foi violento com você hoje. — O rosto de Alim se contorceu de dor e vergonha ao dizer aquelas palavras. — Eu não estava aqui para o impedir. Não consegui te proteger, meu bem, e nunca quero que você se sinta em perigo. Estou tentando perguntar como você está e, sim, pensei que houvesse a possibilidade de você querer ir embora.

— Você quer que eu vá?

— *Não.* — Alim passou a mão no cabelo, agitado. — Não quero. Quero você aqui, quero *você*. Quero dormir sentindo a sua pele na minha. Quero fazer tudo o que for possível para garantir que ninguém nunca mais te machuque. Quero acordar e ver o seu rosto iluminado pelo sol.

Mais uma vez, Feyi seria convencida pelas palavras dele, mas agora não ousaria encará-lo. Por que Alim ia querer alguém que trouxe tanto drama para a vida dele? Até que ponto Nasir tinha razão no que disse?

Alim sentou-se sobre os calcanhares, murchando um pouco.

— Mas já fui muito claro antes, e esse não o problema, né?

Feyi queria tanto olhar para ele, mas estava com muito medo da bomba que ela mesma tinha jogado.

— Você não acredita em mim — disse ele, e havia um toque de dor e surpresa em sua voz. — Você não acha que estou falando a verdade.

— Eu acho que você *pensa* que está falando a verdade — respondeu, com a voz diminuta, mas teimosa. — Tipo, talvez você se sinta assim agora. Mas quando perceber que o problema com Nasir ainda não se resolveu, porque não vai se resolver tão cedo, não sei se vai sentir o mesmo.

Alim suspirou.

— Eu nem... — Ele parou no meio da frase e se levantou da cama. — Não posso obrigar você acreditar em mim, Feyi. É você que tem que se decidir. — Ele olhou a hora e desgrudou a blusa da pele. — Preciso tomar um banho. Mas estou aqui e estou ouvindo.

Ele esperou um instante para ver se ela respondia e, como ela não respondeu, começou a ir em direção ao banheiro, tirando a camiseta pela cabeça. Feyi o observou por trás dos cílios, o movimento das escápulas sob a pele quando ele ergueu os braços, o vale de suas costas, as costelas, a pele que cobria tudo aquilo, marcada nas mãos e nos antebraços por uma vida dedicada à cozinha. Alim jogou a blusa em uma poltrona, e cada movimento era de uma elegância casual que impregnava em tudo, suas longas pernas caminhando, o balançar preguiçoso de seu braço, a forma como seu pescoço virava.

— Espera — disse ela, antes que ele entrasse no banheiro.

Alim parou e olhou para trás. Dava para ver que ele estava chateado, mas que controlava as emoções com rédeas curtas, como sempre fazia, como tinha feito havia pouco com Nasir. Ela se debruçou para a frente na cama e ficou olhando sem dizer uma palavra. Alim estava em pé, apoiando-se em uma perna, os braços soltos, observando-a enquanto ela o observava.

— Tira isso — falou, apontando com a cabeça para o shorts esportivo.

Alim enganchou o polegar no elástico da cintura e se deteve. Feyi o encarava sem expressão, o ar que os rodeava preenchido ao mesmo tempo de certezas e incertezas. Ele baixou o shorts, sua coluna se curvando para a frente para tirar uma perna por vez, depois jogou a peça para o lado, ficando nu diante dela. Feyi o examinou do outro lado do quarto, os ossos marcados do quadril, a pele macia na ponta de seu pênis não circuncidado, os pelos aparados logo acima, a espiral pequena de seu umbigo. Alim a olhava com curiosidade, sem dizer nada.

Feyi saiu da cama e foi até ele, com a camiseta que ele havia emprestado descendo até o meio das coxas. Alim a contemplou, as tranças cacheadas caindo pelos ombros, o semblante neutro enquanto ela traçava com o dedo o seu esterno, uma costela, passando por baixo do braço até chegar à coluna, andando em volta dele. Ele soltou um suspiro entrecortado quando ela parou atrás dele e o abraçou, pondo as mãos em seu peito e apertando o corpo ao dele, a bochecha amassada entre suas escápulas.

— O que você vai fazer quando se cansar de mim? — perguntou Feyi, a voz se esparramando na pele dele. Alim pôs as mãos sobre as dela.

— Você é tudo pra mim, Feyi. Eu podia passar o resto da vida te descobrindo e nunca me cansar. — Ele deu uma risada curta. — Eu é que devia perguntar como você consegue gostar de um velho.

— Não seja ridículo. Você sabe o quanto é excepcional.

— Ah, meu bem. — Ele balançou a cabeça e apertou as mãos dela. — Às vezes eu fico contando as décadas que posso ter com você, se tiver sorte.

— Não fala assim.

Ela deu um beijo na coluna dele, sentindo o sal do suor seco sobre sua pele. Não era para eles estarem discutindo planos ou falando do resto de suas vidas. Era para esperarem e deixarem para depois, mas talvez agora fosse depois, já que Nasir sabia, já que o segredo deles tinha sido escancarado e exposto.

— Não, mas é verdade — rebateu. — Penso em quantos anos ainda vão te restar quando eu partir, penso que parece inevitável a sensação de que vou te abandonar. — Ele se virou para poder encará-la. — E eu sou egoísta, tão egoísta que, mesmo assim, não consigo me convencer a não tentar te dar o melhor de cada ano que ainda tenho.

Feyi olhou para cima, encarando-o.

— Nada de planos — lembrou, só para cessar aquele fluxo de palavras que ele despejava, para não sentir a emoção que elas provocavam. — Já é quase impossível.

— Você acha mesmo? — perguntou, franzindo de leve a testa.

— Não — admitiu. — Mas literalmente todo mundo vai achar.

Alim deu de ombros. Ele estava ainda mais relaxado sem roupa do que quando estava vestido.

— Só me importo com o que você acha.

— Eu acho... — Feyi segurou a língua e respirou fundo, ainda abraçada a ele. Nada disso tinha importância, tirando as partes que tinham. — Quero estar com você. Quanto a isso, não resta dúvida, mesmo morrendo de medo que você mude de ideia e não queira mais ficar comigo. Parece... a coisa certa. É como viver em outro mundo, um mundo à parte, paralelo ao mundo dos outros, mas parece a coisa certa.

Alim concordou com um movimento de cabeça.

— É nosso. E não é porque só nós dois estamos aqui que não seja real. Você é real, eu também, os nossos sentimentos também. Não vou fugir, Feyi, mas você tem tanto medo, que quem acaba fugindo, ou tentando, é *você*.

Ela fez uma careta.

— Eu sei. Desculpa.

Ele deu um beijo em sua bochecha e saiu do abraço.

— Vou tomar uma ducha; fique à vontade para vir comigo. Ou para assistir.

— Acho que vou aceitar — respondeu. — Mas só a parte de assistir.

Alim balançou a cabeça.

— Pequena voyeur.

Ele pegou uma toalha e deu uma leve batidinha em Feyi, que o seguiu até o banheiro, rindo.

JONAH.

Eles a levam para um lugar seguro, e alguém grita que o carro está prestes a explodir. Ela está tentando recuperar a voz, arrancá-la do fundo da garganta ferida, mas está demorando muito. Ela está lutando contra as pessoas que tentam ajudá-la. Não é ela que precisa de ajuda — é ele. Ele ainda está lá, e eles vão voltar para buscá-lo, mas ela sabe por que a ajudaram primeiro, ela viu quando aferiram a pulsação dele e balançaram a cabeça em uma negativa, mas tinham que tirá-lo dali, tinham que tentar. Eles deram um passo à frente, e o ar estourou quando o carro se transformou em uma flor laranja. Ela está gritando, sua voz voltou, ela está gritando o nome dele.

Jonah. Jonah. Jonah.

Feyi se debatia na cama, o nome dele destroçado em sua boca, o carro ainda em chamas diante dela.

Alim acordou ao seu lado e se sentou.

— Feyi?

Ela virou a cabeça em direção à voz, os olhos arregalados sem nada ver.

— Você está sonhando, Feyi. Acorde.

Feyi olhou para ele, recuperando o foco, mas logo se engasgou com uma onda de ar e dobrou o corpo para a frente, a dor partindo-a ao meio.

— Meu Deus! — Ela segurou a barriga com os braços. — Meu Deus!

Doía como se tivesse acabado de acontecer, como se os anos que a separavam daquele dia tivessem se reduzido a pó. Isso era normal, a antiga terapeuta de Feyi tinha explicado, mas ainda a pegava de surpresa e era um golpe duro, e o garoto que ela tinha amado por tanto tempo não existia mais, com seus péssimos trocadilhos e olhos amendoados, com pomada no cabelo e as sobrancelhas grossas.

— Posso te dar um abraço? — perguntou Alim, e Feyi conseguiu assentir com a cabeça em meio aos soluços.

Alim pisou nos travesseiros e se sentou atrás dela, puxando as costas de Feyi junto ao seu peito, passando os braços em volta das costelas dela e pousando o queixo em seu ombro.

— Respire junto comigo — disse, e Feyi entrou no ritmo de suas inspirações e expirações.

Ela se recostou no corpo dele, aninhando-se na curva que fazia em volta do seu, como se fosse um escudo, uma escora. Quando o peito dela voltou a se aquietar, Alim não a soltou. Ele começou a contar histórias de Marisol, dos pesadelos que tinha nos primeiros anos, com afogamentos, sem afogamentos, salvando-a e depois descobrindo que não. Ele contou que os anos amorteceram algumas coisas e intensificaram outras. Que sua memória o traía, que o salvava. Quando chegou ao fim da história, Feyi falou de Jonah. De seu último olhar enquanto o carro rodava descontrolado na pista, como se soubesse o que ia acontecer, da forma como tentou pegar a mão dela antes de a batida roubar a consciência de ambos.

Feyi e Alim ficaram sentados ali por um bom tempo, trocando lembranças de seus amores perdidos, até que a escuridão da noite se dissipou e se perdeu na luz da manhã.

Capítulo Dezenove

Feyi foi para a cidade para almoçar com Pooja Chatterjee e decidir os detalhes do comissionamento. Alim a deixou no centro, no restaurante que Pooja tinha escolhido, não muito longe do museu.

— Não deixe de pedir o robalo — disse ele. — Lyle é um dos melhores chefes de frutos do mar que conheço.

Feyi se inclinou na janela para dar um beijo de despedida.

— Vou pedir. Mando mensagem quando terminar?

— Está bem. Vou dar um pulo na casa de Phillip para dar um oi.

— Caramba! — Ela se endireitou na calçada. — Vocês se falaram depois…?

— Sim, sim. Ele me ligou quando percebeu o que aconteceu. Não parava de pedir desculpas. — Alim deu uma risada seca e balançou a cabeça. — Agora ele não sabe com que cara vai olhar para Nasir.

— Bom, pois é. É muito constrangedor.

— Vai ficar tudo bem. Estou levando um belo rum de Antigua pra ele. — Alim pôs os óculos de sol e abriu um sorriso para ela. — Até mais tarde, meu bem.

Feyi ficou acenando enquanto ele ia embora e depois entrou no restaurante. Era impossível não localizar Pooja — ela estava flertando ruidosamente com todas as funcionárias, que se agrupavam em volta de sua mesa, mas parou assim que avistou Feyi.

— Bem, senhoritas, sinto muito por abreviar o nosso momento, mas a minha adorável companhia chegou.

Feyi ergueu a sobrancelha enquanto Pooja se levantava para cumprimentá-la com beijos sem encostar em seu rosto.

— O que o seu marido ia achar disso?

— Ele provavelmente ia ficar com ciúme por não ter sido convidado — disse Pooja, displicente, voltando a se sentar e fazendo um gesto para um garçom servir vinho a Feyi. — Mas, por outro lado, Sanjeet só se interessa pela arte quando pode vê-la. Acho que ele não tem muita fé nas minhas encomendas de novos artistas para a minha coleção.

— Que pena! — Feyi se sentou e abriu o guardanapo no colo.

— Que nada! Assim volta e meia eu tenho a chance de provar que ele estava errado ao botar dúvida! — Pooja se inclinou e fingiu que sussurrava. — Prefiro pensar que ele curte, pra ser sincera. Ele gosta quando eu refresco a memória dele e lembro que sou muito mais inteligente.

Feyi riu e aceitou o cardápio que o garçom a entregava.

— Alim recomendou o robalo — disse, enquanto passava os olhos pelos pratos. — O que você sugere?

— Ah, quem sou eu pra discordar de Alim Blake? — Pooja pôs o cardápio dela na mesa e deu um gole no vinho. — Isso é informação privilegiada que eu aceito de bom grado.

Elas ficaram jogando conversa fora enquanto aguardavam os pedidos, experimentando o pão fresquinho do restaurante combinado com azeite de oliva apimentado e vinagre balsâmico envelhecido. Foi só quando já estavam na metade do robalo que Pooja tocou no assunto do comissionamento.

— Logística administrativa me mata de tédio, mas o meu contador mandou avisar que a primeira metade do pagamento deve cair na sua conta logo mais. — Os olhos dela brilharam, afiados.

— Dei uma pesquisada nas suas outras obras — comentou. — Você manda muito bem.

— Obrigada. — Feyi pousou o garfo ao lado do prato. — Posso ser direta com você, Sra. Chatterjee?

Pooja pareceu encantada com a ideia.

— Sim, claro!

— Você passou por poucas e boas para garantir esse comissionamento, e eu fiquei pensando: por quê? O que chamou a sua atenção no meu trabalho? Eu só... tenho a impressão de que você não vai querer investir numa obra só para a coleção.

— Ah! — Pooja limpou os lábios delicadamente com o guardanapo e suspirou, baixando-o ao colo. Quando ergueu os olhos, Feyi ficou surpresa ao ver uma luz sombria; uma imagem que parecia bastante dissonante da mulher efervescente e animada que Pooja tinha se mostrado até então. Pooja ficou em silêncio por um tempo, escolhendo as palavras, e então endireitou os ombros e sorriu para Feyi. — Eu e Sanjeet tivemos uma filha. Keya. A gente morava em Trinidad e Tobago na época. Ela era muito novinha quando morreu de leucemia e... Ainda sinto os contornos do buraco que se abriu no meu coração, com as suas bordas afiadas. A gente jogou as cinzas em Tobago.

— Sinto muitíssimo — disse Feyi, sabendo na mesma hora que as palavras eram inúteis. — Não fazia ideia.

Pooja dispensou os pêsames acenando com a mão cheia de joias.

— Não tem necessidade — respondeu. — Quando vi o seu trabalho, pesquisei sobre você antes de Rebecca nos apresentar e percebi que você *entendia*, Senhorita Adekola. Você entendia aquela... loucura. A loucura que nunca te abandona, mesmo que a gente aprenda a esconder de todo mundo. Quero um pedaço disso, na forma que você quiser dar. Acredito nisso, talvez mais do que acredite em um monte de outras coisas neste mundo.

Feyi assentiu devagar com a cabeça. Loucura era a palavra perfeita.

— Ok. Você tem alguma preferência de tamanho?

Pooja encolheu os ombros cobertos de seda.

— Nada muito pequeno. Gosto que as coisas ocupem espaço. — Ela abriu um sorriso estonteante para Feyi, o olhar sombrio se dissolvendo na luz. — Por acaso, dou o meu melhor para seguir esse princípio.

Feyi olhou em volta, notando que metade do restaurante continuava a lançar olhares de adoração a Pooja.

— Acho que você arrasa nisso, Sra. Chatterjee.

A risada de Pooja foi como um sininho de cristal ressoando por todo o ambiente. Ela cortou um pedaço de seu robalo e agitou a faca para Feyi.

— Mais alguma pergunta?

— Hum, sim. Trabalho bastante com sangue, que é um pigmento que desbota. É um problema?

— De forma alguma. — Pooja pediu mais vinho com um gesto, e três pessoas se puseram em ação. — Adorei o que você disse no seu papo de artista com Yagazie Emezi sobre a deterioração e a efemeridade do trabalho. Acho que assim a obra não fica... estática. Tem que ser muito controlador para encarar um processo natural como uma deturpação da obra, não acha?

— Acho que as pessoas desejam a permanência — respondeu Feyi. Não era essa a conversa que esperava ter com Pooja, mas estava sendo uma surpresa deliciosa. — Um registro que dure.

— Bem, sabemos muito bem o quanto esse desejo pode ser fútil, não?

Pooja deu risada, uma sombra cortante se esgueirando sob suas palavras, e, por um instante, Feyi ficou pensando genuinamente no tipo de homem que Sanjeet Chatterjee tinha que ser para amar uma mulher tão brilhante, furiosa e viva.

Pooja se aproximou, seu cabelo escuro balançando num ângulo reto em seu maxilar. Havia uma escuridão em seus olhos que descia às profundezas, e Feyi não entendia como não tinha visto aquilo antes.

— Me dê um registro da loucura que *apodrece*, Senhorita Adekola. Não me importaria nem um pouquinho.

O garçom apareceu com o vinho delas, e Pooja voltou a encostar na cadeira, sorrindo enquanto terminava os últimos pedaços de seu robalo. Feyi pegou o garfo e começou a pensar no que podia fazer para essa mulher que tinha uma filhinha morta semeando loucura no oco de seu coração.

Depois do almoço, Feyi decidiu dar uma passada numa livraria que ficava na esquina, pensando em sentar e escrever um pouco sobre os rumos que gostaria de tomar no comissionamento de Pooja. Ela tinha acabado de avistar a loja no fim do quarteirão quando seu celular tocou.

— Denlis! — atendeu. — Tudo certo? Estou na cidade.

A voz do segurança ecoou pelos fones de ouvido.

— Que bom, porque eu ia falar pra tu vir pra cá. É o seu namorado.

Feyi demorou um minuto para entender.

— Nasir? O que ele tá cheirando aí?

Ela ouviu Denlis explicar o que estava acontecendo e depois assentiu com a cabeça, ainda que ele não pudesse vê-la, a raiva endurecendo a sua nuca.

— Estou chegando aí — respondeu, dando meia-volta.

O museu ficava a poucas quadras dali. Ela ligou para Alim enquanto andava e teve que se controlar para manter um tom de voz normal quando ele atendeu.

— Tenho que ver uma coisa na exposição — disse imediatamente. — Você me espera na livraria depois que sair daí?

— Claro. Está tudo bem, Feyi? Posso buscar você no museu.

— Não, não. — Ela se questionou por um instante se devia contar ou não. — É Nasir — acabou falando. Talvez ele soubesse. — O segurança me ligou. Parece que ele baixou lá e está dando um show.

— O *quê*? — A tensão de um fio desencapado percorreu a voz de Alim. — Estou indo aí, Feyi.

— Não, deixa comigo.

— Feyi...

— É no *meu* trabalho que ele tá cagando. — A raiva queimava sua pele. — Isso é entre mim e Nasir, Alim. Deixa comigo.

Alim respirou fundo, e ela percebeu que ele estava se controlando para não se envolver, mas não estava a fim de esperar que ele a ouvisse.

— *Não* vem pra cá — mandou. — Aviso por mensagem quando eu for pra livraria.

Ela desligou e subiu correndo as escadas do museu, virando à esquerda no saguão e entrando no corredor que levava à sala de Denlis. Ele abriu a porta assim que ela bateu, deixando-a entrar enquanto balançava a cabeça.

— Eita, ele tá puto da vida.

Nasir estava sentado em uma cadeira de metal do outro lado da sala, as mãos segurando a cabeça e os cotovelos apoiados nos joelhos. Feyi olhou para ele e depois para Denlis.

— Ele fez alguma coisa na obra?

— Não, acho que peguei ele antes.

— Eu não ia encostar um dedo na sua obra — interrompeu Nasir, sem olhar para ela. — O programa dizia que estavam fazendo demonstrações com os artistas. Só queria ver se você estava aqui para não ter que subir a porra da montanha.

Denlis pôs a mão no bolso e franziu a testa.

— Tu mora lá em cima? Por que é que não pode ir lá?

Nasir tossiu, soltando uma risada feia.

— O meu pai mora lá, eu não — respondeu, lançando um olhar ameaçador para Feyi. — Pergunta pra ela.

Feyi se voltou para Denlis e colocou a mão no braço dele.

— Obrigada por me ligar. Você me dá um minuto com ele?

— Hum. — Denlis olhou para Nasir com cara de dúvida. — Deixa a porta aberta e me dá um toque se precisar, tá ouvindo?

— Pode deixar. — Ela sorriu para mostrar confiança até ele sair da sala, então puxou uma cadeira e se sentou diante de Nasir, inclinando o corpo para a frente. — Que *porra* você pensa que tá fazendo?

Ele a encarou, de olhos vermelhos. Feyi pegou o queixo dele e ergueu sua cabeça para ver melhor o rosto sob a luz fraca do escritório.

— Você tá bêbado, porra?

Nasir se desvencilhou com brutalidade.

— Quem me *dera* estar bêbado. Talvez facilitasse as coisas. Eu devia tentar encher a cara.

— O que você tá fazendo aqui, Nasir?

— Já falei! Queria ver se você estava aqui, pra gente, sabe, *conversar*. — Ele cuspiu a última palavra e sorriu de um jeito doentio. — E, olha só,

Denlis foi tão legal que te chamou por mim. Como você chegou aqui tão rápido?

— Já estava na cidade.

— Ah, deixa só eu adivinhar. O meu pai é seu motorista agora. Deve ser legal ter um Blake à disposição toda hora pra te ajudar com as suas merdas. Quando não dá certo com um, dane-se, é só partir para o próximo. — Ele deu uma risada amarga. — Pelo menos você não teve tempo de chegar até Lorraine.

— Ela não faz o meu tipo — disparou Feyi. — Denlis falou que você estava dando um escândalo na galeria. Bem na frente da minha obra.

Nasir fez um aceno com a mão.

— Pode ser que eu tenha dito algumas coisas, mas, olha, não foi nenhuma mentira. Você fica com todo esse lance de se cavoucar para papar o dinheiro dessas pessoas, mas não quer que elas saibam quem você é de verdade? Caramba, eu te ajudei a conseguir essa mostra, então pensei em dar mais uma mãozinha.

Feyi fechou as mãos em punhos, afundando as unhas na pele. Ela queria quebrar aquela cara, arrancar aquele sorrisinho desdenhoso da fuça dele, fazer ele engolir cada merda que dizia até apodrecer na garganta dele. A raiva fazia seu sangue ferver. Era surpreendente que ele ainda estivesse ali, inteiro, não em chamas, reduzido a pedacinhos carbonizados. Denlis contou que Nasir ficou gritando o nome dela, perguntando para as pessoas onde ela estava se escondendo, dizendo que não tinha que fugir dele. Ele tinha entrado em sua obra, empurrando as alianças com violência, como se ela estivesse refugiada num canto dos espelhos, tentando evitá-lo. Denlis reconheceu Nasir do carro, então agiu rápido e o tirou dali, mas não a tempo de o impedir de gritar para algumas pessoas que elas não ficariam tão impressionadas se soubessem o que ele sabia sobre a artista. Feyi não conseguia nem olhar para ele sem sentir a fúria despertar de seus ossos, onde sempre esteve, adormecida, onde passou anos em banho-maria, desde aquela estrada escura e do vidro quebrado e da absoluta afronta da ausência de Jonah de seu próprio corpo. E agora Nasir tinha o completo desplante de se sentar diante dela com um olhar desafiador, como se tivesse punido Feyi, como se tivesse feito alguma coisa.

O que ele não era capaz de entender é que Feyi tinha levado anos para se tornar a garota com quem ele tinha gritado na casa do pai dele, alguém que ele podia intimidar porque ela tinha escolhido ser afável, tinha escolhido se importar, tinha deixado seu coração se desfazer das escamas negras e carcomidas que o envolveram depois do acidente. Homens como Nasir não viam as outras partes, a bifurcação na estrada, a coisa que ela era antes de decidir voltar a viver. Ele não a respeitava, pensava que ela não tinha poder algum porque ela tinha chorado sob o ataque de suas palavras, então se sentiu mais corajoso, mais seguro, para *foder* com o trabalho dela. A ira se alastrou como um incêndio, e Feyi se deixou tomar por ela, queimar a garota amável, forjar a viúva que botaria fogo no mundo todo com prazer. Uma parte do olhar de desafio de Nasir desapareceu depois que ele viu o aço se formar sob a pele dela, o ferro líquido se acumular em seus olhos.

Feyi investiu com a mão e tomou o rosto dele, puxando-o para perto, os dedos afundando na carne de suas bochechas e apertando seus dentes até doer. Nasir ficou paralisado de espanto. Ela se inclinou para a frente e respirou na pele dele, pregando-o no lugar com o olhar.

— Escuta bem, porque só vou falar uma vez, Nasir. *Nunca* mais na porra da sua vida tente foder com o meu trabalho ou com a minha carreira. Estou cagando para os seus sentimentos. Não dou a mínima se eu chupar o pau de Alim na sua frente e na frente de Lorraine ou se eu transar com ele na frente de todos os seus amigos. Nada, *nada* mesmo, te dá o direito de vir até a minha mostra e armar essa merda.

Nasir tentou libertar o rosto, mas Feyi o apertou com mais força.

— Ah, nunca falei mais sério na minha vida, mano. Não dou a mínima para nada além do meu trabalho. Encosta um dedo nele, só tenta, pra você ver se não acabo com a sua raça e faço você esquecer que um dia teve a vida boa. — Ela soltou o rosto dele, empurrando-o para trás com violência e voltando a se encostar na cadeira. — Tá pensando que é o único que sabe tocar um puteiro?

Nasir esfregou a cara, olhou para ela e abriu a boca para falar, mas foi interrompido por Feyi antes de começar.

— E você ainda se pergunta por que eu não quis ficar com você? Aparecendo do nada pra tentar cagar no meu *trabalho*, porra? A minha *aliança* está naquela instalação, Nasir. E sabe o que tem nela?

Uma sombra de vergonha passou pelo rosto de Nasir, que desviou o olhar para o lado.

— Não, você deve ter lido a descrição da obra quando estava por aí, agindo como um idiota do caralho, então me diz o que tem nela. Vai em frente.

Nasir a olhou por baixo dos cílios, ainda de cabeça baixa.

— Feyi...

— *Sangue*, Nasir. Meu e de Jonah. E você quer entrar lá e estragar uma coisa dessas? Tá tirando com a minha cara? — A ira tinha atingido seus pulmões agora, queimando o ar, inflando-a com o calor. — Você sabe como foi quando tirei aquilo do meio dos nossos pertences? É claro que não. Você não faz *nenhuma* ideia do que é trocar alianças com alguém, olhar nos olhos da pessoa que promete te amar para sempre, depois usar aquela aliança todos os dias das suas vidas juntos, até você ter que pescá--la de um saco plástico cheio de coisas ensanguentadas!

No fundo, Feyi percebeu que estaria chorando ao falar sobre aquilo, ao se lembrar daquilo, se ainda fosse a garota afável. Mas não era mais, então seus olhos continuaram secos e quentes, fulminando Nasir, que se mexia na cadeira, desconfortável.

— É sobre *isso* que é a porra do meu trabalho. — Feyi se levantou, porque não conseguia mais ficar no mesmo ambiente que ele. — Pensa nisso na próxima vez que tentar foder comigo.

— Desculpa. — Nasir olhou para cima com o maxilar tenso, como se falar aquelas palavras doesse, mas arrancando-as da boca mesmo assim. — Você tem razão, e eu peço desculpas. Não devia ter vindo aqui; não vai acontecer de novo.

Feyi o encarou e assentiu com a cabeça uma vez.

— Ok.

— Mas não vai achando que por isso a gente tá de boa, porque não, nem fodendo — rebateu, com os olhos cheios de ressentimento.

Feyi torceu o canto da boca para baixo.

— Não — concordou. — Nem fodendo.

Ela deu as costas e deixou Nasir na sala, batendo a porta ao sair.

Capítulo Vinte

Quando o jipe preto de Lorraine surgiu subindo pela entrada, Feyi fazia torrada no cantinho do café. Ela ouviu o barulho do cascalho esmagado sob os pneus e foi olhar pela janela, xingando baixinho quando viu quem era. Lorraine nunca mais tinha ido até a casa desde que a notícia estourou — ela não tinha ido naquele dia horrível com Nasir, não atendia as ligações de Alim, nada. Se estava ali, coisa boa não era. Feyi baixou o prato e saiu do cômodo sobressaltada.

— Alim! — chamou.

Ele já estava descendo a escadaria curva, abotoando a camisa, com a cara fechada e ansioso.

— Vi o carro dela — respondeu assim que deu de cara com Feyi nos degraus. — Você pode...

— Vou subir — falou rapidamente. — Não se preocupe.

Alim soltou um suspiro, parando perto dela ao fechar o último botão.

— Desculpa. É só...

— Não precisa. — Feyi deu um beijo em sua bochecha. — É melhor eu ficar fora do caminho.

Ele prendeu uma trança atrás da orelha dela e abriu um sorrisinho.

— Obrigado.

— Vai, vai.

Ela o apressou e subiu os degraus restantes de dois em dois, entrando no primeiro quarto, que ela ainda considerava seu, mesmo passando agora a maioria das noites na cama de Alim. Todas suas coisas ainda estavam ali, arrumadas novamente depois do chilique de Nasir. Feyi trancou a porta, uma pontada de tristeza tilintando junto com o clique da chave. Então as coisas se resumiam a isso agora? Ter tanto medo a ponto de fazer uma barricada no quarto de hóspedes? Ela achava mesmo que Lorraine ia atacá-la como Nasir?

Alim não permitiria.

Feyi tinha que acreditar que Alim não permitiria.

Ela destrancou a porta e se afastou, sentando-se na cama. Era meio vergonhoso se esconder assim; era como entrar num armário ou fugir para baixo da cama. Não é bem que ela quisesse estar presente para ouvir a conversa que podia rolar entre Lorraine e Alim, mas uma coisa era não se meter, outra era se esconder dessa forma, que, percebeu, tinha sido escolha *sua*. Alim não tinha pedido para ela ir se trancar no quarto e fingir que nem estava em casa; foi Feyi que foi correndo para seu canto.

— Para de agir como uma garotinha — disse, levantando-se à força e saindo do cômodo.

A casa estava silenciosa, tirando o som do vento, das árvores e dos pássaros. Feyi voltou para o topo da escada e ficou escutando por um tempo. Dava para ouvir um ruído bem difuso vindo da biblioteca. Ela sabia que devia ficar lá em cima, como tinha dito a Alim, mas também sabia que a conversa lá dentro era sobre ela. Com Nasir tinha sido sem rodeios — ele falou na cara o que pensava dela. Lorraine não faria isso, e Alim provavelmente não contaria o que a filha tinha dito de pior.

Feyi desceu os degraus tentando não fazer barulho, o corpo rente à parede, mal respirando. Havia um quadro enorme de Wangechi Mutu na parede ao lado da biblioteca, que ela tratou de não tocar conforme foi se aproximando da entrada. Eles não tinham fechado direito a porta, então as vozes atravessavam o vão, a de Alim baixa e paciente, a de Lorraine exaltada e aguda.

— Tu faz alguma ideia do que tá aprontando com Nasir? — dizia ela. — Me esquece, mas pensa nele pelo menos por um minuto, por Deus, cara! Quer dizer, se você conseguir parar de pensar *nela*.

— Lorraine, vocês são os meus filhos. Penso sempre em vocês.

Ela fez pouco caso.

— Como tu pode abrir a boca pra falar isso? Tu roubou a mina dele!

— Não roubei ninguém, Lorraine. Feyi e eu, nós... nos encontramos. Estou tentando explicar para o seu irmão, mas sei que é difícil...

— Explicar? O que tem pra explicar? Tu deixa uma tiete ficar na tua casa...

— Lorraine, isso é...

— Chega, pai, Nasir já me contou tudinho. No minuto que ela descobriu quem tu é, que tu é rico, famoso, que tá na TV. Dá um tempo, cara. Tu não vê que ela somou dois mais dois? Quando ela viu essa casa? Por favor. Tu não é tão burro, porra!

A voz de Alim se elevou.

— Olha a boca.

— Ou o quê? Vai me expulsar de casa que nem fez com Nasir? Não tenho medo de você. Estou cagando e andando pra essa tua voz grossa.

— Eu não expulsei Nasir de casa! — A voz de Alim se ergueu um pouco, e Feyi conseguiu ouvir a mágoa que as palavras carregavam. — Nunca pediria para nenhum de vocês sair.

Lorraine zombou.

— Pai, me poupa. Ele pede pra ela sair, e tu vem e diz que a casa é *sua*? Entre o seu filho e essa garota, tu escolhe *ela*? Caramba! Essa buceta deve ser de ouro, cara.

Dava para sentir a fúria de Alim do lado de fora do cômodo, de onde Feyi o ouviu inspirar com raiva. Houve um momento aterrador de silêncio até Lorraine voltar a falar, sua voz entregando o medo bem no fundo.

— Queria que tu visse como acabou de me olhar, pai. — Ela soltou uma risadinha curta e assustada que mais pareceu um choro. — Tu tá mesmo comendo na mão dela, *oui*?

— Lorraine. — A voz de Alim era áspera e crua. — Por favor. Não quero magoar vocês.

Ela deu outra risada, que dessa vez terminou em um soluço.

— Tarde demais, pai.

— Querida, por favor. Preciso que você tente me ouvir.

— Tu não pode falar nada, pai! Tu faz ideia do que todo mundo tá dizendo na cidade? Não vê que é uma situação humilhante pra gente? A nossa família toda, a gente é o escândalo da semana, porra! A sua namoradinha de quinta categoria, ela sabe o que isso quer dizer? Sabe como vai ser quando ela aparecer na seção de fofoca dos jornais? Ou vai que ela veio pra isso mesmo, qualquer tipo de fama, de atenção. E tu aqui dando o que ela quer. Tu estava *tão* sozinho assim pra cair nessa cilada?

Feyi conteve um soluço, cobrindo a boca com as mãos, o coração apertado ao ouvir as flechas que Lorraine disparava. Ela não percebia a própria crueldade? Não se ouvia?

A voz de Alim quase sumiu.

— Que bom que a sua mãe não está aqui para ouvir o que você está me dizendo.

— Não põe a minha mãe no meio disso. Não enquanto tu tá trepando com aquela lá.

— Você sempre fica tão brava quando está magoada, desde pequenininha. Meu ouriço-do-mar. Minha rosa cheia de espinhos. — Aquelas palavras tinham carinho, dor e amor, tudo junto e emaranhado. — Sei infinitamente mais sobre a minha solidão do que você jamais saberá e gosto de pensar que a sua mãe também.

— Tu pensa que ela ia gostar disso? De te ver dormindo com uma garota que podia ser tua filha, destruindo a família, partindo o coração de Nasir? É *isso* que tu pensa que a minha mãe ia querer?

Alim deu uma risada breve e seca, suspirando em seguida.

— A sua mãe ficaria furiosa, mas ela me conhecia, Lorraine. Ela sabia que eu podia ser impetuoso, precipitado e que podia acabar ferindo algumas coisas enquanto criava outras. Mas, meu amorzinho, não estou tentando estragar o que tenho com você e com o seu irmão. Sei que esgarcei, magoei, desgastei a nossa relação, mas estou aqui, lutando para mantê-la em pé, para nos manter juntos. Estou aqui para ter as conversas difíceis, estou aqui para aguentar todos os espinhos que você atirar em mim, sempre, até o fim. Nunca vou te amar nem um pouco a menos. Fico muito grato por você ter vindo aqui para conversar. Obrigado.

Feyi ouviu Lorraine fungar e respirar fundo.

— Por que tu não manda ela embora e pronto, pai? Por favor! A gente pode tentar consertar tudo, nós três, a gente consegue superar isso, te perdoar e deixar tudo pra trás. É o que eu quero, é o que Nasir quer. Por favor?

— Amorzinho... — A voz de Alim estava embargada. — Não posso. Sei que você está muito chateada comigo agora, mas não posso atender ultimatos. Sinto muito, mesmo.

— Por quê? Por que você não *para com isso*? — A voz de Lorraine estava alta e trêmula. — Por que ela vale tanto? Prefere perder os filhos?! Ela vale o escândalo, a fofoca, a desmoralização na frente de toda a merda da ilha? Tu sabe quanta gente te admira aqui? Eles não ligam quando os tabloides falam um monte de merda de você, não ligam pra como você se veste, pra sua imagem. Porque tu é Alim Blake, um campeão. E agora? Quer virar um velho que come a namorada do filho? Jura?

— A questão não é Feyi...

Lorraine o atropelou com as palavras, a voz frenética a raivosa.

— Nasir e eu, a gente tá dando o melhor pra consertar isso, e tu fica falando que também quer, mas se recusa a *fazer* qualquer coisa, a *mudar* qualquer coisa. Tu só quer que a gente engula essa bosta! — Ela fez uma pausa, e uma pontada de incredulidade tingiu sua voz. — Meu Deus! Tu não se arrepende... nem acha que fez nada errado.

Alim hesitou.

— Poxa, pai, sério? *Sério?*

Ele suspirou.

— Eu fiz uma escolha. Pode ter sido difícil e ter ofendido vocês, mas não é por isso que é *errada*. Pensei que eu tivesse te ensinado a essa altura.

Lorraine tirou sarro, o desprezo escorrendo de suas palavras.

— Tu pode usar todos os argumentos que quiser, mas continua sendo uma cagada. E a sua recusa em enxergar isso é loucura. Nem sei por que perco tempo falando com você.

Alim suspirou devagar, e por um instante eles ficaram em silêncio. Feyi engoliu em seco, mas não ousou se mexer até eles voltarem a falar, quando ela podia ir embora sem ser ouvida. Ela já tinha ficado por tempo demais, tinha ouvido demais.

— Queria que você conseguisse me enxergar — falou Alim, finalmente, com as palavras carregadas de pesar, uma pedra afundando na escuridão. — Estou tentando explicar a você e Nasir por que me escolhi nesse caso e que não significa que coloquei Feyi acima de vocês dois ou que não os escolho também. Nem sempre as coisas são tão preto no branco, nem tudo acontece na base de ultimato.

— Pai, a gente...

— Não. — A sua voz pesava. — Não, me deixe falar. Você já falou bastante, e eu te ouço. Ouço que você quer que eu termine com Feyi, que faça como você e o seu irmão querem, o que facilitaria as coisas para essa família. Eu te escuto. Entendo e sinto a sua dor, a dor que causei ao buscar um relacionamento como esse. Queria que as coisas tivessem sido diferentes, que eu a tivesse conhecido em outro lugar, que ela tivesse vindo para cá de alguma outra forma, mas não posso mudar as circunstâncias que a trouxeram para mim e, junto com ela, a possibilidade de a minha vida ir para uma direção que pensei que estivesse barrada. E em nome disso, da possibilidade? Você é tão jovem, amorzinho, a sua vida inteira é um mar de possibilidades. Você não imagina como é perder esse horizonte e o que a mera chance de o recuperar significa para mim.

— Pai... — A voz de Lorraine estava cheia de pena. — Nada disso é real, tu não vê? Se for pra fazer assim, arranja alguém de verdade, não uma tiete. Ela só quer ter um caso com um cara rico e famoso. Ela tá tentando se aproveitar de você. Eu e Nasir só estamos tentando te proteger.

Feyi não suportava mais ouvir. Ela começou a se afastar da porta, mas ainda escutava as vozes no corredor.

— Obrigado pela preocupação, amorzinho, mas deixa que eu me cuido, ok? Não é assim que quero que a nossa relação seja.

— Nem a gente, pai. Mas a gente não consegue fingir que isso é normal, não com ela aqui, enquanto tudo ainda tá rolando.

— Lorraine, aqui é a sua casa também. Isso não mudou.

— Não. Não parece mais a minha casa.

— Lorraine...

— Tenho que ir, pai. Liga pra gente quando tu decidir recuperar o juízo.

Feyi entrou rapidamente num dos cômodos e, na mesma hora, Lorraine surgiu da biblioteca, batendo os saltos no piso de mármore, o rabo de cavalo brilhante balançando de lá para cá em suas costas. Ela saiu da casa correndo e secando os olhos, e logo o motor do carro roncou, os pneus lançaram cascalho por toda parte e ela arrancou com o carro, descendo a montanha.

Feyi encostou a testa na porta, o coração aos pulos. Foi pior do que ela tinha imaginado, ainda pior do que a ira de Nasir, esse jeito frio de colocar as coisas, a forma como Lorraine tinha exposto para Alim o que pensava. Ou Feyi ou os filhos. Ou a família ou essa tentativa de relação que só sendo muito inocente para achar que daria certo. A ideia de Nasir decidindo que ela era uma tiete interesseira quebrou suas pernas. Ele a conhecia. Ele tinha dormido abraçado com ela, tinha beijado sua testa de manhã, preparado o café para ela. Aquele era o Nasir que ela conhecia, o homem paciente e doce, não o turbilhão de ódio que tinha irrompido em seu quarto, não o contador de lorotas, o revisionista que tinha a transformado em uma mentira. Esse era um estranho. E as coisas que Lorraine falou para Alim! Ele devia estar arrasado.

Feyi abriu a porta sem fazer barulho e foi para a biblioteca.

— Alim?

Ela entrou no cômodo, deixando a porta entreaberta. Ele estava em pé entre as portas francesas, de ombros curvados, observando o carro da filha se afastar e ser engolido pelo verde.

— Tá tudo bem?

Ela queria ir até ele e tocá-lo, segurar a mão dele, abraçá-lo, mas não sabia se seria bem-vinda.

— Desculpa se você ouviu alguma coisa — disse ele, ainda olhando pela porta. — Não sei se estávamos falando muito alto.

— Eu desci — confessou. — Ouvi uma parte.

— Hum.

Ele continuou olhando pelo vidro e, por um momento, Feyi sentiu vontade de desaparecer, pois parecia que ele nem tinha notado sua presença, nem se importava.

— Quer que eu saia? Tipo, precisa de um minuto sozinho?

Ela se odiou por demonstrar insegurança na voz, aquele leve tom de queixa contaminando as perguntas.

Alim olhou para ela e franziu a testa.

— Não, não quero que você saia. — Ele esticou a mão. — Vem cá.

Feyi caminhou até ele e encaixou a mão na dele, sentindo uma parte da tensão se dissolver assim que o tocou, assim que se aproximou dele de novo. Alim a puxou para um abraço, e Feyi encostou a bochecha no algodão frio da camisa branca dele. A cabeça dela se aninhou sob o queixo dele, e ela o apertou o máximo que pôde.

— Desculpa — sussurrou, sem saber direito por que estava se desculpando, se era pela dor que sentia embolada dentro dele.

— Não peça desculpa — respondeu ele, a voz se perdendo entre suas tranças. — Você é perfeita.

Lágrimas espetaram o fundo de seus olhos. Como ele podia dizer aquilo?

Feyi sentiu uma onda de culpa a tomar.

— Desculpa — repetiu. — É culpa minha. Não queria pôr uma barreira entre você e a sua filha. Já basta a situação com Nasir... — Ela soltou a mão dele e recuou um passo. — Talvez eu devesse ir embora, Alim, só por um tempinho. Até eles se acalmarem. Pode ser...

— Feyi. — A voz de Alim estava baixa e tensa, mas perfurou a neblina de sua preocupação e a fez olhar para ele. Ele tinha fechado os olhos. — Não faz isso.

Ela entrelaçou as mãos.

— O quê?

— Não inverte a situação. E não me leve a mal, falo por bem. — Ele passou a mão pelo rosto sem olhar direito para ela. — Se for para ir embora, vá porque você quer. Não faça parecer que está indo embora por mim. Já disse o que eu quero.

Feyi quis rebater, mas ele tinha sacado tudo, então ela ficou parada, sem ter o que dizer. Alim a encarou, e seus olhos eram janelas fechadas. Ele parecia tão cansado!

— Vou dar uma corridinha, ok?

Ele a beijou de leve na bochecha e saiu da sala.

Feyi olhou em volta e afundou numa poltrona, deixando o rosto cair nas mãos. Depois de uns minutos, pegou o celular e mandou uma mensagem para a terapeuta, perguntando se ela tinha horário para uma sessão no dia seguinte ou logo depois. Elas tinham combinado nos anos que sucederam a morte de Jonah que Feyi podia entrar em contato a qualquer momento se precisasse conversar, mesmo depois que o acompanhamento semanal chegasse ao fim. A terapia tinha ajudado Feyi a passar pelos anos tenebrosos até decidir pela vida, e ela sabia que era importante reconhecer antigas faces, o momento em que a ansiedade crescia e passava de um ruído ambiente, quando pulava no pescoço e, em vez de enxergar as pessoas amadas, você só conseguia enxergar um barulho ritmado, o medo, a voz que tomava tudo ao seu redor para confirmar que ninguém a queria, que você era o problema.

Ela não podia continuar esperando que Alim desse conta disso. Ele já tinha a própria carga, e isso era dela, era o monstro com que tinha que lutar e liquidar e esfolar e desidratar no sol, pendurando-o na parede como um lembrete de que ela era mais do que as coisas que as vozes em sua cabeça diziam.

Feyi ficou esperando o celular vibrar com os horários disponíveis da terapeuta e se recostou na poltrona, aliviada. Estava na hora de mudar algumas coisas.

A sessão seria apenas no dia seguinte, mas só o fato de a deixar marcada já dava um alívio. Feyi saiu no pátio e fez alguns alongamentos meditativos para pôr a cabeça no lugar sob o calor intenso, técnica que foi obrigada a aprender depois da estrada escura. No fundo, algumas ideias para a encomenda de Pooja ferviam em sua cabeça.

O que significava sobreviver? Loucura, sem dúvida. Culpa, mas não queria se entregar a ela. Já era bem difícil se livrar dela mesmo querendo; a culpa não precisava de nenhum incentivo. Feyi se sentia culpada até mesmo agora, tentando reconstituir a conversa que tinha acabado de ter com Alim antes de ele sair. A culpa sussurrava que ela era um fardo, uma criança que não conseguia controlar as emoções, que ele ia se cansar de ficar confirmando que a queria, se é que já não tinha se cansado, e que ia jogar a culpa nela pelo rompimento com os filhos se as coisas não entrassem nos eixos.

Feyi esticou os braços para cima e jogou o pescoço para trás, recebendo a luz do sol em cheio no rosto. A culpa era uma mentirosa — era preciso se lembrar. Era possível que Alim se cansasse de tranquilizá-la, mas também era tarefa de Feyi se tranquilizar. Era um trabalho que ela tinha que fazer com a terapeuta, o de se responsabilizar pelos próprios sentimentos. Ela era adulta, assim como Alim. Os dois viveriam com suas escolhas e seriam responsáveis por elas. Seria uma confusão, mas sobreviver também era uma confusão.

Enfim, loucura e confusão. Algo que ocupasse espaço. Algo que parecesse furiosamente vivo, porque sobreviver também podia ser uma coisa muito, muito raivosa. Feyi tinha visto um lampejo disso em Pooja durante aquele almoço, tinha sentido isso em si mesma quando confrontou Nasir no museu. Loucura e confusão, raiva e vida, mas uma raiva *específica*, um fogo alimentado pela dor. Dor lancinante, dilacerante, mas que não podia retornar àquele lugar sobre o qual ela e Alim tinham conversado, o lugar em que se podia ficar preso para sempre. Ninguém ficava vivo naquele lugar.

Feyi parou com os alongamentos e foi para a cozinha, porque sua têmpora esquerda latejava de leve. Ela estava desidratada e provavelmente também precisava se alimentar. Tinha uma jarra de água saborizada com pepino na geladeira. Feyi encheu um copo e ficou olhando para o conteúdo das outras prateleiras enquanto bebia. Queria preparar alguma coisa para quando Alim voltasse da corrida. Obviamente não seria tão delicioso quanto o que ele podia fazer por conta própria, mas era sempre ele que cozinhava, que reconfortava, que cuidava e, por mais que fosse facílimo se acostumar com aquilo, porque, meu Deus, era maravilhoso ter alguém cuidando de você daquele jeito, Feyi sabia que não era saudável deixar as coisas tão desequilibradas. Ele precisava saber que também estava em segurança com ela, não preso na armadilha da ansiedade dela, não invisibilizado pelo medo dela e todo o resto.

Feyi já sabia que não tinha nenhuma condição de cozinhar do zero algo requintado, mas podia muito bem dar uma incrementada numa receita simples. Ela pesquisou receitas de queijo quente no celular e botou para tocar as suas *playlists* favoritas no aleatório, deixando a música sacudir o ambiente enquanto começava a cozinhar. Aqueceu uma frigideira, adicionando manteiga e azeite, e picou grosseiramente tomilho e alecrim fresquinhos da horta, pondo as ervas na gordura, com sal e pimenta. Até aí, tudo tranquilo. A receita que ela tinha escolhido pedia cebola caramelizada, então ela picou uma cebola em cubinhos e os adicionou à panela, mexendo até começarem a amolecer e dourar. Então, acrescentou um pouco de açúcar mascavo. Parecia ilógico pôr açúcar numa receita salgada, mas, se Feyi aprendeu alguma coisa assistindo a milhares de temporadas de programas culinários foi que a bendita receita existe para ser seguida — nada de colocar tudo a perder com invenções. Ela passou a cebola para um prato. Alguns cubinhos pareciam crocantes até demais, mas Feyi supôs que o queimado serviria para dar sabor. Tecnicamente.

Mais manteiga e alecrim na frigideira e agora duas fatias de pão de centeio integral, e assim a verdade ia se revelando — é claro que Feyi já tinha cozinhado antes. Sua mãe teria ficado arrepiada ao ouvi-la dizer que não sabia, mas a vida era uma coisa complicada, e Jonah adorava cozinhar, então ele cuidava mais da cozinha, e assim, contando com a mãe e depois com ele, Feyi passou anos sem ter que cozinhar. Depois que Jonah morreu, ela não retomou a atividade. Para que aprender a diminuir quantidades, fazer porções para uma pessoa só? Para que cozinhar tudo de uma vez e congelar marmitas, como se valesse a pena acreditar tanto no futuro a ponto de planejar refeições?

Enquanto passava maionese no pão e esfregava as fatias na manteiga com alecrim que chiava na panela, o nó no peito de Feyi foi se soltando. Ela estava sozinha, sem mais ninguém, lembrando da paz furtiva de preparar alguma coisa no fogo, os sons do pão dourando, a cadência de ralar queijo *gruyère* e colocá-lo no pão, observando-o amolecer e derreter. Feyi finalizou com a cebola por cima do queijo e juntou as fatias num sanduíche, abaixando o fogo. Ela não tirava os olhos da frigideira para não deixar o pão queimar enquanto o queijo terminava de derreter e estava tão concentrada que nem ouviu Alim entrar na cozinha nem viu o sorriso que ele foi abrindo devagar ao notá-la ali.

— Pensei que você não cozinhasse.

Feyi olhou para ele, assustada, e ficou vermelha.

— Ah, não cozinho. — Ela riu. — Mas quis fazer uma coisinha pra você.

Alim encheu um copo d'água e se sentou no balcão, a blusa colada ao peito suado.

— Parece mais do que uma coisinha.

— É só um sanduíche. — Feyi virou o pão na frigideira e tentou não se sentir inibida pelo olhar dele. — Não é nada de mais. — Ela tirou o sanduíche quando todo o queijo derreteu e o empratou. — Como você prefere que eu corte o pão?

— Na diagonal é mais gostoso, você não acha?

— Fato.

Feyi cortou o sanduíche e empurrou o prato diante de Alim sem olhar direito para ele. De repente, tudo pareceu tão infantil, fazer um queijo quente só porque foi a única coisa em que conseguiu pensar, porque era o melhor que podia fazer. Feyi estava se virando para limpar tudo e eliminar qualquer evidência dessa ideia terrível quando Alim chegou mais perto e pegou o braço dela.

— Ei — disse, e Feyi foi obrigada a encará-lo.

A tensão estampada em seu rosto antes de ele sair tinha sumido, descarregada em algum momento da corrida.

— Obrigado.

— Você nem experimentou ainda.

— Você entendeu o que eu quis dizer.

Feyi suspirou e se encostou no balcão, de frente para ele.

— Só queria que você soubesse que me importo, Alim. Mesmo que às vezes seja péssima em demonstrar.

Alim pegou uma metade do sanduíche e deu uma mordida, e Feyi ficou olhando enquanto ele mastigava. Tudo bem se tivesse ficado uma porcaria, ela decidiu. Afinal de contas, era mais pelo gesto. Ainda assim, quando ele a encarou com prazer genuíno nos olhos, Feyi suspirou de alívio.

— Não tá um lixo?

— Está muito bom, Feyi. — Ele virou o sanduíche para examiná-lo. — Cebola caramelizada?

Feyi ficou radiante.

— Isso, achei essa receita na internet.

Alim balançou a cabeça e deu outra mordida.

— O que me impressiona é que esse tempo todo você escapou da cozinha. — Ele lançou um olhar para ela. — Você estava fingindo que não sabia picar cenoura naquele dia só pra me seduzir e ganhar a minha ajuda?

Ela bateu o pano de prato nele, dando risada e começando a limpar.

— Não! Só queria saber se a espessura estava boa. Ninguém pediu pra você vir com os braços em volta de mim. Você fez porque quis.

Alim caiu na risada.

— Verdade.

— Você tem um terapeuta? — perguntou enquanto limpava o fogão, para não ter que ver a reação dele.

Houve uma pausa surpresa antes da resposta, mas Alim não pareceu tão desconcertado com a pergunta.

— Tenho. A essa altura, só nos falamos algumas vezes por ano, mas já nos conhecemos faz um bom tempo. Por que a pergunta?

Feyi pôs o pano de prato no balcão e o contornou para se sentar ao lado de Alim.

— Marquei uma consulta com a minha e acho que você também devia falar com o seu. Tem... muita coisa rolando, e eu tenho Joy, mas não vejo você desabafando com ninguém. Tipo, cadê os seus amigos? Quem são as pessoas na sua rede de apoio?

Os olhos de Alim se enrugaram com um sorriso.

— Acho uma ideia fantástica. Obrigado por cuidar de mim.

Feyi pôs a mão no joelho dele.

— Imagina.

— Quanto às amizades, não sou tão solitário a ponto de não ter ninguém — provocou. — Diria que Phillip e Rebecca, mas não contei a ela ainda. Estou pensando na melhor forma de me expressar sem parecer que seduzi uma das suas artistas.

— E não foi o que você fez?

Alim terminou a última mordida do sanduíche.

— Não fui eu que lambi espuma de manga dos seus dedos, Feyi. — Ele sorriu com malícia enquanto a lembrança a inundava, depois ficou de pé e segurou o rosto dela entre as mãos. — Obrigado por tudo, por me despertar.

Feyi repousou o rosto na mão dele, na pele que exalava uma nota de alecrim.

— A gente vai ficar bem — disse ela. — De um jeito ou de outro. A gente vai resolver as coisas.

Alim pareceu inesperadamente vulnerável.

— Você acha mesmo?

Ela pensou em Jonah e Marisol e em covas vorazes e dores ensandecidas.

— Estamos vivos — lembrou a ele, deslizando as mãos por baixo da blusa dele e subindo pelas suas costas. — Temos tempo.

Capítulo Vinte e Um

Os dias que se seguiram foram se somando gota a gota ao fluxo estável de uma nova rotina. Alim acordava e saía para correr todo dia, enquanto Feyi dormia até mais tarde. Eles tomavam café da manhã juntos, depois ela ia para o estúdio e ele desaparecia na cozinha de experimentos. Feyi convidou Pooja para subir a montanha e entregou a ela retalhos macios de chifon.

— Você disse que queria um pedaço da loucura — falou Feyi. — Eu quero um pedaço da sua. Vamos fazer juntas.

Em pé no meio do estúdio, as duas gritaram juntas, rasgando o tecido com as mãos, ensopando-o de raiva e dor e todos os sentimentos horríveis que vinham junto com a sobrevivência. Pooja entrou de cabeça na hora, sem hesitar, como se só estivesse esperando um lugar para jogar tudo aquilo. Quando acabou, Pooja caiu de joelhos e chorou, segurando tiras de chifon branco junto ao rosto e as encharcando de lágrimas. Depois que ela foi embora, Feyi reuniu todos os fragmentos com delicadeza e os adicionou ao quadro, lágrimas e sangue e tinta vermelha, camadas e camadas daquilo. Quando ficava sozinha, ela se sentava com tiras de linho nos braços e mergulhava o máximo que conseguia naquele lugar escuro, com toda saudade de Jonah saindo em forma de sal, absorvida pelo linho, capturada pelo quadro. Pooja voltou duas vezes e, na segunda, trouxe um paninho de renda.

— Não consigo rasgar esse aqui — disse a Feyi —, mas era de Keya.

Suas mãos tremiam ao oferecê-lo a Feyi, que pegou o paninho como se ele fosse feito de cinzas, como se pudesse se desfazer com um sopro.

— Obrigada — respondeu, por falta de outras palavras.

Pooja assentiu com a cabeça e saiu sem dizer mais nada.

Quando Feyi foi jantar com Alim mais tarde, como faziam toda noite, ela contou sobre o pano de renda e os tecidos desfeitos e as camadas de ressentimento que estava pondo no quadro. Ele a olhava da mesma forma como tinha a olhado na mostra, com um quê de assombro rasgando seus olhos.

— Você gostaria de visitar o túmulo de Marisol um dia desses? — indagou, e a pergunta ficou pairando sobre a mesa, espessa e pesada.

Feyi não sabia ao certo por que o quadro tinha o levado a pensar naquilo.

— Adoraria. Se você tiver certeza.

Alim sorriu para ela com um ar melancólico.

— Sempre tenho certeza.

No dia seguinte, ele perguntou se podia dar um pulo no estúdio dela para deixar uma coisa.

— Se você preferir que ninguém veja o quadro até terminar, posso olhar para o outro lado — ofereceu, mas Feyi dispensou.

— Você pode ver o quadro a qualquer momento. Não ligo. Eu gosto de me mostrar pra você.

Havia um toque de algo novo no ar, como se os dois entendessem, sem ter que dizer nada, que, assim que o quadro fosse finalizado, Feyi deixaria a ilha.

Ela soube disso logo que o quadro começou a virar uma coisa tangível sob as suas mãos e, por mais que não tivesse falado nada a Alim, ele também parecia saber. Nenhum dos dois tocava no assunto, mas longos silêncios começaram a acompanhá-los, assentando na pele deles quando se abraçavam de noite; um fantasma que não estavam prontos para transformar em realidade. Nasir e Lorraine se recusavam totalmente a falar com Alim, e mesmo que ele contasse com o terapeuta para processar a situação, Feyi via seus olhos cada vez mais encovados. Ele precisava resolver a questão, e Feyi sabia que não podia estar na casa nesse momento. Eles teriam que dar tempo e espaço um ao outro, para que ele pudesse consertar o que estava quebrado com os filhos e sem Feyi, e para que ela pudesse ir para casa e ficar abraçadinha com Joy no sofá. Talvez esse fosse o único jeito de saber se tudo aquilo não tinha sido só um sonho.

Alim foi até o estúdio no fim da tarde, enquanto Feyi colocava uma das tiras de linho cheias de lágrimas no quadro. O paninho de Keya estava aberto sobre uma mesa, com uma pequena placa de vidro por cima.

— Me dá um minutinho — disse Feyi, e Alim se encostou no batente da porta, observando as mãos dela em ação. Quando o pedaço de linho ficou preso no lugar, ela deu um passo atrás para contemplar o quadro e depois se virou para ele. — Ei, bonitão.

Os olhos de Alim eram um pântano de desejo.

— Estou começando a entender por que você lambeu meus dedos na cozinha. É muito sexy ver você trabalhar.

Feyi deu risada e limpou as mãos num pano.

— O que você tinha pra mim? Fiquei imaginando o dia inteiro.

Alim tirou um pedaço pequeno de fio de cobre do bolso. Ele estava curvado em uma espiral grande e tinha um toque de pátina. Alim o segurava como se fosse feito de cristal, com todo o cuidado do mundo.

— Era de Marisol — explicou, e Feyi se endireitou enquanto ele passava o fio entre os dedos. — Ela costumava usá-lo nas tranças. Queria te oferecer para o quadro, mas não sabia se era apropriado, se era uma coisa entre você e Pooja.

Feyi descansou o quadril à beira da mesa.

— A obra é minha. Posso colocar o que quiser nela. — Ela fez um gesto, indicando o fio de cobre. — E adoraria ter uma relíquia do seu coração nela, Alim. Que generosidade sua oferecer!

Ele deu uma olhada para o quadro, depois para os quadrados de chifon ensopados de sangue que secavam em uma prateleira.

— Venha como vier? — perguntou ele.

Feyi franziu a testa, mas concordou com a cabeça.

— É claro. Venha como vier.

Alim encarou o fio de cobre com um ar pensativo e o espetou no meio do polegar, fazendo brotar uma gota inchada de sangue vermelho intenso. Feyi inspirou de emoção, mas não abriu a boca, só ficou olhando Alim cobrir o pedaço de cobre com sangue e entregar-lhe, com a expressão fechada. Feyi aceitou com cautela e o colocou com cuidado sobre o vidro que cobria o pano de renda de Keya, depois pegou o polegar de Alim e o levou à boca, dando um beijo na ínfima ferida, uma gota de ferro revestindo a ponta de sua língua. Alim respirou ruidosamente e passou o braço em volta de Feyi, puxando-a para perto.

— Senti saudade da sua boca — murmurou, deslizando o dedo pelos lábios dela e enganchando-o atrás de seus dentes inferiores, fazendo uma leve pressão.

Foi o suficiente para amolecer as pernas de Feyi com um desejo repentino e surdo, ampliado pelo vestígio de sangue em contato com sua boca. Ela sabia que Alim estava indo devagar porque ela havia dito que não estava pronta, mas, naquele momento, seu único desejo secreto era se sentar na beira da mesa, subir o vestido até a cintura e puxar a boca grande e escura dele para o meio de suas coxas. A imagem era tão clara e insistente que ela se afastou, e Alim baixou a mão, deixando sua boca penosamente sozinha.

— Desculpa — disse ele, e Feyi quis protestar, mas não confiava em si mesma para dizer nada sem falar demais.

Ela pegou a mão dele e a apertou com força. Alim era tão lindo de olhar que doía, não só de rosto ou de corpo, mas por inteiro, sua ternura implacável, a forma como deixava a dor o atravessar como uma corrente, a forma como não fugia dela nem tentava transformá-la em outra coisa. O gesto de oferecer um fio de cobre manchado de sangue como presente, um objeto consagrado, a dor encarnada.

— Vamos ver o sol nascer amanhã — sugeriu ela. — Lá do pico.

Alim ergueu a sobrancelha.

— Tem certeza?

Feyi fez cara de brava.

— O que, tá achando que eu não aguento andar um pouco?

— Um pouco... — Alim deu risada e balançou a cabeça. — Claro, meu bem.

Ele olhou de novo para o quadro, para o volume que preenchia na parede.

— Aliás, está incrível.

Feyi virou-se para olhar.

— É, acho que tá quase pronto. A conclusão parece próxima.

— Ah. — A voz de Alim não entregou nada, mas ainda havia uma massa de coisas não ditas turvando o ar que os rodeava. — Mal posso esperar para vê-lo terminado. Pooja vai adorar, tenho certeza.

— Espero que sim. Não é... bonito.

— Não precisa ser. Não acho que ela está interessada nisso.

— É, você tá certo.

Eles ficaram parados no estúdio, somente os dois e a opulência do quadro, até Feyi soltar a mão de Alim para começar a limpar. Ele a esperou na porta e, quando ela terminou, deu a mão para ele de novo, e subiram juntos para a casa.

A ESCURIDÃO COMEÇAVA A SE DESFAZER na insinuação da manhã quando Feyi e Alim começaram a trilha montanha acima no dia seguinte. Eles andaram em silêncio, concentrados em vencer o sol e chegar a tempo ao pico. Alim estendeu um cobertor na grama e desabou sobre ele.

— Não me lembro de quando foi a última vez que subi essa montanha tão rápido.

Feyi se sentou ao lado dele e lhe passou uma garrafa de água.

— Você vai sobreviver, meu velho.

Alim olhou feio para ela.

— Eu encararia uma briga com você agora se tivesse energia pra isso.

Ele deu uns goles de água sem levantar a cabeça e devolveu a garrafa a ela, fechando os olhos enquanto recuperava o fôlego. Feyi estava suando e respirando profundamente, enchendo o pulmão até o fundo e soltando o ar pela boca. Suas panturrilhas e seu peito queimavam, mas era bom estar lá no alto, acima de muitas coisas, assistindo a um passarinho dar cambalhotas no céu, as nuvens se colorindo lentamente. Seu vestido estava grudado nas costas, e os pés pareciam abafados dentro dos tênis. Ela se abaixou para desamarrar os cadarços, arrancando os calçados e tirando as meias.

— Hum, boa ideia.

Alim se sentou ao seu lado para fazer o mesmo, e Feyi aproveitou para pousar o queixo nos joelhos dele e observar seus dedos desfazendo os nós.

— Sempre quis ter mãos como as suas.

— Como as minhas?

Ele tirou os sapatos e as meias, estalando os pés no cobertor.

— É, mãos de pianista, sabe. Dedos longos. Unhas ovais. Todos esses tendões e essa textura. — Feyi mostrou a mão para comparar. — As minhas são tão sem graça!

Alim tomou a mão dela e mordeu a pontinha do dedo.

— Isso — disse, beijando os pulsos dela, — é a coisa mais — a parte de dentro de seu cotovelo — ridícula — e seu ombro — que eu já ouvi.

Feyi caiu na risada.

— Você é um doce.

As fantasias do dia anterior com a boca dele sobre ela não tinham aplacado. Elas se enfiaram em seus sonhos, cada vez mais lúcidas, e Feyi gozou dormindo, acordando molhada nos braços de Alim. Ele dormia como um anjo, e ela sentiu que estava escondendo um segredo maravilhosamente indecente.

— As suas mãos são cheias de textura — disse Alim, passando o dedo pela cicatriz na palma da mão dela.

— Ah, isso. — Feyi encolheu os ombros. — Isso não conta.

— É sua, quer conte ou não — ele falou de forma casual, passeando os dedos pela pele do antebraço dela, o olhar fixo no ângulo de seu cotovelo. Quando a olhou no rosto, Feyi ficou sem ar com aqueles olhos nublados. — Você é a coisa mais linda dessa montanha, sabia?

Alim a olhava como se ela fosse preciosa e delicada e mais valiosa do que tudo que ele pudesse juntar numa vida inteira. As pernas dele, cobertas por um moletom, eram longas, seus braços, asas escuras, a boca era uma fruta fresca. Cada toque de seus dedos dava um choque na pele de Feyi. O céu se estendia imenso acima deles, e, em meio ao orvalho e ao ar fresco, Feyi percebeu por que tinha sugerido a ida ao pico da montanha. Seu coração martelava no peito, rápido e constante, quando ela se inclinou para beijar Alim, pondo a mão em sua nuca, colando a boca decidida junto à dele. Ele hesitou por um segundo antes de retribuir o beijo, e Feyi sentiu o corpo encharcar àquele toque, a sensação se enroscando em seu ventre e descendo lá no fundo quando o calor escorregadio da língua dele entrou em sua boca.

Ela soltou um som suave e buscou no seu âmago cada grama de vida que tinha, endireitando o corpo e passando uma perna sobre Alim para ficar por cima dele, o vestido subindo pelas coxas e os joelhos afundando no cobertor macio.

Alim interrompeu o beijo e se afastou para ver o rosto dela.

— Feyi?

Não havia a menor chance de conversar sobre aquilo agora. Feyi começou a desabotoar o vestido, e um calafrio perverso percorreu sua espinha quando viu o desejo amedrontado inundando os olhos de Alim, que tentava descobrir qual era a dela.

— O que você tá fazendo? — perguntou, com a voz já embargada, as mãos em seus quadris. — Estamos ao ar livre.

Feyi deu risada.

— Ninguém vai vir aqui em cima.

Agora o vestido estava aberto até a cintura, e as argolas dos mamilos pressionavam o tecido transparente do sutiã preto que ela usava. Alim afundou os dedos nela e respirou com dificuldade.

— Meu bem, você tem que me dizer o que está rolando.

Feyi se aproximou para beijar o pescoço dele, as tranças se espalhando sobre os dois.

— O que você acha? — sussurrou no ouvido dele, ajeitando os quadris ao se acomodar em seu colo, soltando o peso sobre ele.

Dava para sentir Alim ficando duro sob o fino algodão de sua calcinha, o desejo fazendo sua calça de moletom inchar. Feyi disfarçou um sorriso e mordeu seu lóbulo, mas logo se engasgou quando ele segurou suas tranças com a mão e puxou bruscamente sua cabeça para trás, fazendo sua boca abrir.

— Feyi — gemeu —, não brinca comigo.

Ela ficou pensando se ele conseguia sentir o quanto estava molhada, imaginando se estava ensopando o moletom dele, encharcando o tecido, vazando até a pele dele. O rosto dela estava recortado contra o céu resplandecente, e um pássaro mergulhou no azul. Feyi continuou a abrir o vestido até o fim.

— Não estou brincando — respondeu, com a voz falhando. — Tenho certeza.

Alim soltou o cabelo dela.

— Tem certeza?

Ele parecia estar à beira de alguma coisa, prestes a quebrar ou desabar.

Feyi baixou a cabeça em direção a Alim, as tranças caindo em cascata em volta do rosto dele, e tomou seu queixo entre as mãos. Ela mal estava raciocinando; toda aquela proximidade era como sentir milhares de insanidades muito bem-vindas coladas à sua pele. O vento soprou em suas clavículas, e ela se sentiu perigosamente viva.

— Tenho certeza, Alim. — Ela encostou a testa na dele, unindo suas respirações. — Por favor... — sussurrou, e a palavra mal tinha saído de sua boca quando a língua de Alim entrou no lugar dela, suas mãos se multiplicando avidamente pelo corpo dela, seus dentes batendo nos dela com o beijo afoito.

Feyi se livrou do vestido, e Alim puxou uma alça de seu sutiã.

— Me diga se quiser que eu pare — falou, beijando seu pescoço, suas clavículas.

Era uma ideia ridícula.

— Não para — mandou, e ele abaixou a cabeça para pegar seu mamilo com a boca, o ouro raspando atrás de seus dentes.

Feyi ficou sem ar e agarrou a cabeça dele, afundando os dedos entre seus cachos. Alim pegou a bunda dela e puxou seu corpo para bem perto, para ela sentir que ele estava muito duro. O céu clareava em volta deles, e Feyi agora ouvia os passarinhos, uma corrente sonora em algum lugar por trás do sangue que latejava em seus ouvidos.

Alim foi subindo pelo seu pescoço com a boca, os dentes, a língua. Ela o empurrou para trás para ele tirar a camisa, e ele a arrancou por cima da cabeça e a jogou para o lado, parando para admirá-la, quase nua ao alvorecer, quase o cavalgando. Feyi ficou vermelha ao ver a fome e a adoração vibrando nos olhos dele.

— Era pra gente estar vendo o sol nascer — disse ela, passando as unhas de leve pelo peito dele, raspando-as nos mamilos, tentando parecer mais controlada do que estava.

Os olhos de Alim se fecharam, trêmulos, quando ele afundou os dedos nos quadris dela, sentindo o tranco de seu corpo contra o dele, igualmente desprotegido e faminto.

— Que se foda o sol. Me diga até onde você quer ir.

Feyi se abaixou e deslizou a mão por baixo do elástico da calça dele, encontrando algo duro, macio e com a ponta de orvalho. Ele tinha falado a verdade, ela percebeu com uma dose de humor. Joy adoraria ter a confirmação.

Alim soltou um suspiro e olhou para ela, procurando seus olhos enquanto ela o tirava para fora.

— Feyi. Tem certeza?

Ela fez que sim com a cabeça, sem desviar o olhar, e se ergueu um pouco para puxar a calcinha para o lado. A respiração de Alim era ruidosa e rápida, suas pupilas estavam dilatadas.

— Você fez vasectomia e eu fiz exames antes de vir para cá.

Feyi fez uma pausa, a milímetros de distância dele.

— E você?

A fome no rosto de Alim perdeu os contornos e ficou mais afiada, a voz dele fraquejou.

— Sim, meu bem.

Seus dedos ainda pressionavam os quadris de Feyi, mas ele deixou o controle nas mãos dela, que mergulhou nele, descendo com uma lentidão maravilhosamente torturante. Ela parou no meio do caminho, a respiração curta e entrecortada, porque queria prolongar esse momento, essa primeira vez.

— Puta merda! — Alim respirava com dificuldade, a boca colada ao ombro dela. — Você é tão apertadinha.

Feyi afundou o rosto no pescoço dele, naquela pele salgada.

— Me diga se quiser que eu pare — provocou, fazendo Alim soltar uma risada rouca.

— Não pare, eu imploro.

Ele beijou seu ombro e gemeu bem alto quando Feyi desceu até o fundo, encostando o corpo ao dele.

— Porra, meu bem!

Alim envolveu as mãos nas tranças dela e puxou seu rosto para baixo para contemplá-lo.

— Olhe para mim — pediu. — Olhe para mim, querida.

Feyi não tinha mais cabeça para nada. Ela sentiu que estava prestes a gozar, só de estar colada nele, sentindo o calor de sua carne dentro dela. Alim a beijou na boca, a levantou um pouco e a puxou para baixo, dando um impulso para cima e fazendo seus corpos colidirem com força. Feyi gozou na hora, gritando e tremendo sobre ele, e Alim a puxou para mais perto.

— Ah, isso, meu bem — cantarolou.

Então, ele saiu dela e a virou, deitando-a de costas, mas logo entrou de novo, com força e rapidez. Feyi perdeu o fôlego e soltou um gemido incoerente engasgado na garganta, sentindo o orgasmo reverberar dentro dela, ondas e ondas quebrando pelo seu corpo, suas tranças espalhadas sobre o cobertor, o céu douradinho e com todos os tons de concha do mar acima dela.

— Adoro ouvir você fazendo esse som — sussurrou Alim em seu ouvido, roçando os lábios em sua pele ao sair dela. — Faz de novo pra mim.

Ele voltou a entrar, e Feyi mordeu seu ombro para abafar os sons que emitia, abraçando a cintura dele com as pernas. Alim segurou seus pulsos acima da cabeça com uma mão, admirando-a enquanto ela se contorcia.

— Meu Deus, você fica tão linda assim!

Feyi tentou virar a cabeça para o lado, mas Alim deu um tapinha na sua coxa.

— Não, olhe pra mim. Sempre olhe pra mim. Quero ver você.

— Ah, porra, eu te odeio.

Feyi deu risada, endireitando a cabeça e corando. Alim encaixou a mão entre seus corpos, esfregando-a e observando seu queixo cair, os gemidinhos irromperem, suas costas arquearem.

— Não para — implorou.

Ele obedeceu, entrando e saindo dela, fazendo círculos com o polegar, sentindo os quadris famintos dela indo e vindo, sentindo os vergões que ela deixava no corpo dele com as unhas, encarando os olhos arregalados dela, se entregando e, ainda assim, ele não parou.

— Isso — gemeu Feyi, com a mão agarrando o cabelo dele. — Assim, bem assim, por favor, Alim.

E ele beijava o pescoço e os ombros dela, sacudindo-a até ela pôr os lábios no ouvido dele e sussurrar:

— Porra, vou gozar de novo.

— Vamos juntos — respondeu, os movimentos frenéticos, as pernas de Feyi se apertando em volta dele.

— Fica comigo — disse ela.

Alim agarrou o cobertor embaixo dela, o outro braço passando sob sua lombar, e gritou nas suas clavículas ao entrar o mais fundo que podia nela, espasmos agitando sua carne. O corpo de Feyi estremeceu em volta do dele, e então caíram exaustos, mas ele não saiu dela, e ela não se moveu. Ficaram deitados na clareira enquanto o amanhecer se desenrolava no céu, abraçando-se com força, como se tivessem acabado de atravessar um portal para outro mundo e ainda não estivessem prontos para ir embora.

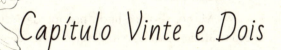

Capítulo Vinte e Dois

O quadro finalizado ficou glorioso. Feyi sempre gostou do próprio trabalho, mas esse era diferente, esse tinha um peso exato. Pooja insistiu para Feyi não se preocupar com o acondicionamento e o transporte, pois ela iria até lá e levaria seu pessoal para ajudar.

— Assim tenho uma desculpa para ver Alim — disse. — É impossível encontrar esse cara.

Pooja deu uma olhada para Feyi ao dizer isso, e Feyi soube que ela estava morrendo de vontade de perguntar sobre as fofocas. Porém, ela se limitou a sorrir com educação, sem falar nada, então Pooja encolheu os ombros, abriu um sorriso grande e deixou para lá. Ela buscaria o quadro na tarde do dia seguinte, e Feyi estava toda eufórica com a dose de endorfina que seu corpo sempre descarregava quando terminava uma obra.

Seu celular começou a tocar, e Feyi demorou para entender que era o nome de Milan que estava na tela. Por fim, atendeu a chamada com um alô vacilante.

— Ei, é Milan.

Ainda não fazia sentido.

— Você sabe que tá fazendo uma ligação internacional, né?

— Mulher, eu sei onde você tá.

A voz dele era exatamente a mesma, a ponto de irritar, e Feyi escondeu um sorriso.

— Só pra garantir. E aí?

— Beleza. Então, troquei uma ideia com Nasir, e ele me atualizou das merdas que estão rolando por aí.

Feyi suspirou.

— Mano, se você ligou pra me dar sermão, pode esquecer. Já ouvi merda suficiente dele, não preciso ouvir de você também.

— Não, não. Não liguei pra isso. Só queria dizer: faz o que tiver que fazer, Feyi.

— O quê?

— É sério. Faz o que tiver que fazer pra ser feliz. Esse mundo tá literalmente pegando fogo agora. Não sabia da morte do seu marido e tudo o mais, mas faz sentido. Dava pra sentir que tinha alguma coisa te machucando lá no fundo.

Feyi encaixou o celular no ombro e foi até a janela do estúdio, com os olhos fixos nas árvores.

— Eu não... esperava ouvir isso de você.

— Pois é, bom... Nasir é meu mano e tal, mas ele teve uma vida boa. Não entende das merdas que te rasgam por dentro, tá ligada? Ele não sabe como é.

Feyi ficou calada, sem saber o que dizer, o que perguntar. Defender Nasir ou lembrar a morte da mãe dele não parecia muito certo, principalmente se ele não tivesse contado a Milan, então ela não falou nada.

Milan continuou:

— Percebi você me olhando, sabe. Todas aquelas noites, quando você pensava que eu pensava que você estava dormindo. Senti você me olhando, mas você nunca me perguntou nada.

Ela limpou a garganta de nervosismo.

— Não, não perguntei. Foi uma atitude escrota?

— Não. Foi perfeito. Não queria conversar sobre as minhas merdas, e você não queria falar sobre as suas, mas sei lá. Acho que a gente reconheceu alguma coisa no outro mesmo assim, sabe?

Feyi escorregou de costas pela parede e passou um braço em volta dos joelhos.

— Você também tinha uma mágoa.

— É. Perdi uma das crianças da turma há um tempo. Essas merdas ficam na gente, ocupam um espação.

— É, sei como é. — Eles ficaram mudos, cada um em uma ponta da linha, até Feyi quebrar o silêncio. — Então você me ligou basicamente pra me dar a sua bênção, é isso?

Milan deu risada.

— Só queria garantir que você tá cuidando de si mesma. Nasir vai ficar bem. Ele tem os amigos dele e, claro, é difícil, mas não tem nada disso do pai dele ter roubado a namorada dele, saca?

Feyi tirou um sarro.

— Bom, é, sei muito bem que não é essa a versão da história que ele anda contando por aí.

— É, ele tá magoado. A gente sabe como é. Vai passar com o tempo. Só não joga a sua vida fora pra ele se sentir melhor, entende? Pode deixar que eu e os caras cuidamos dele. Você cuida de si mesma.

Feyi sentiu lágrimas nos olhos.

— Você tá sendo legal pra caramba.

— A gente é amigo, não é?

— Caramba, já sabia que você ia falar isso.

— Bom, é pra valer.

Ela fungou.

— Os caras estão fazendo a minha caveira, não é?

Milan soltou um assobio.

— Opa, nem queira ouvir. Eles são um bando de boca-suja, uns filhos da puta.

— Cacete!

— Não importa. Você caga e anda pra o que eles pensam de você, não é?

— É, pois é. — Feyi secou os olhos. — Como vão as coisas com a sua ex?

— Cara, ela botou a gente pra fazer terapia. A parada é sinistra.

Uma risada explodiu.

— Você? Falando dos seus sentimentos?

Milan também riu.

— Putz, a gente tem que crescer, tem que evoluir. Só assim pra construir uma vida melhor, saca? Pelo menos é o que ela me diz. Eu só... não quero perder essa mina de novo por uma besteira qualquer. A vida é curta demais pra isso, porra!

— É mesmo.

— É. A gente vai ficar bem. Tenho que ir lá com as crianças, mas me dá um toque se precisar conversar, beleza?

— Pode deixar. Obrigada, Milan.

— Que isso. Você merece ser feliz, Feyi. A gente se fala.

Feyi desligou e balançou a cabeça. Que doideira! Ela fechou o estúdio e começou a atravessar os jardins, rumo ao pomar de cítricos. Alim tinha uma coleção de pés de limão-caviar que estavam começando a frutificar, e Feyi queria conseguir experimentar um antes de voltar para Nova York. Ela ainda não tinha falado sobre o assunto com Alim, mas era óbvio que ele também sentia que o tempo ali estava chegando ao fim, que a vida tinha que seguir, continuar. Ela não sabia se ele iria junto ou se ela voltaria primeiro e ele a acompanharia depois ou se eles tentariam um relacionamento a distância, mas sabia que tinha que sair da bolha. Voltar para seu apartamento, voltar para Joy. Visitar os pais. Ver se o resto do mundo ainda estava de pé.

Estava prestes a voltar para a casa quando viu Alim subindo uma pequena colina em direção ao pomar. Feyi acenou para ele, que retribuiu, abrindo um sorriso doce. Ela correu até ele e deu um beijo em sua bochecha.

— De onde você está vindo? Pensei que estivesse na cidade.

— Nasir queria conversar. Nós estávamos caminhando pelo terreno.

— Isso é bom, né? Como foi?

Alim parecia pensativo.

— Não tão horrível. Mas ele perguntou se esse meu lance com você é uma forma de me vingar da reação deles a Devon.

— Ai.

— É, ele ainda está batendo a cabeça para entender. Mas pelo menos agora está tentando. — Alim olhou para ela de esguelha. — Acho que falar com você até ajudaria, na verdade.

— Sério? Você acha que ele ia topar?

— Amanhã, sabe lá. Mas hoje ele me pareceu disposto a ouvir um pouco. Não tanto, porém mais do que antes.

Feyi olhou por cima da colina.

— Onde ele ficou?

— Perto do gazebo. Ele sempre adorou aquele lugar. Mas ele precisa andar até o carro, então acho que você consegue alcançá-lo.

— Tá, tudo bem, eu acho ele. — Feyi fez carinho no maxilar de Alim com o polegar. — Vejo você em casa.

— Claro.

Alim deu um beijo suave na boca de Feyi, que saiu andando, sentindo que ele a observava, até sumir de vista na descida da colina.

Dava para ver o gazebo ao longe; era só fixar os olhos por entre as árvores no ângulo certo. Feyi foi até lá no seu ritmo, pensando no que dizer para Nasir, imaginando o que ele diria para ela. Os dois não haviam se falado desde aquela tarde tensa na sala de Denlis e, para a surpresa de Feyi, ela estava sentindo muita falta de tê-lo por perto, como amigo, da tranquilidade que tinham juntos. Quando chegou ao gazebo, viu Nasir empoleirado no gradil, olhando a montanha, uma perna pendurada. Ele não pareceu tão surpreso ao vê-la.

— Ei — disse ele.

— Ei, você.

Ela se deteve na entrada do gazebo, no topo dos degraus, mantendo uma boa distância entre os dois. Nasir reparou na precaução e encostou a cabeça em um dos pilares.

— Não vou explodir de novo, não esquenta.

— Você quer dizer como no museu ou na primeira vez lá na casa?

Nasir pareceu quase envergonhado.

— Não devia ter te tratado daquele jeito — falou, de má vontade. — Estava para pedir desculpas.

Por um triz Feyi não falou que tudo bem, mas aí se lembrou do medo que tinha sentido, da saliva dele voando na sua cara, de suas coisas jogadas no chão como se não fossem nada, como se ela não fosse nada, do ataque de fúria no museu, e sentiu o pescoço endurecer novamente de raiva.

— Obrigada. — Conseguiu dizer, com a voz dura.

Ele travou o maxilar, mas depois respirou fundo.

— Sinto muito mesmo por ter armado aquele barraco. Eu perdi a cabeça, isso nunca mais vai acontecer.

Feyi não conseguiu achar as palavras nem o perdão, mas fez um leve aceno com a cabeça, o que pareceu suficiente.

Nasir grunhiu e cruzou os braços.

— Então. Vocês dois têm um lance mesmo.

Feyi inclinou a cabeça para o lado, observando-o com cuidado.

— Algo assim.

— Mas é sério. Tipo, é uma coisa séria pra vocês dois.

Pela cara de Nasir, parecia que ele estava fazendo um esforço crível para esconder o tom de nojo ou de desprezo da voz e do rosto enquanto conversava com ela, e Feyi sentiu os pelos eriçarem. Ela endireitou os ombros, recusando-se a demonstrar vergonha.

— Sim, Nasir. É sério. Alim não faria vocês passarem por isso se não fosse sério.

Nasir levantou a mão, fazendo careta.

— Não... não fale por ele. Por favor. É muito... — Ele levou um segundo para se recompor e encarou-a nos olhos. — É muito difícil ouvir sem ficar com raiva.

Feyi concordou com a cabeça.

— Ok. Vou falar só por mim, mas...

— Isso é entre mim e o meu pai.

Ela ergueu as mãos.

— Eu entendo.

Nasir olhou para ela com um misto de raiva, mágoa, desejo e talvez ainda um tanto de ódio. Feyi não conseguiria fazer com que ele deixasse tudo aquilo para trás.

— Você está bonita.

— Valeu.

— Ele tá te comendo gostoso, fala aí.

Feyi piscou e se virou para descer os degraus.

— Tá bom, então. A gente para por aqui.

Nasir a chamou.

— Não, Feyi, espera.

Ela parou e se virou, vendo-o morder o lábio.

— Não vou conseguir levar na esportiva. Não sou uma pessoa tão superior assim, desculpa. Eu só... preciso saber algumas coisas. Ok?

Alim tinha razão, ele *estava* tentando. Feyi voltou e apoiou o corpo na entrada, a boca tensa.

— Então continua.

Ele assentiu com a cabeça e passou a língua sobre os dentes.

— Por que ele? — Nasir olhou para ela, uma onda de amargura invadindo seu rosto. — O que ele tem que eu não tenho, porra? A gente tinha química, você e eu. A gente se dava bem. Você nunca... você não me deixava encostar em você, não desse jeito. Tentei transmitir segurança, tentei fazer tudo certo, e nada foi suficiente, mas você fica aqui com ele por cinco minutos e, plim, tudo muda? E vocês dizem que é sério, e ele estraga tudo por causa disso, por esse lance de vocês?

— Ele não estragou, Nasir.

— Não... você não sabe de nada, Feyi. Antes éramos só nós três, a minha vida inteira foi assim, e nós nunca, *nunca*, ficamos tão desunidos assim. E não entendo por que essa porra tinha que acontecer, por que você tinha que fazer uma coisa dessas comigo, por que *ele* tinha que fazer isso comigo. E foi mal pela grosseria, mas só consigo pensar que talvez seja só isso; ele só tá comendo ela gostoso, é por isso que ela me trocou por ele, mas não faz sentido, sabe, porque eu nunca tive a oportunidade de ir tão longe com você. Fico tentando imaginar como foi que tudo começou, mas não consigo pensar em nada.

— Bom, parece que você acha que eu sou uma tiete e uma interesseira que seduziu o seu pai, então esse pode ser um bom começo.

Nasir a encarou.

— Eu estava com raiva. Sabia que você era fã dele, mas não acho que você fez de propósito.

— Porra, então avisa a sua irmã, que tal? Vocês dois estavam tão obcecados com a ideia de a gente transando quando nem tínhamos... — Feyi parou de falar e fez um aceno com a mão. — Deixa pra lá. Nem importa mais.

— Não, quando vocês nem tinham o quê?

Nasir inclinou o corpo para a frente.

Feyi o olhou com raiva.

— Por que você não toca nesse assunto quando fala com o seu pai?

— Quando vocês nem tinham transado? — Ele tinha uma expressão mordaz, um tipo estranho de desejo. — Então, quando foi que rolou? Quando você... — Nasir estalou os dedos no ar. — Consumou essa relação com o meu pai?

Feyi olhou para ele e pensou na clareira e no amanhecer e no rosto de Alim contornado por um novo céu, no seu sorriso, no seu corpo se movendo junto ao dela, dentro dela. Ela piscou e lançou um olhar frio a Nasir.

— Não é da sua conta.

Ele franziu a testa.

— O quê?

— Essa merda que você quer saber. Não é da sua conta. Não te interessa.

Nasir ergueu as sobrancelhas.

— Não me interessa quando você começou a trepar com o meu pai?

— Não. — Feyi cuspiu a palavra, emitindo ondas de ira. — Não te interessa o que eu faço com o meu corpo ou o que Alim faz com o dele. Você não tem "direito" nenhum sobre mim, nós não estávamos juntos, muito menos num relacionamento monogâmico. Você não tinha direito a me comer só porque foi um ser humano decente e concordou quando eu não estava pronta para ter essa intimidade com você, nem tem direito a ficar puto porque eu acabei transando com outra pessoa. Você não ganhou pontos por me esperar. Eu não te usei, não te iludi. Fui até onde me senti confortável e parei ali.

Nasir a olhava, incrédulo.

— Não estou puto porque você transou com alguém, Feyi. Estou puto porque foi com *o meu pai*! Porque você transou na minha casa, como minha hóspede! Porque nenhum de vocês dois parece entender o quanto isso é escroto.

— Eu sei que é! — Ela tinha tentado manter a compostura, mas tudo foi por água abaixo sob o peso das coisas que ele estava dizendo, coisas que ela mesma tinha repetido várias vezes a si mesma. — Você acha que não sei quanto é errado, Nasir? Ele é o seu *pai*, porra! Passei horas e horas pensando no tipo de pessoa que faz isso, no tipo de pessoa que eu tinha que ser para fazer isso, no tipo de pessoa que ainda sou por continuar fazendo. E, sim, eu até me odiei um pouco por agir assim com você, por toda essa *merda* que está acontecendo.

— Então *por que*, Feyi? Por que fazer isso, porra?

Ela o encarou e balançou a cabeça.

— Você não vai querer ouvir, Nasir. Sei que não vai.

Ele se inclinou para a frente de novo, os olhos negros e determinados.

— Vamos ver.

Feyi mordeu o lábio e passou as mãos nas coxas.

— Tá bem. Tá bem. — Ela respirou fundo e juntou as mãos. — Todo dia eu me odiava um pouco, sabe? Tipo, pensava em tudo o que você disse, em cada palavrinha cruel e horrível, em toda a merda que Lorraine disse, e me perguntava se era verdade. Às vezes, eu acreditava que uma parte era. E me torturava, me martirizava por ser assim. Mas aí... — Ela desviou o olhar para a colina, pensando no pomar do outro lado, e sua voz falhou. — Mas aí vejo Alim. E ele está sorrindo para mim, e não entendo por que virei o mundo de cabeça pra baixo por ele. Mas é tão claro! E, a cada minuto que passo com ele, todas aquelas coisas se desprendem de mim, como pele morta, e não sinto que sou a piranha que saiu com o pai do amigo ou a tiete ou o lixo que veio até a sua casa e retribuiu a sua hospitalidade com isso. — Feyi encolheu os ombros, os olhos brilhando com lágrimas repentinas. — Sinto que o mundo quis me lembrar que me ama, então me deu ele. Me deu uma chance, aquela possibilidade de que ele vive falando, e eu a agarrei com as duas mãos porque sei, e Alim sabe, que é raro pra caralho ver essa porta aberta, nem que seja só uma frestinha, e como é quando ela fecha.

Nasir a encarou.

— Você está falando de Jonah. E da minha mãe.

Feyi apertou os olhos com os dedos e tentou secá-los.

— Sim, deles. Mas também de mim, de Alim, e de como a gente… se trombou. Ninguém planejou nada. Ninguém pensou: *olha só, ótima ideia, Nasir e Lorraine vão adorar, vai ser divertido, legal e maravilhoso.* Mas a gente se encontrou, e a porta estava aberta, e decidimos arriscar. — Ela olhou para ele com um meio-sorriso. — Você foi incrível, Nasir. Antes de toda essa merda ir pro brejo. Você foi um amor, um doce, e sinto muito não conseguir sentir por você o que sinto por Alim. Seria milhões de vezes mais fácil se eu pudesse escolher, pode acreditar.

Nasir se levantou abruptamente e deu as costas a ela, fixando o olhar nas árvores.

— Porra! — Ele pôs as mãos no gradil e se debruçou na madeira. — Você tinha razão, eu não queria ouvir isso.

Feyi olhou para as mãos.

— Desculpa.

Ela não estava arrependida, não mesmo. Na verdade, ver esse outro lado de Nasir só tinha servido para justificar sua hesitação em partir para algo mais sério com ele, mas Feyi sabia que isso ele também não ia gostar de ouvir.

— Não, não precisa se desculpar. — Nasir respirou fundo e começou a bater o tênis no chão. — Não precisa. Fui eu que pedi. — A ponta de borracha do tênis subia e descia rapidamente no chão de madeira escura. — É estranho pra caralho te ouvir falando o nome dele, principalmente do jeito que você fala.

— O jeito que eu falo?

— É só… o jeito que sai da sua boca. — Ele parou de mexer o pé e se endireitou. — Fico imaginando você dizendo quando está… você sabe. Com ele. E me destrói. De verdade, Feyi. Às vezes nem consigo dormir pensando em vocês dois juntos. Pensando se você olha pra ele do mesmo jeito que olhava pra mim quando ainda me queria. Pensando na sua boca abrindo quando ele te toca, nos seus olhos se fechando, no seu corpo, nesse seu corpo do caralho, se mexendo para ele. E aí eu tenho que parar, porque pensar nessas merdas, no meu pai com você, me tira do sério. Ficar comparando as coisas. Se ele beija melhor, se você põe a cabeça no peito dele quando dorme, que nem fazia comigo. Se você escolheu ele porque ele é mais bem-sucedi-do, mais interessante. — Nasir suspirou pesadamente. — Eu só... tenho que parar.

Feyi encarou as costas dele, a camiseta cinza esticada.

— Eu não escolhi. Você é você. Não uma versão inferior a ele, Nasir. Você é você. Eu só... não sou a pessoa de quem você precisa.

Ele se virou e abriu um meio-sorriso.

— Tá na cara.

— Quer dizer. — Feyi ergueu as mãos. — Arranja uma mina que não pegue o seu pai, pra começar.

Nasir esfregou os olhos e deu risada.

— Cedo demais pra isso, cara.

— Só dando um toque.

Era bom ver Nasir rir.

— É. — Ele baixou a mão e olhou para ela com a expressão cheia de coisas que iam e vinham. — Hora de voltar pra cidade.

Feyi fez que sim com a cabeça.

— Obrigada por aparecer pra conversar.

— Sim, claro. — Ele começou a sair e parou. — Sabe, você me cha-mou de amigo.

— Chamei. Talvez um dia a gente consiga chegar lá de novo.

— Mas, Feyi, acontece o seguinte: esquece o que eu sentia por você, até como amigo. O que você fez foi bem escroto.

— É. — Feyi olhou para baixo. Ela pelo menos conseguia admitir essa parte. — Fui uma amiga de merda. Desculpa não esperar pra falar com você, desculpa não ter sido a primeira a te contar. Mas, acima de tudo, desculpa por te magoar.

Nasir deixou a cabeça cair e pôs as mãos no bolso, com a boca contraída.

— Valeu. E me desculpa por te magoar também. Não foi legal.

Eles se olharam e, para sua surpresa, Feyi se viu com vontade de poder abraçá-lo.

— Você devia contar pra ele, aliás — disse Nasir, tentando sem sucesso afastar a amargura da voz.

— O quê?

Ele tirou a chave do carro do bolso e a jogou de leve na outra mão.

— Você devia contar ao meu pai que se apaixonou por ele.

Feyi o encarou, e Nasir encolheu os ombros.

— Ele provavelmente te corresponde, se isso consola. — Ele passou por ela e desceu correndo os degraus do gazebo. — Tchau, Feyi.

Feyi ficou olhando as costas dele se afastarem até desaparecerem em uma curva no jardim, deixando apenas o perfume no ar e a surpresa que ele tinha jogado em suas mãos.

Capítulo Vinte e Três

Feyi subiu a colina, atordoada. Ela queria muito acreditar que Nasir não sabia o que estava falando, mas suas palavras dispararam dentro dela um alarme ínfimo, mas extremamente claro, um alarme da verdade que Feyi não conseguia desativar. Se era para ela estar vibrando de alegria com a ficha que caiu, então alguma coisa estava errada, porque não se sentia assim. Na verdade, Feyi estava com vontade de chorar — de medo, de culpa, de toda aquela massa de emoções arrebentando dentro dela como um agrupamento indomável de células desconcertantes. A urgência de voltar ao Brooklyn gritava mais alto do que nunca e, agora que o quadro de Pooja estava pronto, Feyi sabia que era hora de ir. Ela estava atravessando o pomar de cítricos, pequenos botões perfumados salpicando os galhos, e ligou para Joy, mesmo que a chamada fosse consumir todos seus dados.

Joy estava no sofá quando atendeu, e Feyi vislumbrou pedaços do apartamento pela tela, a coberta anil jogada sobre o braço do sofá, a ponta de uma folha de costela-de-adão no cantinho. Era como ter uma janela para outra dimensão na palma da mão: dava até para sentir o cheiro do palo santo que queimavam para purificar o apartamento, ouvir a música do mercadinho se infiltrando pela janela, sentir o gosto da comida caribenha do restaurante típico da esquina. Feyi estava literalmente no paraíso, mas, do nada, ficou cheia de tudo aquilo, cheia do céu infinito e do verde-escuro ondeante das árvores forrando a montanha, cheia dos pássaros e do ar e do espaço amplo, cheia da casa magnífica que a esperava ao fim dessa caminhada. Ela queria os tijolinhos de volta, o percurso da corrida que terminava na sorveteria, sua própria cama em seu próprio quarto.

— Amor. — Joy demonstrava preocupação pela voz e pelo olhar penetrante. — Amor, o que foi?

Feyi secou o rosto num gesto bruto. Ela nem tinha visto que estava chorando.

— Só quero voltar pra casa — disse, e sua voz ficou esganiçada na última palavra, inchando com um soluço.

— Ah, minha flor! — Joy não fez perguntas. — Então vem.

Ela fez parecer que era tão simples. E talvez fosse.

— E se tudo acabar com Alim? Tipo, e se a gente não conseguir sobreviver à distância?

— Acho que o seu medo é que não seja de verdade — sugeriu Joy. — Mas, amor, se for de verdade, a distância não vai mudar nada. Você não pode ficar aí pra sempre só porque não quer quebrar o encanto. Se existir algo, você tem que dar uma chance para essa relação fora da bolha.

Feyi fungou e jogou a cabeça para trás, tentando recuperar o fôlego.

— Porra!

Sua voz ecoou pela montanha, e Joy caiu na risada.

— Cara, senta logo essa bunda num avião e vem. Estou com uma saudade absurda, sabia?

— Caramba, também estou. Como andam as coisas com Justina? Ela ainda está te ignorando?

Uma onda vermelha tomou as bochechas douradas de Joy, que baixou a cabeça.

— Conto quando você chegar.

— Ah, vá! Nem vem, você não pode me deixar nessa expectativa. Ela se separou do marido?

Joy deu um sorriso malicioso.

— Quanto antes você voltar, mais cedo vai ficar sabendo do babado. Me manda o itinerário quando tiver!

— Valeu, hein!

Feyi riu.

— Também te amo, amor. Te vejo em breve?

— Sim, vou falar agora com Alim, mas compro a passagem assim que Pooja pegar o quadro. Nos próximos dias, com certeza.

— Beleza. Mal posso esperar pra te ver.

— Muito menos eu.

Feyi jogou um beijo para Joy e desligou. Ela não tinha dito nada sobre a conversa com Nasir nem sobre o que ele tinha falado. Primeiro, precisava admitir para si mesma e, se fosse para dizer em voz alta para alguém, tinha que ser para Alim antes de todos. Feyi ainda não confiava em si mesma para entrar na casa e encará-lo, então encontrou um canteiro de grama e se deitou ali, relaxando os músculos e a coluna na montanha.

— Obrigada — sussurrou para a brisa. — Por me sustentar em pé por tanto tempo. Por me dar Alim.

Feyi se lembrou da primeira vez em que o viu, parado em frente ao aeroporto, todo de branco, emanando poder. Como era possível que o mesmo homem agora dividisse a cama com ela? Ela tinha aprendido tanta coisa sobre ele desde a montanha, mas nada parecia bastar. Ele não paravam de se agarrar desde aquela manhã, gozando juntos várias vezes, esparramados na cama dele, contra os azulejos do chuveiro e no jardim da meia-noite, sob a luz da lua manchando suas peles nuas. Feyi tinha dito que aquilo era foder, e Alim a prendeu no chão, beijando todo o seu corpo de leve até ela ficar molhada e implorar.

— Você diz "foder" como se não fosse tudo para mim — falou, finalmente caindo de boca entre as coxas dela, enquanto ela tremia de desejo. — Mas como queira. Vou te foder depois que você gozar algumas vezes.

Ele era — como ela estava descobrindo — um homem de palavra, que podia ser tão bruto quanto ela queria ou tão gentil quanto temia, mas Feyi ainda não tinha se permitido mergulhar de cabeça. As consequências da primeira vez deles na montanha tinham encharcado o seu coração, e ela aguardava secar, esperando que fosse tão simples quanto uma transa, mas sabendo muito bem que não era.

A bem da verdade, foi assim que soube que Nasir estava certo, porque lá em cima, ao raiar do dia, quando Alim se movia dentro dela, alagando-a com seu olhar, quando Feyi se desfez nos seus braços, olhando para o rosto dele, o rosto ofuscante com manchinhas de sol nas bochechas e prata no cabelo, ela tinha sentido algo grandioso se erguer em seu coração, como um planeta empurrando seus pulmões para o canto, achatando-os contra as costelas. Alim continuou a abraçá-la por um bom tempo e perguntou como ela estava depois que seus corpos se separaram, se estava bem, como se sentia, com uma preocupação suave nas mãos e na voz. Feyi respondeu que estava perfeita, pois era o que seu corpo sentia — saciado e lânguido, alimentado de prazer. Ela não disse que seus pulmões estavam achatados, que uma coisa viva respirava em seu peito. Fazia tanto tempo que não sentia isso que Feyi não reconheceu o que era até Nasir falar, como numa emboscada, e, puta merda, como ele tinha razão!

Ela amava Alim. Em algum momento em meio a isso tudo, ela tinha se apaixonado por ele, pela sua gentileza, por milhares de coisas nele, desde as rugas que se formavam em seus olhos quando sorria até o jeito que ele ficava quando dormia profundamente. Ela tinha se apaixonado por ele, e aquilo era demais, era esmagador; como é que ousava amar outra pessoa depois de Jonah? Feyi apertou os punhos nos olhos, e estrelinhas dançaram na escuridão de sua vista. Ele ia querer isso para ela, é claro, mas ele não estava *aqui,* e esse era o xis da questão. Ele não estava aqui, e Feyi tinha prometido amá-lo até que a morte os separasse, e então veio a morte e os separou, mas ela não tinha parado de amá-lo. Ainda o amava, seu primeiro melhor amigo, seu primeiro amor. Quando o acidente aconteceu, Feyi podia jurar que nunca mais amaria ninguém. Não era sequer uma possibilidade. Era como se uma bifurcação na estrada tivesse se fechado, barrada por uma avalanche de dor, atravancada por pedras e um coração partido. Não era para ela abrir e, sinceramente, ainda não estava aberta, mas, de algum jeito, um caminho completamente novo tinha se formado, verde e insidioso.

Apesar da certeza impertinente de Nasir, Feyi decidiu não se preocupar se Alim lhe correspondia ou não. Não tinha importância. Sua terapeuta teria dito a ela para controlar apenas o que podia, e o coração de Alim era dele e de mais ninguém. Feyi tinha perdido tempo demais alimentando suas fantasias e estava cansada de alimentar seu medo. A única coisa que restava era a verdade, que, nesse caso, eram duas.

Ela estava apaixonada por Alim Blake.

Ela ia voltar para a casa, no Brooklyn.

Essa era a terra firme na qual podia pisar, acontecesse o que fosse. Qualquer outra coisa era imprevisível, uma corrente rápida passando, levando e descartando quem e o que quisesse. Feyi se sentou e tomou coragem para voltar para a casa. O desenrolar das coisas não importava — não *podia* importar. Ela tinha uma vida em Nova York. Ela tinha Joy e tinha seu trabalho. Antes, isso era o suficiente, então depois teria que ser também. Feyi agitou as tranças e saiu do pomar de cítricos com o coração pulsando na boca.

ESTAVA TOCANDO BUIKA NA CASA quando Feyi abriu a porta e entrou. Dessa vez, a música preenchia cada cômodo no volume máximo, vertendo de um sistema de som ambiente em cuja existência Feyi nunca tinha reparado, os acordes do piano colidindo com as paredes e os vidros. A voz de Buika arranhava os quadros, a pele de Feyi e chegava até o teto das salas pelas quais Feyi passava, procurando Alim. A cozinha estava vazia, assim como as salas de estar e de jantar, o pátio, os corredores. Finalmente o encontrou na biblioteca, vestindo uma de suas roupas habituais — uma camisa aberta no peito com as mangas arregaçadas e uma calça solta. Feyi ficou o observando em silêncio, o coração vivo no peito. Alim cantarolava acompanhando a música, soltando de vez em quando um ou outro verso em um espanhol impecável. A voz dele era como ondas suaves de mel ambarado intenso escorrendo em cascatas sobre si mesmo. Feyi nunca tinha ouvido Alim cantar, e aquela voz a trespassou com a doce precisão de um bisturi. Trepadeiras com folhas pendentes emolduravam uma janela, e Alim, de braço esticado, passava os dedos pelas lombadas dos livros até puxar o seu escolhido. Ele estava folheando o livro quando Feyi avançou um passo, movimentando o ar ao redor dele.

Alim ergueu a cabeça, e Feyi viu as pequenas mudanças que acenderam seu rosto, a curva nascente em sua boca, as rugas se juntando no cantinho dos olhos, a alegria que preencheu seu corpo ao se voltar para ela, pousando o livro numa mesa.

— Como foi com Nasir? — perguntou, e Feyi precisou se lembrar. Ela quase já tinha passado aquilo adiante; parecia tão trivial agora!

— Tudo bem — respondeu, no automático. — A gente tá tranquilo. Ele pediu desculpa.

— Você tá bem?

Alim tinha facilidade de detectar suas mudanças de humor. Feyi sorriu para o tranquilizar, mas dava para sentir a tristeza presa na boca.

— Tenho que te contar uma coisa — confessou, torcendo os dedos.

Alim se sentou na beirada da mesa, uma perna pendurada no ar.

— Bem, na verdade, duas coisas.

— Estou ouvindo, pode falar — respondeu Alim, parecendo achar graça da formalidade dela.

Feyi bateu o olho na clavícula dele, saliente sob a gola aberta da camisa. Na noite anterior, eles tinham ido nadar, e Feyi tinha beijado a clavícula dele até Alim prendê-la contra uma parede da piscina e ameaçá-la com múltiplas indecências. Ela não conseguia imaginá-lo fora dessa montanha, fora da ilha. Talvez ele não existisse em nenhum outro lugar. Talvez ele se transformasse em outra pessoa — o chef celebridade, a versão dele que o resto do mundo via. Joy tinha razão — Feyi nunca confiaria na verdade dessa relação se não a tirasse da bolha e a expusesse ao ar para ver se ela seria asfixiada.

— Tenho que ir pra casa. Voltar ao Brooklyn.

Alim se limitou a consentir com a cabeça.

— Quando?

— Nos próximos dias. É que preciso… voltar pra minha vida, sabe?

— Claro. — Ele não pareceu se perturbar, com as mãos pousadas graciosamente ao escutá-la. — Você disse que eram duas coisas.

Feyi geralmente odiava quando ele ficava todo fechado, impossível de interpretar, com uma neutralidade enervante, mas nesse caso era bom.

— Acho…

Feyi começou a falar, mas se calou. Era difícil pôr em palavras, mas também não precisava infundir incerteza onde não havia. Que o medo fosse para o inferno. Ela o amava e ela voltaria para casa, fosse o que fosse. Não importava se ele também a amava, aquilo não mudaria nada. Ela ainda o amaria de qualquer jeito. Só de pensar, seu coração se inundou de novo, mas dessa vez Feyi mergulhou naquilo, na dor e na vida contida em tudo.

Ela sorriu para Alim, agora sem tristeza, só com um amor transbordante, sua pulsação ensurdecedora e a expansão que causava nela, fazendo-a vibrar com tanta vida, dolorosa e dilacerante vida. Era fácil se render a isso, era como flutuar no mar salgado, como sentir calma e paz e a sensação de que tudo daria certo no final, mesmo que ele não lhe correspondesse, porque o coração dela era capaz de fazer isso. Depois de tudo pelo que passou, o coração dela ainda conseguia fazer isso.

— Eu amo você — disse Feyi, e as palavras fluíram com facilidade de sua boca.

Alim se endireitou, e Feyi ergueu a mão para o impedir de falar.

— Não precisa dizer também. Não precisa dizer nada. Só queria falar porque é verdade e porque me pareceu certo, me pareceu que você devia saber.

Ela foi até ele enquanto Buika cantava se sobrepondo ao dedilhado do baixo, a voz rústica se elevando até o teto. Feyi passou as mãos pelo maxilar de Alim, maravilhada, como sempre, por poder tocá-lo, maravilhada com aqueles olhos que se escureciam ao seu toque, com a cabeça que repousava em sua mão como se eles já tivessem passado uma vida inteira se acariciando. O sol do fim da tarde se infiltrava pela janela da biblioteca e iluminava seus olhos pantanosos, o círculo cinzento das íris, se dobrava no declive íngreme de seu nariz, lançava sua outra bochecha na sombra. Feyi contornou seus lábios com os polegares.

— Você é tão lindo! — falou, e Alim segurou seus punhos, fazendo círculos em seus ossinhos com os dedos.

— Feyi — disse ele, encaixando metade do mundo no nome dela.

Ela encostou a testa na dele.

— Não precisa falar.

Era suficiente sentir a pele dele, saber que ele estava vivo sob suas mãos. Se milagres existissem, seriam exatamente assim. Feyi não precisava de mais nada.

A música que tocava chegou ao fim, e outra começou, com o teclado ondeante precedendo a voz aveludada de Buika, cheia de suspiros, como se ela estivesse ali, os sons de sua garganta e de sua boca próximos a eles. Alim se levantou quando os metais lânguidos começaram a tocar.

— Dança comigo.

Feyi deixou que ele a puxasse para perto, seus braços enlaçando a lombar, seu polegar pressionando a palma da mão dela ao girá-la no meio do cômodo. Feyi encostou a cabeça ao peito dele, e Alim beijou suas tranças. Juntos, eles se moviam como se tivessem passado anos pegando o jeito, deslizando em passos lentos. Feyi fechou os olhos, inspirando o aroma de capim-limão, o cheiro daquela pele suavemente almiscarada por baixo, o estrondo de seu peito enquanto ele cantarolava a canção.

— Tenho duas perguntas para você — falou Alim, um tempo depois, sem parar de dançar.

Feyi sorriu sozinha.

— Manda.

— Você gostaria de se casar de novo?

Feyi afastou a cabeça para encará-lo.

— Por que você está perguntando?

Alim sorriu para ela, e foi como se o sol estivesse lutando para abrir caminho pela pele dele, tão luminosa de emoção.

— Porque estou apaixonado por você, Feyi. E fiquei curioso, querendo saber se você se vê casada de novo.

— Espera. Você está me pedindo em casamento?

Feyi fez a pergunta de sobrancelha erguida, para ele saber que ela estava levando na boa, mesmo que seu coração estivesse a mil por hora, martelando seus pulmões sofridos.

Alim deu um beijinho leve em sua têmpora.

— Ainda não. Depende.

Feyi não estava preparada para processar o que ele tinha acabado de dizer. Como é que ele podia estar apaixonado por ela? Por outro lado, como ela podia estar apaixonada por ele? Era mais fácil recorrer à logística.

— Não sei se me casaria de novo. Acho que depende. Qual era a segunda pergunta?

— Você se importa se eu for ao Brooklyn com você?

Dessa vez, Feyi congelou no lugar, sem que a música tivesse cessado.

— O quê?

— Apenas para uma visitinha rápida. Sei que preciso voltar para cá e que tenho um longo caminho pela frente com Nasir e Lorraine, mas quero que você... quero que a gente saiba que isso é real. Que sobrevive à montanha, que pode cruzar o mar e ainda estar ali, nos nossos corações.

Feyi o encarou.

Alim levou a mão dela até a boca e a beijou.

— Estou apaixonado por você — repetiu. — Eu amo você, Feyi. Amo que você pega o medo, o esfola e passa por cima dele. Amo a sua forma de acolher a dor e dar um jeito de usá-la para ficar ainda mais viva. Você virou o meu mundo de cabeça para baixo, me trouxe luz, companhia e uma alegria que tinha esquecido que era possível sentir. Não vou deixar uma distância curta nos atrapalhar.

Feyi pensou que a explosão em seu peito não tivesse como ocupar mais espaço, mas o calor se espalhou pelos seus membros, incendiando suas mãos e os pés.

— E você ia querer se casar?

— No seu tempo. Só se você também quisesse. Mas fico satisfeito só de estar com você, da forma como quiser ter a mim.

— Nasir e Lorraine jamais aceitariam, Alim.

Alim a conduziu de volta para a dança lenta, girando-a e tomando-a nos braços.

—Ah, bem — disse, com a voz leve. — Quem sabe um dia? E o que importa, se a gente se ama? — Ele deu um cheiro em seu pescoço que encheu sua pele de eletricidade. — Imagine só, Feyi: nós estamos vivos, e eu amo você.

Feyi sentiu lágrimas espetarem seus olhos. Ele estava certo.

— Amo você — respondeu, e dessa vez pareceu ainda mais verdadeiro, porque era recíproco; eles estavam no mesmo barco.

Alim inspirou profundamente.

— Que bênção do cacete! — falou, com as palavras repletas de encanto. — Obrigado por vir até a minha casa.

Feyi deu uma risada suave.

— Mal posso esperar para te ver na minha. — Ele estava indo para casa com ela. Eles estavam indo juntos para casa. — Porra, não tenho ideia de como vamos fazer isso!

— Tudo bem, meu amor. — A respiração de Alim estava quente na pele dela. — Nós temos tempo.

CONHEÇA OUTROS LIVROS DO SELO

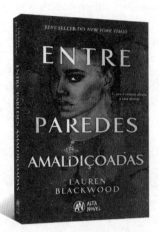

- Inspirado em Jane Eyre
- Heroína negra
- Protagonismo Feminino

O QUE O CORAÇÃO DESEJA, A CASA DESTRÓI

Andromeda é uma debtera: uma exorcista contratada para purificar lares e livrá-los das Manifestações do Mau-Olhado, energia negativa que traz infortúnio. Agora, a sua única esperança de emprego estável é encontrar um Patrono: um indivíduo rico e bem relacionado para atestar as suas habilidades. Quando Magnus Rochester a contrata, ela aceita o emprego sem pensar duas vezes. A morte é o resultado mais provável se ela ficar, mas deixar Magnus sozinho com a sua maldição não é uma opção, porque — que Deus a ajude — ela se apaixonou por ele.

O ROMANCE DE FENÔMENO MUNDIAL QUE VIRALIZOU NO TIK TOK

Naomi Witt está em fuga. Não apenas do noivo e uma igreja cheia de convidados, mas de toda a sua vida. Há um motivo para Knox não se envolver em relacionamentos complicados ou com mulheres exigentes e carentes demais, especialmente as românticas certinhas, organizadas e perfeccionistas. Mas, já que a vida da Naomi implodiu bem diante dele, o mínimo que Knox pode fazer é ajudá-la a sair da enrascada em que se meteu. E, assim que ela parar de se meter em novos apuros, ele poderá deixá-la em paz e voltar à sua vida pacífica e solitária.

- Romance que viralizou no Tik Tok
- 6 milhões de cópias vendidas
- Fenômeno Mundial

Todas as imagens são meramente ilustrativas.

 /altanoveleditora   /altanovel